中国专业作家作品典藏文库

中国专业作家作品典藏文库
范晓波卷

午夜正适于分离

WU YE ZHENG SHI YU FEN LI

中国文史出版社

目　　录

过故人庄

车子翻过枫树岭后，满野的金黄色扑面而来，火苗一样灼伤人的眼球。

老曲随口问小许："是枫树坳吧?"

小许答："看见枫树林就到枫树下村啦，枫树坳路口刚才过了，路口进去还有四里路。"

报社的司机对乡下的路比机关的司机要熟悉些，不过精确到这个程度，还是让老曲松直的脑电波起了些微皱纹。

老曲是这个乡出来的，也常分不清枫树下村和枫树坳的相对位置。

小许在后视镜里瞟到老曲脸上的恍惚，就顺着话头走："以前跟社长进去过，张常委老家不是在里面嘛。"

小许语气平淡，老曲脑子里电光一闪，表情仍平静如水："唉，世事难料啊。"轻轻的一个"唉"字叹得意蕴悠长。

"是啊，"小许也应声跟上，"听说张常委出来后基本就住在老家嘞。"

老曲今天心情不错，不用说机灵如猴的小许，怕是连屁股下的桑塔纳2000都感觉到。道路不算颠簸，老曲的身子一路上却一耸一耸的，安了弹簧一样。

上午陪省文联领导参观古戏台和祠堂时，那个研究民俗的主席当着县委宣传部长的面对老曲的讲解大加赞赏，午餐时主动敬他的酒，让宣传部长对老曲也多看了几眼，还主动碰了一下他盛着茶水的酒杯。

回城的路上老曲忍不住给小许泄了个密，他大学学的就是历史，本想考研究生当考古学家的，父亲病逝后家里还有几个妹妹需要帮衬，就主动要求分回县里工作。那时极少有名牌大学本科生愿回县里工作，县领导很重视，把他安排到宣传部。他平常写材料，周末就背着水壶和干粮到乡下的古村落里转悠，琢磨里面的古建筑和民俗，算是对理想的一点补偿。

有次他和宣传部长陪地区领导到古村参观，领导问及相关的人文典故，一圈人都说不清来龙去脉，部长急得额头沁汗，他头脑一热站出来，不仅讲清了古村的前世今生，还罗列了本县古村和皖南古村相比所具备的三大特色。后来古村越来越出名，成为本县一张文化名片，来古村视察的领导级别也越来越高，他也有了更多机会给那些只在电视上见过的面孔讲解，级别最高的是位全国政协副主席。

那年他才二十多岁，政协副主席听完讲解对县委书记说："这个年轻人很有见识，要重点培养这种有文化的年轻干部。"

"后来就提拔了吧？"小许问。

老曲抿嘴笑着点点头，他当上县委宣传部副部长时，三十岁还不到，是当时全县最年轻的副科级干部。那时，张大头还在冷冻厂数冻猪头呢。

小许见老曲难得的好心情，就想多挖几句：“听说你和张常委初中、高中都是同学，他进机关还是你推荐的。”

血管里的液体有点烫，太阳穴愉快地嘣嘣轻跳，像有蚯蚓在皮下乱拱。老曲淡然一笑：“他中专毕业分到冷冻厂管冷库，三伏天都冻得流鼻涕，天天向我诉苦。我挂了一个电话，厂长就把他调到办公室编黑板报，时间长了他又嫌黑板舞台太小。从冷冻厂调宣传部，后来当上报道组长，再后来去公社当副职都是我推荐的。”

小许做惊讶状道：“是哦，没有你张常委根本起不来。”侧脸瞄了老曲一眼继续说，“我听好多人谈起过，他有愧于你，起码，他当常委后就该想办法给你扶正，那样现在起码也是副县待遇了。”

老曲仰头靠在椅背上笑笑：“无所谓无所谓，我现在的日子就是给副县级也不换。”

老曲当了一辈子副科级干部，两年前市里出台了二十年以上副科解决正科待遇的政策，才到报社任了总编的职，总算是解决了正科级待遇。那时老曲已过五十了，搞了正科待遇后本该退居二线了。不料社长以社委会的名义打报告给县委，请求延长老曲任期，因为报社是党性很强的业务单位，目前还离不开老曲这个既懂政策又讲原则的笔杆子。

老婆笑老曲：“社长对你的评价还是蛮客观的嘛，要论懂政策、讲原则，全县的科级干部没几个能和你比的。懂政策、讲原则，又只会耍笔杆子，全县怕就只有你这根独苗啦，要不你也不会在副科级留级一辈子。”

老曲就扶着眼镜腿晃着脖子笑，牛抖水似的，半是舒服，半是难受。

社长强力挽留老曲的意图老婆也分析得很透彻：报社是社长总负责，可总编和社长级别一样，都是正科级，权力就可大可小，因个人性情和后台大小而定。老曲除了审大样、督促编辑提高编校质量什么也不管，哪个总编能做到他这么讲原则呢？有他这个没任何威胁的“僵尸”占着位子，其他人就当不了总编成不了社长的对手。

可以说，这两年是老曲近二十年来心情最舒展的好时光。

儿子硕士毕业已在西安一所大学当上了讲师。他原本报考了市政府公务员，认为公务员的饭碗比较牢靠。老曲闻讯，当即打电话阻止，又怕死灰复燃，第二天特意坐火车去西安泼了一整夜凉水。老曲深谙儿子的秉性，也了解基因改良的渺茫，不希望老曲的一生在小曲身上重演。

每天等报纸签字付印，老曲就赶回家陪老婆，什么饭局茶局也不参加。老婆早从小学退休了，时间多得像大海里的水，她每天守在海边，像个耐心的渔夫对老曲张网以待。

老婆遵照电视养生节目传授的知识，把两人每天的饮食和锻炼内容用表格安排好，然后，不折不扣地执行。早上喝牛奶吃燕麦粥，中午、晚上以鱼类和粗粮为主，每天必须消灭一公斤蔬菜和水果，晚上再去内湖边快步走一个半小时，出身汗洗个澡，看看电视就睡觉。

半年下来，老曲的血脂和血压全正常了。

在单位心情也是很愉快的，同事们敬佩老曲的学识和私德，年轻姑娘们扬言找老公必须以曲总为模特，和他交往时言谈举止中也流露出真诚的仰慕；社长欣赏老曲的人品，大到印刷厂改制，小到组织职工异地采访，事事主动找他商量，老曲越不多嘴社长越爱找他商量，大会小会号召大家向曲总学习。

小许仿佛看清了老曲此时的心电图，献媚说："上次跟社长去四川考察县市报那十天，社长不止一次跟我们几个说，如果不是曲总编在家里坐镇，他真不敢出去跑那么久。"

"是吧?"老曲呵呵笑出声来，突然示意小许停车。

小许望着老曲的脸，一脸茫然。

张大头的笑容轰然凸显在老曲眼前的挡风玻璃上，像是有人在他们谈话时偷偷切换了频道。

大概半个月前吧，张大头的身影又在老曲的生活边缘晃了一下。

那天老曲是和老婆一起去花木市场买绿萝柱。

也是电视上说的，在屋子里多栽种点花草既可以净化空气，还可以锻炼身体，把那些栽种着植物的盆盆钵钵在阳台和客厅间搬来搬去，还是很消耗能量的。

仙人球和吊兰养得很好，绿萝柱却买一盆死一盆，不知是水浇多了还是水浇少了，或者阳光晒得太少，养着养着叶片就枯黄了，最后整个身子都委顿下来，像件硬质的破旧衣裳支在墙角。

他们进市场大门时，正遇上张大头和一个年轻人一同出来。张大头出事之前，老曲就很少和他交往，加上在里面的两年，怕是有近四年没怎么近距离打照面了。

老曲觉得张大头除了头还是那么大，其他似乎都有些变化。他的头做学生时就大，故获赠外号大头，脸变大是当干部之后的事，具体从哪年开始不记得，进去前脸阔得让那个叫作脸的位置都安不下，肉直往脑后翻，现在脸总算从后脑的地盘退了回来。

那天他穿着件灰不拉几的旧布夹克，裹在肚子和腰身上的白衬衣也不像过去那么内容充实，有些松垮，瘦了一圈似的。不知是不是错觉，肩头和袖子上似乎沾了点尘土，整个人有点灰败之感。

老曲也见过其他从里面出来的人，都是这个样子，神情也多少有些木讷，断了几根神经似的，好几年都复不了原。尤其是年头长的，出来后基本就是废人一个。不过张大头向来是死要面子的人，尤其在老同学老朋友老曲面前。

那天老曲正犹豫着要不要打招呼、怎么打，张大头先喊老曲的小名了："细宝!"

细宝是老曲小时候奶奶对他的昵称，老曲明明是老大，后面还有三个妹妹，奶奶最疼他，就细宝细宝地叫着，直叫到老曲上初中后老人家去世。那时老曲的父亲在公社当会计，家境尚可，张大头到老曲家蹭过饭，故知道他的小名。

当年走得近点的同学都叫老曲细宝。老曲进机关后，就以此作为标准，凡坚持叫他细宝的，他就视对方为可以托付真心的兄弟。

吊诡的是，偏偏是这个让老曲心情复杂的张大头叫得最持久，其他同学称呼的多是职务或学名。

老曲还以为张大头是要用这种方式铭记什么。

有次同学聚会，张大头回首升迁之路，只字不提老曲的名字，甚至连冷冻厂的履历都刻意删除了，只讲他如何从公社杀回县政府办，如何从政府办副主任、组织部副部长、财政局长、副县长一级级台阶登上常委的宝座。

当然，他只讲自己如何大刀阔斧，如何为了群众的利益担风险吃螃蟹，不讲如何设苦肉计追老县长有点神经官能症的老闺女，又如何利用老丈人和地区的领导挂上钩，再用掌握重金的手，敲开了某省领导的门。

张大头不愿提及的部分，老同学们个个清楚，不过没人不承认张大头有本事，能骗到县长的女儿，那也非常人所能，大家也或多或少从他的本事里分享了一点实惠。

“就算他是长跑健将，我起码还起过伯乐和领跑的作用吧。”老曲回家就对着地板发泄不满。

对于张大头的本事老曲也另有看法，觉得不过是无原则加无耻罢了。可这话他从来都只跟老婆说。在公共场所他还是很尊敬这位老同学的，他虽不会加入肉麻的群讴，也从不揭他的短说他半个不字。以他平素的清高，这已算是很徇私情了。

因此他很不理解张大头对他的态度。

张大头刚当上副县长时，在老婆的催逼下，老曲去他家里委婉地表露过转个正的想法。张大头当时也摩挲着大肚皮替他抱屈：“你细宝的才干谁人不知哪个不晓啊，这个不说吧，就是论资排辈也轮到你了呀！什么世道嘛！”

那时老曲已由最年轻的副科变成资历最老的副科了。骂完世道，张大头又请老曲多理解他多忍耐几天，说在老曲的问题上，他这个分管农业的副县长一点发言权都没有。老曲至今还记得张大头的手势，他先双手提了一下裤腰带——张大头一发胖就不系皮带改系软布绸带了，不知是为了捆绑时舒服还是松开时方便，反正这是个公开的秘密，然后做了个从口袋里摸东西的动作，说：“那些正科级位子全在常委口袋里装着，开常委会就像打牌，你出一张我出一张，你憋不住尿出去上个厕所，回来说不定就丢了一个正科级。”

张大头话糙理不糙，老曲脖子硬面皮薄，做不来某些事看还是看得懂的。

他就等着老同学熬到常委再帮他打出那张牌。想不到张大头半年后就当常委了，坐直升飞机一样，快得老曲都看不清飞机运行的轨迹。

只是常委比副县长要忙好几倍，白天到处跑，夜里常常到了十二点还在常委会议室，老曲连委婉表达愿望的机会都没了。偶尔在一些同学和同乡的小饭局上见面，张大头仍是热情地细宝细宝地叫着。

见张大头对老曲挺亲热，有些和彼此都相熟的人借着酒劲帮老曲叫苦，暗示张大头帮着解决一下。

张大头就熊抱着老曲的肩头顺势把大半个身子压上来，对着大家埋怨老曲："我这个老同学、老朋友啊，唉，太清高了。当着老朋友们的面，我有责任批评你，你的问题就是起点太高起步太顺。国家级领导人亲口表扬，二十八岁就当上副部长，这是什么起点？你那时估计都飘到半天云里了吧。还有啊，我们班的班花，我们全体男生日思夜想的罗美兰也被你抢走了，我们连她的小拇指都没摸过一下。人的一生怎么可以这样完美呢？一完美你就觉得自己真的很了不起，该求的人不求，该放下的面子不放下，最后耽误了自己。"

他的认真里带着调侃，批评里含着表扬和羡慕，老曲想辩解都拿捏不准口气，何况身上还压着近二百斤的肥肉，能把气喘匀都不错了。

老曲的老婆罗美兰当年确实是男生们的梦中情人，张大头半真半假的抱怨，既撩拨起了老曲的虚荣心，又分流了话题与情绪。

一阵坏笑当中，老曲的希望和张大头的尴尬都烟消云散了，久而久之，无人再提，老曲也不好意思起念。

真正导致两人疏离的，是老曲去县中的事。

老曲的老婆有个远亲在省里某权力不大的厅局当处长，巧的是，他党校一位同学从别处调到老曲所在的县当书记。老婆闻讯，自然不想错过这块送到口边的肥肉，请亲戚从中斡旋，让老曲拜访了一下书记。

那次拜访，耗费了老曲一年的工资，老曲又心疼又觉得掉价，老婆还怀疑他是否跟上了行情。

半年之后，讨论科级干部的人事安排时，县委书记提出，老曲资格很老，对文化教育也有兴趣和研究，建议放到中学当个校长。这个位子在教育界分量虽重，但和公检法、财税等一类单位相比也算不上兵家必争之地，书记出了牌其他人就不多置喙。后来反馈到老曲耳朵里，常委会上唯一的反对者竟是张大头。

老曲一开始不信张大头会这么过分，琢磨一下反对的理由，却只可能出自他口。“老曲这个同志有一定学识，不过他是个思想的巨人，行动的矮子，做工作过于谨小慎微，当幕僚很优秀，担任大单位的一把手怕是服不了众，会出乱子。”其他常委基本不了解老曲。张大头对老曲的这番评价，老曲三十多年前就听同学转告过。当时老曲以全班第一的成绩考上省里的重点大学，同学们都觉得老曲前途无量，只有张大头不以为然，张大头对那些钦佩老曲的同学说，老曲缺乏杀气，顶多做个高级门客。

最后去县中当校长的是张大头的拜把子兄弟。张大头在县里有七个拜把子兄弟，加上他，江湖人称八大金刚，都是科级以上干部，把持着公安、财政、税务、教育、城管、国土等单位，去县中的是年方三十五的老八。这也从侧面验证了常委会上的传言。

那之后，张大头仍亲密地唤老曲为细宝，老曲却不想给他表演的机会，觉得恶心。只要不是开会，有他的场合坚决不去，路上远远地望见就绕道躲开。张大头进去之后，老曲一次也没去探望。之前他们就基本没什么来往，他也就不怕大家误解他的人品。

那天在花木市场门口，张大头那声细宝叫得低调而深情，加上一副颓唐的老态，让老曲不禁有点难为情，赶紧上前双手握住张大头伸出的右掌。

张大头同老曲两口子打过招呼，笑道："还是你们好，一对神仙眷侣，不像我。"

类似的话张大头很早就说过，老曲并不当回事。张大头当财政局长后就坚决不跟老婆一起走路了。他睡过的女人比老曲认识的女人还多，整天莺歌燕舞的，怎么会羡慕一夫一妻的清欢呢？

如今世事变幻。正房受不了张大头的风流，他出事前就去省城带孙子了。他进去后，二房、三房、四房们树倒猢狲散。所以张大头这次表达艳羡，老曲相信他应该是真诚的，还下意识地甩开老婆搀扶着他的手臂，怕刺激了张大头似的。

"我听说了你现在的情况，好啊，又转了正，又可以发挥余热，还像神仙一样天不管地不管。唉，有空也去乡下呼吸新鲜空气啊，我现在老家种点花草，打发残生。你过来走走吧，我们老哥俩来个'开轩面场圃，把酒话桑麻'。"张大头松开手说。

老曲嗯嗯嗯地答应着，张大头挥挥手先走了。

老曲原地站了几分钟，才被老婆提线木偶一样牵走。

老曲对小许说：“掉头，我们去枫树坳。”

小许往左打死方向盘倒车，试探道：“去张常委家啊？”

“是啊，上次在县里遇上邀请我来玩，今天到了门口都不进去有点不大好吧。”老曲答。

“他邀请你过来玩？”小许复读机般重复着。

老曲目光里荡开怀旧的柔光：“他当常委时也多次邀请，我一次都没来，懒得凑热闹。现在的情况，他不请我都可能来。”

小许嘴角下撇鼻孔一吸用力赞叹：“曲总，你是我见过的最有风度的领导干部。”

老曲尽量控制着表情肌：“我的为人你们又不是不知道，你在位时我可能躲得远远的，你落难了，没人愿接近了，我反而会转过身来笑脸相待。”

越往枫树坳走，夹道的枫树就越高越密，把照进车窗的阳光都染成黄澄澄的，老曲面颊上暖暖的痒痒的，他的视野有些迷离，脑海中浮现出和这条山路有关的记忆。

读中学时，这条路还不是水泥路，又窄又陡，还有许多弯弯绕绕，一个人走还真有点胆怯，怕有野猪和豺狗什么的突然撞出来。

他跟着张大头到枫树坳玩过几次。那时张大头家可真穷啊，一家八口借住在生产队的旧仓库，墙是黄泥垒的，俗称干打垒，墙体倾斜，开裂处像个豁嘴一样黑洞洞地对着蓝天。屋顶的瓦片东缺一块西破一块，一下雨里面就淅淅沥沥的。

如果不是村里人周济，张大头中学都读不完。周一返校时他总是交不齐米，就和总务主任玩躲猫猫的游戏。躲不过去了就到老曲和其他同学米袋里征点粮。家里带的腌菜干涩麻口一点油星也没有，张大头就常逃课回寝室偷同学腌菜里沤的猪油渣解馋。

当然，老曲的不用偷，老曲夹菜时，张大头筷子叉进来分一大口就是，老曲心里舍不得脸上又不好意思露出来，就红着脸憨憨地笑，似乎是他抢了张大头的一样。

这些心酸而甜蜜的回忆让老曲感动而困惑，出生在那么清寒的农家，张大头怎么会变成这样一个人呢？

老曲隐约记得，张大头十年前就在餐桌上披露过，他老婆不光脑神经不稳定，身体也有问题，一种很严重的妇科病，完全不能履行妻子的职责。他当时还挺同情，让老婆暗中帮着寻医问药，不料张大头颇不屑，他几次张口张大头都没让他把话说完。不知是不信任他的能力，还是他老婆压根儿就没病，或者有病他也不想治。

后来的事实证明，他的确是自作多情了。张大头被审查时证实了一个传言，和他有染的女性多达三位数。

如果只想找替代品，有必要更换那么多吗？

被审查期间，一些得过张大头好处也给过他好处的女性被找去谈话，这些人不少是张的下属和机关公务员，谈话内容从专案组传出来，十几个家庭一夜间悉数破裂。这些女性当然也是受害者，可她们不过是在为自己的堕落和无耻买单，老曲并不太同情她们。

老曲同样想不通的是，张大头要那么多钱做什么？别说花，他连数都数不过来。检察院的熟人说，张大头在县里、市里和省城共有七套房产，办案人员在他家里抄到的现金就有三百多万，有的红包里装着五六万元钱，他居然连拆都没兴趣拆，原封不动丢在抽屉里，沾了办案人员一手灰。

按老曲的理解，张大头那样的出身，能混到衣食无忧、有面子、有尊严就该很感恩生活了，怎么就生出一副鲸鱼的胃口呢？

小许不清楚老曲在想什么，又不好让两个人之间的空气长时间寂寞，就主动挑起话题："有次在外面吃饭，桌上有人说这年头赚不到钱就不算本事，报社的人只会要笔杆玩的都是虚的，我正要和他理论，有个高人透露，张常委在里面就是靠笔杆子给自己减的刑。帮监狱发表一篇报道计一分，五分减一年，张常委帮他们写了五十多篇，就减了十年刑提前出来了。真是这回事吗？"

张大头在里面只待了两年就出来，老曲倒不太感意外，那些进去的，只要问题不太严重，有几个不是提前出来的呢？有的保外就医，有的想办法立功减刑，他认识的一个副县长，花钱买通狱方，自己点火烧被单，然后用事先准备的水桶浇灭了火，后被认定舍身保卫监狱财产获减刑三年。

靠写新闻报道减刑，老曲刚听说时也以为是假新闻，细想也能想通。像其他单位一样，监狱也有对外宣传发稿的任务，自身又缺这方面的人才，就利用有相关特长的犯人，各取所需互帮互助，也不是什么不可能的事。

老曲面无表情说："可能吧。"

小许见老曲这种专业人士都觉得消息靠谱，就一脸自豪状："看来报社的事业还是大有可为的，张常委幸亏当年在报道组锻炼了几下。"

小许贼机灵，文化素质毕竟有限，一激动就把尾巴露出来了。张大头靠写报道减刑就证明报社事业大有可为？难道我们磨炼文笔就是为了等这一天吗？

老曲脸色忍不住黯下来，又不想让小许太察觉，就故意转移话题："前面有个岔路口，往哪边走才对呢？"

小许从老曲的表情看出来了，自己可能有什么话跑偏了路，又摸不准老曲的黄线在哪里。

他陪社长给张常委的老爷子拜过好几次年，明明知道该往左走，就势装起糊涂来："我是来过一次，好多年前的事，要不我下去问问吧？"

老曲也正想下去小便一下，就同意了。

岔路边正好有个穿蓝布旧衣的白发老人坐在柴草垛上抽烟，小许假装问枫树坳怎么走。

老者二孔冒烟答道："前边两个村都是枫树坳，你是问上坳还是下坳？"

老曲懒得兜圈子，说："就是张常委那个村子。"

老者一听张常委，立马站起来，用扁担指着左边说："这边，这边。"又回过头来打量老曲，"你是他的朋友吧？"

老曲只能点头，问："他在家吧？"

老者拉住老曲的手："在在在，昨天还碰见他亲自驮锄头下地。张常委可是大好人啊。"

老者没来由的称颂让老曲有些好奇，呵呵一笑，接茬问："怎么个好法？"

"那就一言难尽啦，"老者深咽口水，像演讲前的运气动作，接着说，"以前你们进来哪有这么直的路啊，都是张常委拨钱来修的。村里的敬老院、戏台、健身场，都是张常委一手一脚搞的。我是下坳的，他不大认识我，上坳的人让我找他，他二话没说就把我崽安排到县里的防暴队去了，一根烟都没抽我的。"

老曲点着头，想赶紧上车，老人家拽住他的腕：“你也是干部吧，你不要信有些人的话，他是被人家陷害的，肯定是眼红他官当得大。说他贪污腐化，谁信喏，从来都是他给我们好处，我们送鸡蛋他都不肯接的。他出事后，我们上坳和下坳的人都给他烧过香呢。”

挣脱上车后，小许摇摇头长嘘了一口气：“真是乡下人，没办法。”

小许是指老者见识短只看到问题的表面，还是嫌他太纠缠太啰唆呢？小许不挑明老曲也不问。

张大头的案子其实再简单不过，当事人口供和坊间传闻完全一致。财政局一位科长私刻公章挪用了六百万扶贫资金，用于炒股和个人挥霍，被人发现后，送了一百多万给财政局长和分管财政局的张大头。张大头收钱后，默许财政局做假账遮掩过去。事情本来都摆平了，问题还是出在科长身上，他得意忘形，风声一过就换了个刚满十八岁的小蜜。不甘出局的旧人嫌分手费太少，加上醋劲大发，打举报电话告发了他。审讯中，科长把向局长和张大头行贿的事全供了出来，跟官场斗争一点不沾边，更不存在有人要害张大头。

老曲心情有点灰，没想到张大头在老家的口碑比他还好。

老曲的老家在这个乡的另一个村，老曲是那个村近五十年出的最大干部，却没为村里办什么实事。村长求老曲出面要钱修条出山的路老曲没办法，老邻舍请老曲给大专毕业的儿子安排个工作老曲表示为难，村里修谱出谱要老曲回去当主持人撑下门面，他强调自己的身份有点敏感也没肯去，只是捐了两千块钱了事。

他唯一能帮的忙还得托老婆的面子，老婆的弟弟是县医院的办公室主任，老家人来县里看病订不到床位找不到合适医生，他会出面请内弟帮着联系，手头宽裕时偶尔给病人一个小红包。

老家人对他怎么评价老曲不清楚，至少，没人感恩地说他是大好人。是否会在背后说他无能或无情呢？老曲对此心里一点底都没有。

诚如老者所言，张大头村口有块篮球场大小的健身场，单杠、双杠、吊环、转环、脚踏板、平衡木，还有一些儿童游乐器材，五彩斑斓的，县城广场有的这个小山村样样都有。村民的房子也是一家比一家壮观。基本都是三层楼的小洋房，有的人家屋顶上还砌个小凉亭，虽然不伦不类，却显示着主人的财力和追求高雅的志趣。这些房子被一些百年老枫树环抱簇拥着。正是枫叶红得响亮的季节，远远望去，就像一幅俄罗斯写实主义油画，浓艳并蓬勃着生活的热情。

这景象同老曲记忆里那个村落有着天壤之别，与老曲的老家比，也至少有一二十年的代际差。

老曲环视着这个比新农村样板还新的山村，感到体内有泡沫在渐次破灭，噼噼啪啪在静默中发出脆响。

他有些后悔路上的一时冲动。

他想回头，又怕被小许嘲笑，就让小许在车上等着，自己到村口的小超市问路。那么多新房子，哪一幢是张大头的呢？

超市前围着一些闲人在打牌，脚边躺着两只眯眼晒太阳的土狗，还有几只土蜂在低空撞来撞去，经过身前时发出轻微的振翅声，像一架架二十年代的木质小飞机。

一听说是找张常委的，老的少的都站起来热情指示，柜台后那个抱着孩子喂奶的漂亮少妇嫌大家七嘴八舌扰乱视听，从屋子里走出来爽快地说："我是他侄媳妇，我带你去。"

老曲忙摆手，说："我听明白了，第五排最东边第二家。"

少妇笑："不用算，东边那三家都是他的屋。"

老曲有点发蒙。见老曲吃惊，少妇大笑："三幢屋算什么，去下坳的路上又在做一幢大的。"

乡下的房产又炒不出高价，老曲不知张大头为何还要做房子，那三幢屋还不够他养老吗?

少妇看出了他的疑惑，解释道："他人大方，三幢屋都给表亲住了，他做新屋是要搞什么庄园，打算住到那边种草皮花木，卖给城里的楼盘。"

一个四十多岁的村干部模样的人补充道："听说种草皮比种粮食划算呢，村里就送了三十亩地给张常委。"

老曲又恍然想起那天在花木市场遇上张大头的情形。

村干部又问老曲："你们也是来贺寿的吧，刚进去了四五部车。"

老曲清楚地记得张大头的生日是七月一日，就问："张常委好像不是秋天生的吧，多少岁生日?"

一圈人都哄笑起来，还是那个少妇说道："原来你还不知道啊，张常委今天做的是周岁，他说他的第二个人生刚满周岁呢。"说完咯咯掩嘴笑起来。

老曲哦哦哦地敷衍着，退出人群疾步往车那边走。

小许愕然地看着他，不知发生了什么事。

老曲头嗡嗡地响，胸腔里那东西空悬着咚咚乱跳，坐上车闷声说，回去吧。

小许不敢多问缘由，正要发动车子，一辆智跑越野车从后方蹿上来，鸣笛催他们快走，老曲探头回望，居然是县中校长，张大头的小兄弟。

校长一看是老曲，赶紧跳下上前握手："想不到啊，曲总编也来了!"然后对着老曲直竖大拇指，"难怪我大哥总夸你人厚道，不势利，患难之时见真情哪。"

老曲嘴唇急速嚅动着，还没来得及发声回应，校长拉着老曲就上了新智跑："坐我的车，坐我的车。"

越野车座位又高又宽松，老曲反倒不习惯，不停扭动着屁股，一道夕阳从前挡风玻璃刺杀进来，照定在老曲眼镜的镜面上，一瞬间他什么也看不见了。

老曲脑子里一片空白，既没有尴尬也没有屈辱和懊恼，只是小心地用手去摸西装的内口袋。

平常出门买东西，都是老婆付钱，老曲自己又烟酒不沾没任何消费，口袋里很少会有超过一百块钱现金，他焦虑的是，待会儿见了少年老友张大头，他连一百块钱的寿礼都摸不出来，张大头和他的那帮兄弟会怎么看他曲总编呢?

2013 年 3 月

甜蜜的事业

我第 N 次说那句话时，她连眼皮都没抬一下，伸右手做了个请的姿势，准确地说是手势，因为没动用身体的任何其他部位。

我第一次说时，她还会欠身诧异地斜我一眼，我仰到沙发上摁开了中央九套的纪录片。后来再提，她就大方地说请了。

有两次我换上衣服走到小区后的大街上，横七竖八的车灯把街道上方的空间切割得七零八落，我像盲人一样怯于下脚，退回到绿化带的紫藤架下。总有几个老人俯身在健身器材上钟摆一样慢节奏地活动，草地上跑动着一些小孩和小宠物狗，他们的妈妈垮着身子站在一旁聊天，也有落单的，用看流浪汉的眼神瞥我。

我被这眼神驱赶着，沿着小区的围墙转了一圈，从前门绕了回来。那家名为“八点半”的烧烤店面前的白塑料桌上空已经热气腾腾，在附近写字楼撤下来的白领们围着堆得满桌的烤鱼和烤茄子，抽烟、喝啤酒，大声谈论明天。

我侧目而过，不知是同情还是羡慕。反正我多年不吃夜宵了。

也多年没熬过夜，多年没在出差之外的时间单独离开这座城市。

早两三年，我们还常一起开车出门，孩子读初二之后，每个周末都要上各种补习班，一开始只是补英语、数学，后来又加上物理、化学。和许多鼓吹快乐成长的家长一样，最初我也极力反对孩子上补习班，结果发现有的老师并不会在课堂上把东西讲透，总要留点料到课后的补习班里。当班上百分之八九十的孩子都上补习班时，孩子周末想找人玩都找不到了，何谈快乐？我的教育理念没坚持几年就破产了。

发展到最后，连语文都要上培训班，这就有点荒谬得像是针对性很强的讽刺了，我可是省教育出版社的副编审，最熟悉的就是汉语运用规范。最初我老婆也想挖掘一下自家的资源，可我辅导孩子一学期之后，语文成绩反倒下降了一些，老婆马上打电话把孩子送进班主任的周末补习班。

我陷入了尴尬的失败感，不仅在孩子老婆面前抬不起头，在孩子面前也有点威风扫地。我不可能总跟孩子埋怨现在的语文教育有问题，那样她会更加厌学。

我们的家庭生活也完全被孩子的作息所绑架，我负责早晚的接送，她妈妈负责晚餐和晚上的监督、签字。周末也如此。每天忙得像打仗，完全失去了闲暇时间。

其实我和老婆的工作压力都很大，她在银行工作，每天忙得水都不敢多喝，以减少上厕所的时间。我的时间相对自由，但市场压力很大，坐在马桶上的皇帝管不了的时刻，脑子里也会盘旋着发行码洋和市场份额的数据。

有时深夜想请老婆帮忙放松一下身心，她瞄着隔壁房间斜铺到客厅地板上的白炽灯光说：“总得等签完作业吧。”

等签字后隔壁熄灯，哈欠就像气球一样飘满卧室，小部分是我的，大部分是老婆的。她头一沾枕头还来不及关灯，鼻息就甜甜地飘起，我衣服脱了一半，僵硬地半坐在床上，像只突然失去电力的机器人。

第二天吃完晚饭孩子进房间后，我靠在沙发上叹口气说："我们的日子怎么变成这副样子，像囚笼一样，真想越狱出去逛几天。"

老婆只诧异了几秒钟就大方地伸手说请吧。

我在小区边缘转了一圈回来时，发现老婆正在房间和孩子争执，质问她为什么会漏记家庭作业。

那时我心里又充满了愧疚，老婆的工作压力一点不比我小，在孩子身上花费的精力却比我大得多，更主要的，她比我有耐心和主人翁责任感，如果现在的生活像监狱，她其实也是无奈的囚徒，但她却从不抱怨和气馁，心平气和得像是监狱长。

她不仅对于被囚禁的日子心平气和，对我的越狱叫嚣也心平气和。这令我又感动又羞愧。

她是过于相信我的自制力呢，还是太不相信我的能力？

刚结婚时她可不是这样。

我二十多岁时有过数任女朋友，在我们那个年代，谈过三次恋爱的人就可归为花心萝卜之列，在她眼里，我不仅心花，外表也花。可能是外婆家的遗传，因为眉弓凸起，眼窝就相对有点凹陷，眼神就有点幽深，看树、看电线杆子都是一往情深的样子。

"我当初就是被你这双色眼迷住的。"她酸酸地跟我说，要求我跟女人讲话时头略仰表情放松点，不许盯着人看。有段时间还忽悠我戴墨镜，后来发现摘墨镜的瞬间反而会让人更关注我的眼睛才作罢。

孩子出生前，我出门应酬她也跟着，有时还会以忘了带家里钥匙的借口来出版社视察一下，差不多做到了如影随形。

那时我确实还有些藕断丝连的婚外关系——不一定和性有关，我虽然算不上有多帅，和异性交往时倒是不好意思耍滑头，也乐于当听众做情绪垃圾桶，那些有点文青倾向的异性总爱找我倾吐。时间长了，也会有人偶尔借我的肩膀靠一靠。一般也就是靠一靠，她们喜欢的正是我的稳定性，不会奢望我为她们江山易帜。

我婚后的改变其实和老婆的围剿无关，你哪里听说过一个男人是被女人管老实的？一个男人变老实，要么是失去了不老实的资本和能力，要么是发自内心地愿过另一种生活。

是女儿让我有了这想法。那些爱女儿的父亲都能体会我的感受，有了女儿之后，你会安静很长一段时间，因为世上最可爱的女人常驻你家了，你哪里都不愿去了。你醒来第一眼想看的是她，睡觉前想看的最后一眼也是她。

有次参加一个出版界的聚会，喝酒后继续唱歌，回到小区时自家的几扇窗户都黑了，心里就有些失落。开门开客厅的灯，女儿巴掌大的小鞋子可怜地紧偎着我老婆的高跟皮鞋摆在门口。

这是她三四岁时养成的习惯，每天晚上都要把全家人的鞋整整齐齐地摆在防盗门边的绒鞋垫上，“妈妈回家了，宝宝回家了，爸爸回家了，我们快快乐乐地生活在一起。”她一边摆鞋一边喘着粗气念叨，明显是她妈妈教的。

如果哪天我的鞋没能按时归港，小码头工人就会一直在房间等着，客厅灯一亮就从床上蹦下来收船，有时熬得睡眼迷离坐都坐不稳。

那天码头工人没应声出来，我踮着脚去她房间时，她正睡得像只蒸熟的红薯，脸红扑扑的，额头上泊着细密的汗珠。

老婆在我刷牙时披着衣服凑过来说："她等你都等到十二点半了，你看看都几点了。"

我没好意思看时间，从那以后，再没在晚上十一点后回过家。能不参加的应酬尽量不参加。我不能让女儿的小鞋子空等我的大鞋子。

平时出游一般也是一家三口，时间久了，外面的朋友就不怎么约我了，我全身心地配合着码头工人的管理，努力快快乐乐地生活在一起。

这样的快乐只维持了四五年，孩子读小学五年级后，我们仍时刻生活在一起，但很难做到快快乐乐。她不再有闲暇时间，我们也做不到独自逍遥。更令我绝望的是，小鞋子开始觉得，小鞋子和小鞋子见面才最快乐，常借问作业的机会和同学煲电话粥，并不像过去那么在乎大鞋子是否按时归港。

第 N 次提出越狱的想法时，老婆就当是一阵微风从耳畔掠过。

"我明天下班后去趟 Y 县，有个大学同学开了个糖厂，让我帮他们看看产品宣传片。"我起身准备去房间收拾东西。

她这时才停下手里的拖把，"看片子不可以把视频发过来吗?"

"同学想让我看看他的厂子，看看他的事业，这种心理你应该懂的。"

"昨天为什么不说，今天搞什么突然袭击?"她想大度又有点狐疑，拖把的水印就有些凌乱。

"是他今天下午突然袭击我，你不批准我回绝就是了，以后再去。”我是真心无所谓，老章邀请我去Y县不是一次两次了，我婉言谢绝也不是一次两次了。

“不会是何曼丽吧？”何曼丽是我们当年的班花，也是我的大学女同学中唯一被我老婆记住名字的。我每次和同学见面她都会排除一下何曼丽。其实我和何曼丽在师专时只围着田径场散过一次步，何曼丽自己可能都不记得了，我老婆却替她记了十几年。

“哇塞，你居然把一个光头壮汉想象成美女，真有想象力。何曼丽早跟着老公移居上海了你又不是不知道。”我作势回到沙发看电视。

她给了我一个白眼，“我有那么狭隘吗？你那么想越狱我不拦你，哪天回来？”

“最晚星期天吧。”我声音喑哑，立在枝形灯下进退失据像做错了什么。

老章上午获悉我傍晚赶到Y县，以为我去那边另有公事，找他不过农人从田地回村时顺脚拐进菜园门摘点下饭菜，我跟他说：“你约下老罗和老曲，看看他们是否有空一起到Y县聚聚。”

“老罗肯定没问题，上礼拜还说想过来玩，老曲家里抓得紧，我替他请假估计问题不大。”老章语速快得略显忙乱，估计在盘算晚上的安排，接着又问我，“你几个人过来？”

“一个人。”

“不带一个？”带一个什么样的人，老章的语调暗示得很明朗。

“想倒是想，没合适的呀。”这么说着心里就觉得有点辜负老章。

辜负别人没关系，辜负老章，多少有点不好意思。

前几年同学聚会时，我就辜负了老章。短短两天时间，就有五六个香艳的名字从老章的回忆里半遮半掩地溜出来，有的模糊得只有影子，有的清晰得看得见腰肢和胸脯。老章用这些香喷喷的腰肢和胸脯跟我们交换。老罗讲了一个，虽然没奉献腰肢、胸脯，也多少扯到明眸善睐之类。老曲也讲了两个，不过都是婚前的事，其中一个还成了现任妻子。老章大呼不满意，想听我的。结果我让他们几个都失望了。

我缺乏坦率的奉献精神是一方面，虽然我们四个是当年最铁的室友，但我素来都不习惯自曝情史，觉得这种行为既不尊重他人也会让自己显得浅薄。实际上，就算是和盘托出，他们也还是会失望，以我在高中和师专时表现出的早慧，不奉献八九个故事他们准会失望，所以我就索性让他们痛痛快快地失望了。他们奉献了胸脯和故事，我只奉献了世界观。我拿能量守恒定律给自己遮羞，年轻时消耗得多的，现在就消耗得少；年轻时消耗得少的，现在就消耗得多。

老章带头哈哈大笑，把我所说的能量直接等同于荷尔蒙了。

我其实最想说的是好奇心。当你走过的城市遍布了全国，交往过的女性比省会城市还多时，你就会发现，真正对你构成吸引力的女人其实就那么几种，从表面看不会比一个巴掌多，深入地细究起来，其实也就是一两种，其他都是她们的变体，好比一个字的多种写法。

像艺术家搞创作一样，一个人不能老重复自己的才华。重复多了也就失去激情了。

老罗点头默认，像敬重一个曾创下丰功伟绩的离休老将军那样原谅了我，我们一起坐到观众席，分享老章的现在进行时。老章和老罗、老曲一样，大学三年都没有碰过女生的手，十年之后，大有茅塞顿开脱胎换骨之势，老章也极愿意跟我们几个分享横刀纵马的快意。

老章多次邀我去 Y 县，或许正有此意。

我和老章打电话时，小白正在一旁复印资料，回头笑我，“晚上有约会呀?”小白在隔壁的编辑室，总来我们编辑室找小王分享网购心得。他们部门的复印机常死机，这也是她总来我们这儿的理由。

“和男同学见面算约会吗?”我很少用反问句接她的话头，这意味着还有很多回合等在后面。

“不可能吧，跑那么远会是见男的?”小白背着我扑哧一笑，洞察了什么会令我难堪的秘密似的。

她那么武断我真有点心虚了。小白一直不相信我除老婆之外再无别的女人，“你眼底还有火焰。”小白总这么说，弄得我有时真觉得自己或许是当局者迷。

“是不是想跟我去当纪检员?”我知道这么说后果是什么。

小白转过身来，扫视了一眼小王的空位子，“一言为定哦，几点出发?”

我瞬间被她的果断击垮，“这样的话你也信？我同学还以为你是我小蜜。”

“没关系，我就说你是我小蜜。”她不是第一次这么说，有次在饭局上遇上我在报社工作时的老同事，老同事发现她总提到我，不怀好意地试探她和我的关系，她爽声一笑：“他是我小蜜。”老同事只能苦笑了，接下去就只剩喝酒的话题。

小白这姑娘，怎么说呢，要说是新品种也谈不上，上帝造人时把什么都想周全了，不可能才过了几万年突然冒出什么新人类，我们那个年代的姑娘也有这款的，只是款型更传统些罢了。那时我只愿跟端庄秀美的文艺女青年玩心跳，这类姑娘看在眼里记不到心上。反过来说，她们感兴趣的也不是我这款的。和小白交往的经验基本是新鲜的。最让我意外的是，她似乎很乐于把跟我的交往引向某个我无从想象的危险地带。

其实她男朋友挺帅的，白皙的国字脸，线条明确的五官，她也常拿男朋友的帅来打击我。把我打击蔫了就拿我作垃圾桶任她倾吐。倾吐的也大多不是什么正经内容，比方说某男作者总在半夜给她发短信怎么办，社长总在谈完工作时爱抚一下她的肩膀怎么办。

父母很早离异，她基本是跟着母亲长大的，很羡慕我对自家小朋友的精心和尽心，总央求我也带她放一次风筝或郊游一次，那种貌似恋父情结的恳切令我不悦，“我还没老到可以做你父亲的年纪吧？”

“在生理学上是可以的，古代男子十五岁结婚生子是普遍现象啊。”她本科学的是生物，研究生才改修古代文学。

她长得其实挺女人的，丰乳肥臀蜂腰，眼睛也亮如相机镜头，安静时含情脉脉，一说话就高频快闪，让我想起小时候写作文时常抄的一句话：“一双会说话的眼睛。”

我躲避着相机镜头的快闪，“这样吧，我先过去看看情况，有好玩的你再过去。”

“又骗人。”她扭头夸大脚步声回隔壁去了，压根儿就没信我。也不能全怪她，类似的话我说过无数遍。

未收割的二季稻黄得有点接近赭红，在鄱阳湖平原上电脑复制般地无尽伸展，酷似油画里的北方原野。车子出收费站不久，就被藏在隔离带中的摄像头拍了一张，低头看速度表，指针居然越过了130。这车子也很久没上过高速了，上来就无法控制撒欢的激情。

老罗拎着服装店派送的硬纸袋站在 W 县高速出口等我，他头发灰麻，肤色灰暗，同纸袋上的明星头像相映成趣，远远望去像只落单的鹌鹑。

其实他是幽默而细致的，一上车就发现我昨晚没睡好觉。“最近工作很忙吧?”他问。

我只能顺嘴答是了。我只想出来透透气，不太想大门洞开打开自己。他也颇能意会，就跟我聊起他见过的老章的一个女人，“不穿高跟鞋个子比老章还高，穿高跟鞋的话，我跟他开玩笑，接吻要踮着脚。老章说，他喜欢的就是这种反差。”

我们都嘿嘿地笑，似乎看到了相关的画面。

老章电话里说过，老罗今年也有所突破。我正想证实，老罗虚掩城门，顺嘴扯到老曲，“士别三日，当刮目相看，别看老曲那么老实，现在也挺猛的，跟女生打得火热。”老罗的眼角轻扬，从某个角度看有点小淫荡。

这怎么可能? 老曲? 和女生打得火热? 如果是他自己说的，肯定是酒后吹牛或清醒时的臆想吧，老曲没那个能力，更没有那个胆魄。

说起来老曲长得比老章、老罗都帅些，至少皮肤白嫩红润很多，虽说也是农家子弟，却是父母在生了四个姐姐之后得的老崽，从小是当女崽子宠的。大学刚开学时，班上只有四五个男生穿着西装，他是其中之一，大家原以为他也是城里孩子，稍一接触就发现他其实挺土挺怂的。他不会唱歌，班上排练大合唱他总是在大家收声后多唱半句，像是集体合影时从某个头顶恶作剧般冒出来的一只剪刀手。他不会打篮球、乒乓球，百米测试总比及格线慢两秒，最令人发指的是，居然不会骑自行车，班上每次搞郊游，他都像女生一样搭坐在人家的车后座上，用的竟然还是女生的侧坐姿势，脚尖在地上撩起一溜黄尘。

他最突出的优点是会读书，当然，也算不上特别会读，否则也不会沦落到师专来跟我们同甘苦。会读书对于已端上铁饭碗的师专生来讲就像是人体内的盲肠，没有多少实际用途，有这根盲肠，毕业时拿的也还是大专文凭。这根盲肠唯一的用处是，每次考试时能帮他换来几盘炒粉吃，那些不作弊就通不过的学生有时会把他当土地爷进贡一二。

几乎没女生关注过他，浪漫女生瞩目的是校园诗人、洗衣房歌手、短跑健将和业余足球篮球明星，务实的女生物色的是县长公子、局长公子，最不济也要找个学生会干部、党员之类的潜力股。他也不关注女生，每天跟着老章和老罗混迹于教室、食堂和图书馆，人家吵架他围观，人家追女生他参谋，大风往他这边吹来，他就缩脖子低头做芸芸众草状，规避了风险也谢绝了春天。

这样说或许太冤枉老曲了，毕业前垂死挣扎的氛围中，他也曾在两瓶啤酒下肚后承认有点喜欢我女朋友寝室的小个子姑娘 S，S 是某县小镇上来的，算不上漂亮，但有点某港星的古灵精怪，老曲喜欢的或许就是这点。他最热爱的明星都生活在离那时的我们遥不可及的香港。

我买了两张电影票，一张给了老曲，一张通过女朋友给了 S。S 大方地去了，老曲在电影开映后才乘着黑暗溜到座位上，到电影散场都没敢和人家说一句话，手里捏着的两根冰棒全都化成了水，旁边一个男生踩到后以为有人拉了尿。事后我女朋友问 S 印象如何，S 一脸茫然，“你问的是左边的还是右边的?”不仅对老曲，对老曲的紧张都没一点印象。

我又提起这个经典段子，老罗一摆手，“嗳，这个不作数了，人家好歹四十多岁了，女儿都上中学了，不可能还停留在那个水平。”

“那也不至于和学生搞在一起吧。”我隐约记得，近些年网上曝了好几个有关师德的案子都与这有关。

老罗眼里露出对我的想法很了解并深感落伍的意思，但他说出来的话过滤了不屑的成分，“老方，你长期在省城，对基层中学不是很了解，农村中学里老师找学生做老婆的多得很，靠山吃山嘛。”

毕业第一年我也是分在农村中学，这些情况我不是没听过、见过。可是安在老曲身上，还是很难相信，他老婆是个厉害角色我也是有耳闻的，内部外部的条件都不允许他赶这种时髦啊。

老罗正讲着他身边的类似见闻，Y 县的出口到了，车子减速沿着辅道溜下去，还没到收费口，就远远地望见一个光亮的肉头在阳光下闪烁。

老罗遥指着老章哈哈哈笑起来——他正弯腰俯在窗口上跟收费的小姑娘热聊。

老章让司机在前面开车带路，自己一屁股坐到我的车后座上，携带进一股不知是香水还是什么东西的呛鼻香味。

“章总现在连收费站的女人都不放过。”老罗冲着我笑。

老章也不解释，憨憨地笑着，过了两分钟，忽然想起什么，"还别说，真有这样的事，我的一个朋友，过收费站时发现里面的女人长得好看，就一连跑了好几天那个路口，后来真把人约了出来……"

约出来之后怎么样了，老章用嘿嘿嘿的笑声省略了。

路过汽车站时老章说："老曲说校长不批假，要等上完课才出发，我们先去宾馆。"

"这个老曲，工作这么多年还那么老实，随便编个理由不就是了，一个鸟校长还不好对付。"老罗在学校时和老曲走得最近，常对他有恨铁不成钢的怨怼。"要是把他那副皮囊给我，我成不了西门庆也要成老方。"那时他常这么说。

"你的网友呢？怎么不约过来？"老章问老罗。

老罗脸一红，摆摆手，"我没那个本事，在网上亲热亲热还差不多，真约出来人家未必愿意。"

"你不试怎么知道行不行？"这下轮到老章恨铁不成钢了。

"真约出来，也不敢带到你老章面前来，长得也就一般般，家常菜。"老罗的谦虚看上去很真诚。

老章哈哈哈大笑起来，"那你肯定约过，跟我们还打什么埋伏。"

老罗用目光联合我，对着老章笑道："我们都是来取经的，扯我那些没名堂的事做什么。"

宾馆在糖厂附近，十字路口边上，名字叫金海岸，模样也像名字一样给人强烈的不真实感，彩灯花里胡哨，大厅的地板居然是玻璃的，角落还用鹅卵石砌墙围了个微型水池，一个小水车在水流的冲击下慢悠悠地转着，感觉就像是个旧夜总会。

上楼的过程，发现一至二层是歌厅，四至六层是客房。老章给我们订的房在六楼，进房时解释说："放心，不会很吵的，真正唱歌的不会来这里，都是找小姐喝酒的。"我拧紧的心尖稍一放松，却见一只蟑螂被脚步声惊得飞速躲进液晶电视后的暗影。

"我们的客户一般就安排在这里，去厂里方便，娱乐也方便。"老章嘿嘿笑着，把房卡插进取电槽，给了老罗另一张房卡，"你跟老曲住隔壁。"我这才注意到这间是大床房。脸上略有点不自在。我自己出差一般都住单间，和同学在一起似不好特殊。

我们那个班同学大部分在县里做老师，少数在市里，从县里出发，东转西挪到省城的只我一人，同学们因此总高看我一眼。其实我的工作离权力和财富都很远，从实惠的角度考量，远抵不上市里和县里的一个局长、副局长。

老罗挺懂我心思，递过来故作神秘的眼神，"老章用心良苦，你不要浪费啊。"

"好，我争取不辜负老章的美意。"那个瞬间小白在脑子里一闪而过，确实是一闪而过，我说这句话的目的主要还是化解享受特殊待遇的尴尬。

我们一直聊到暮色漫窗，一个小巧艳丽的姑娘双手拎包出现在房间门口，老章才摸出手机看着屏幕说："老曲上车了，一个半小时到。"老章把盘在床上的脚打开伸到床下去找皮鞋，边提皮带边对着我和老罗跟那姑娘说话，"这就是方老师、罗老师，你不是还买过方老师编的书吗。"

姑娘走进来，脸被白炽灯光一涮，就露出些少妇的本色，那种孩子还处于学龄前的少妇，在家衣着潦草，出门前几分钟才匆忙收拾一下仪表，身上还残留着仓促的痕迹。那件暗红色外套显得有点大，也有点过时，残留着八九十年代香港言情剧中的时尚。

她大方地跟我们打招呼，小心地落座在老罗腾出的木沙发上。“我看过您编的不少书……”她歪头望着天花板数自己的指头，她一口气说出的五六本图书中，只有一个是我编的，其他的不仅和我，同我们出版社都没有半毛钱关系。我编的那本，估计也是从老章那里听说的，她说的内容和实际风马牛不相及。

老章脑壳与顶灯争辉，踩着自己的影子煞有介事地介绍她，“这是胡丽莉，刚从广州回来，晚上陪你们一起吃饭。”

老罗抿着嘴哦哦哦地应和着，不时斜眼打量一下小胡盘起的发髻和银闪闪的耳钉。

其实她刚站到敞开的门边抬左手敲门时，我们就从老章的表情中猜到了她是谁。之前的时间里我们一直在听老章谈论她，还在手机上看过跟本人不算太像的艺术照。

老章结婚后，经手的女人两个巴掌都数不过来。上次同学聚会时，老章重点讲的是婚外打响的第一枪。“你们也了解我，我其实是胆小被动的人，不过，一旦女方主动，我也不会太被动的，呵呵呵呵。”他这样解释第一次的突破。

老章在乡下窝了很多年，就找了同村村长的女儿结婚。儿子都满地跑了还调不进城，他就跑到浙江义乌一所乡镇私立中学打工去了。同校有个江西老乡，失恋后负气跑到义乌教书。两人老家只相隔一个县，方言只隔着几个音，这使得两人一见面就走得挺近；老章又比女同乡大八岁，不仅能当大哥，当叔叔也差不多，这便使得同乡对老章特别放心，开心不开心的事什么都跟他说。

中秋节两人都没回老家，在镇上的餐馆里喝了点黄酒晒着月光往学校走，过一个不算太宽的沟坎时女同乡说头晕脚下有点没下落，老章先跨过去，伸出手来接她，她一过去老章的另一只胳膊也伸出来接她。老章把牵的姿势演变成了抱，女同乡也没强行纠正他，身子僵硬地杵在老章面前，老章被浓郁的洗发水的香味刺激得想打喷嚏，但他一直忍着，仰头望着月亮，最后女同乡说："还以为你最可靠，原来你最狡猾。"

老章跟她睡了十几次就回 Y 县了——连续拜了几个年后，教育局长答应调他进县中。

"你舍得下那个女的?"老曲问。

"唉，我总不可能为了她放弃回城吧，跟我睡了四五次她才承认，她前面的男朋友也是个有妇之夫、她的学生家长，她是被人家的老婆骂出来的。"老章脸上是那种捡到一千元最后却数出五百元假币的表情，一半是得意，一半是懊恼。

对那个头比他高的啤酒女郎，老章的兴趣也只维持了几个月。"她就是辆小中巴，只要你有钱，招手就停。"

这次谈到小胡，情况迥然不同。小胡其实是老章的学生，在外打工多年，前两年回 Y 县省亲时街头邂逅一次，竟站在烈日下狂聊一个多小时。小胡正处于刚离婚的空仓期，老章那时已打响了第二枪第三枪，积累了经验，也积攒了势能——那种看到好女人就想往前冲的惯性。

"她跟读书时比变化太大了，不光是漂亮了，胆子也大了。说实话，我是蛮喜欢她的，可是我怎么敢往那方面想!"他巡视着我和老罗的脸，"毕竟是做过老师的，又大十来岁，总觉得开不了口。"

"那是她主动的?"老罗笑着跟我交换了一个眼神。

“也不能这么说，不过她鼓励我是真的。第二次我约她到外面吃饭，喝了点酒，我就自言自语：‘可惜我结婚了，又比你大那么多，不然的话我都会追你的。’我其实是安慰她希望她振作起来，结果她大方地说：‘那些算不了什么问题。’”老章讲到这里时，喉管痉挛有点口吃，唾沫星子喷溅到我和老罗的脸上，老罗抹了一把脸，食指和中指并在一起指点着老章面前的空气，“老章啊老章，真是好手段，明明是你追人家，倒弄成人家先点破。”

老章呵呵呵呵笑个不停，嘴巴一直张着，像是被美好的回忆点了穴。

我和老罗又问起第三枪第四枪的事，他答得也很详尽，不过表情却不陶醉，说着说着情节就跑偏了，我们一问，主人公又回到了小胡。

他瞄了一眼房门，低声透露，“说句实在的，我们睡遍了Y县的所有宾馆，市里省里也经常去的。她不像别的女人那样开口，从不主动要我买什么。她越这样我越愿意在她身上花钱。”

老罗缩回身子，“那也是你有钱，我给人家买个手机都要咬牙。”

“你从学校出来搞企业跟她也有关系吧?”我问，很明显老章跟小胡玩的不仅是性，还有爱情。

“也可以这样说，我同学从上海回来办厂，请我帮忙，我干了一个暑假就留下了。在学校里只有那么点死工资，也没有那么自由。”老章在糖厂当分管销售的副总，每个月有二十天在外面跑。

“要是我就吃不了这个苦，我这人还是适合过悠闲的日子。”老罗脸上的羡慕渐渐消退。

“别看她也是农村出来的，其实很时尚的，买衣服都要去专卖店，吃饭叫外卖，心情好了就去烫个头，心情不好第二天就拉直，过几天重做。我不管，她高兴怎么就怎样。”老章的神色就像是慈父谈论任性的女儿。这些岂止是第一枪第二枪第三四枪等可比的？

我们移师到车站附近的一家土菜馆，小胡颇为麻利地点好菜，又把老板叫来叮嘱鱼头炖豆腐多煮十分钟、青菜煲少煲五分钟、鸭舌清蒸前用水洗洗盐，“有文化的人吃得都很清淡的，”她用手指指我，“他可是省里来的领导，可不要关键时刻让我丢脸面。”

老板弯腰凑上来分烟，我站起来谢绝了。

出版社去县市出差时，接待方也常乱给我戴高帽子——“全国著名学者”“写大学课本的”“给百家讲坛出书的”，直接说省领导的还很少。

我脸有些臊，落座半天也恢复不过来。幸好老曲跟着老章的司机及时进来了。他从我开始，一个一个打招呼道歉。“本来五点半有一趟车，我慢到了两分钟，就耽误了半小时。”

老罗嘴一撇，“别说那么多没用的，自己罚酒一杯。”

老曲倒也自觉，也不管我们有没有开席，自己满上一杯啤酒咕咚一口灌了下去。见菜还没上来，就双手伸到双腿间来回搓着，目光不时地瞄一下小胡，又看看老章，“你就是胡丽莉吧？”

小胡原本大方得很，被他这直通通地一问，就必须表现出一点不好意思了，头一扭，嗔怪地横了老章一眼。

老章望着空气呵呵呵地笑着。“没事没事，都是最铁的朋友，不是普通同学。”

老罗嘴又一撇，“老曲，几年不见你还是没长进，再罚酒一杯。”

老曲无辜又大度地一笑，“行行行，我自罚一杯。”

老曲还保持着师专时的盛装风格，西服革履，只差未扎领带，只是脸胖了一圈，发际线往后退了几厘米，没后退的地方头发也不密，薄薄的，望得见褐红的头皮。

老罗和老章都研究文物一般琢磨着老曲的脸，看得他有点扭捏起来。“我又不是美女，你们看我做什么？”

“我是在想啊，你相貌还不如当年，怎么桃花运比以前多了呢？”老罗摩挲着下巴。

“怎么扯到我了，我怎么能跟老章相提并论！”老曲像当年冷不丁被老师点名表扬似的摸摸后脑勺。

“这个跟相貌关系不是很大的，男人嘛，关键是要有气场，不信问老方，教授级人物在这里呢。”老章把球踢到我这边。

“呵呵，老章已经悟出了门道，和外表相比，男人的自信肯定更有魅力。老章已经用成功做了证明。”我觑了一眼包厢门，小胡去厨房监督做菜还没回来。

“那我有个问题，老方，按理说，你现在比读书时更自信更有资本了，面临的诱惑也更多，怎么反倒不如老章硕果累累呢？”老曲问。

老章看看包厢门，连连摆手，“我怎么能跟老方比，他要求比我高。”

“不是的不是的，这个跟要求高低没关系，真没多少诱惑。”

“怎么可能呢？”他们齐声追问。

“我的社交圈子其实很小的，工作之外的时间基本都围着孩子转。更重要的原因，比以前爱面子了，年轻人总是老师老师地叫我，我也只好道貌岸然。”我说的都是实话。

“那你就从此不想了?”老曲执意要扮演说真话的孩子。

“想啊，每次跟老婆闹不愉快我就想起义。”我再端着就有点愧对兄弟们的坦诚了。在他们三个眼里，我的工作颇有上层建筑的脱俗之感，不再仅仅停留在为稻粱谋的层面。毕业后的每次见面，我都能感觉到他们对我的另眼相看，虽然是欣赏和高看，但也有一种微妙的疏离。

大家哈哈哈大笑，老曲继续焦点访谈，“那你身边就没有玩得好的女人?”

我哪敢说没有，说没有就太虚伪太对不起他们和自己了。幸好确实有个小白。

小胡带着服务员把菜全上齐了，老曲对我的拷问也就告一段落。

小胡坐在老章旁边，一开始还隔着半尺距离，喝了三两白酒后，距离就只有一拳或负一拳了——老章不时会俯到她身上耳语。小胡都喝了三两，其他人就没有了退路，老章灌下去六两，老曲半斤，我四两，老罗四瓶啤酒。差不多都到了点。

老章问大家要不要唱歌。我说人太少，唱歌就算了。老章就回过身去跟小胡耳语，几分钟后小胡就起身告辞了，说小孩没人照看，早点回去。然后老章就把我们带到了一家足浴店门口。老章说：“酒喝多了，不吼出来就得泡出来，要不然晚上睡不好觉。”老曲激动地搓着双手，像是要上桌去打麻将。老罗看着我眯眯笑，“章总要请我们腐败，老方你看呢?”

我家周边就有好几家大型足浴店，装修得金碧辉煌如宫殿，有的门口还矗立着手执青龙偃月刀的古代大将，像是个砍脚而不是修脚的场所。我有很多年不去此类地方了，不喜欢让别人的手为自己的脚当服务员，不适的感觉总是多于舒服；也讨厌在浸透着无数人汗渍和烟味的沙发上躺一两个小时，以前偶尔陪朋友去，回家第一件事就是换衣服，还不敢和家人的衣服一起洗，怕污染了她们。

但是老曲和老罗的眼神让我只有点头。不过我的运气好，这家名叫第一刀的足浴店规模不大，我们来得晚了，只剩三个姑娘没上工，其中两个还是刚下工在抽空上厕所，另一个用白塑料杯喝饮水机里的水。老章批评柜台后的女老板，“我刚才打电话你不是说有人吗?！我今天可有贵客呀。”

老板扫我们一眼，转出来分烟，凑上去跟老章解释，“小云还有二十分钟下工。你抽根烟的工夫嘛。”

“就没哪次是一口气凑得齐人的，”老章继续皱眉表达不满，转手对我们大手一挥，“你们先进去洗，我跟她谈谈心。”他用眼神示意女老板。

女老板配合地媚笑。

我把老章叫到一边耳语几句，老章就带着老曲和老罗跟着三个姑娘进了荧光闪烁的包间。

我跟老章说的话是，我出去打电话看能不能约一个女同事来Y县，让他们先泡脚。

这么说不完全是虚晃一枪，我们喝酒时，小白就来过短信，问我是不是在泡妞，我说晚点给她回电话。当时正听老曲在老罗的逗引下讲两个女生抢着帮他洗衣服、洗被子之类的事，为此还闹过不愉快。老曲回味着，薄而白的皮肤红得像端午节擦了洋红的蛋壳。他讲完了瞄一眼掩嘴窃笑的小胡，兴奋又缩回去一半，“老罗你别想歪了，就是洗洗衣服，你们了解我的，太出格的事我是不会做的，是吧？”我点点头，老章也双手撑桌点头称是，小胡在旁边，他含蓄得体得像个绅士。老罗也是顾小胡的面子，没好意思追问下去。不过气场还是被营造出来了，好像在老婆之外没人关爱的男人特别丢人。

足浴店边上是空阔的工业园区，面积很大，厂家很少，笔直的水泥路上灯光很淡人影更少。深秋的夜风有点凉，但酒精把每个细胞撩拨得像快闪的灯泡。我挑了最宽的那条路往深处走去，边走边跟小白打电话。

她刚跟闺密看完一部电影自己往住处走，接到电话颇感意外。“吔，你今天怎么对我这么好？被情人抛弃了？”

“是，人家不理我。嫌我老。”刚好有个骑电动车的女工从身边一掠而过。

“呵呵呵，才明白呀，你确实蛮老的，除了我谁会那么大度。哎，说正经的，Y 县好玩吗？”

我说我们明天可能会去游一个溶洞，她听说过那个景点，当即表示要赶过来参加。

“不要太猛吧，再说这么晚你怎么过得来？”我有点后悔了。

“打车呀，不就一百来公里嘛，你不付钱我自己付啊，就算是跑两趟机场呗。”她呼吸急促，似乎正加速往住处去收拾东西。

这个确实太猛了，我原本只想在语言上娱乐娱乐。“这不是钱的事，不安全啊，这么远的路，你又那么性感，司机要控制自己的冲动很困难的。”

她咯咯咯笑起来，“我真有那么性感吗？”

"有啊有啊。"

"那平常也没见你冲动啊?"

"我那是道貌岸然，我冲动还能让你看出来!"她真要连夜赶过来不仅会让局面变得复杂，确实也存在安全隐患。

"那行，我明天坐大巴过来。"

我含含糊糊地答应，自己都弄不清心里的真实想法。

我顺着工业园区的主干道往前慢跑，跑到近郊居民区时，皮肤发烫汗液蒸腾，就把长袖运动衫脱了绑在腰上继续跑。只千米之隔，这边就是纯粹的农村景象，房子多是两三层的盒子状的小洋楼，家家门口都用水泥抹出七八平方米的小晒场，也有七八十年代留下的黑瓦房，住着行动迟缓的老人。小路没有照明，也极少行人，农用车噪声震耳地从身边撞过后，就是一片死寂，给人到了午夜的错觉。几个在门前收东西的老年人停下手里的活儿打量我，见我不是在追小偷，也不像是在逃跑，就不解地转身进屋了。我绕着村子边上的小路跑了数个来回，看看手表，差不多完成了半小时的定量，才改为走回去。

每天半小时慢跑是三十多岁养成的习惯，平常在家里的跑步机上跑，出差就在室外跑。几乎做到了风雨无阻。上次同学聚会时，每天早晨还绕着宾馆跑，让老罗他们颇感意外。我从小学到大学都不爱运动，别说跑步这种枯燥的事，就连篮球足球都不会碰一下，每次长跑测试就像是受难，没跑五百米喉咙就被急速呼入的空气摩擦得刺啦啦地痛，没到八百米就开始咬肌酸胀嗓子眼发甜。现在一口气跑五千米粗气都不会喘，社里每年秋季的登山比赛我都是前三名。

我曾为自己的涅槃感到自豪，小白在敬佩之余却另有见解，她有一次拿着本杂志考我：“当一个男人越来越注重饮食，越来越注重锻炼，越来越看重家庭，越来越不花心，这说明什么？”我想都没想就答：“他终于成熟有责任心了。”

“错！心理学家的研究表明，这一切都是衰老的表现，准确地说叫初老症。”她把杂志往我桌上一抛，像个设伏成功的猎人骄傲地转身扬长而去。

杂志上说的初老症症状还不止这些，比如越来越爱家人，不愿结交新朋友，每天不吃绿色蔬菜就会浑身不自在，等等，似乎每一条都跟我很吻合。确实很有道理，真正年轻的人谁会担心健康，谁又会把心思放在亲情上呢？年轻人相信人生无限长远，只有老年人才会过分看重现在。

“多跟我们年轻人玩吧，那样你还有救。”小白总在我心绪不佳时以心理医生的姿态给我施舍救生圈。

我很想，可这些就真的能阻拦时间列车的飞驰吗？

我更相信的还是能量守恒定律，一切和年轻时反着来，以弥补早年过度挥霍形成的亏空。

快走到足浴店时，短信铃声响了，以为是小白，但上面写的是：“人呢？真的越狱了？”

我赶紧回复，“岂敢，刚跑步去了。”

“这么晚，跑步？跟你闺女通个话吧，她说家里少个人不习惯，问你什么时候回来。”

我一激动，拨了女儿的手机，半天却没人接，第二次重拨里面才传来嘟嘟囔囔不耐烦的声音，“干吗呀，人家正写作业呢。”

“想不想老爸?”

“……还行。”我能感觉到是一边脸朝下看书一边发出的声音，既无热度，也无意识。

“我最晚后天回来。”

“哦，你跟你老婆说去吧。”一秒钟后手机那边传来她妈妈的呼吸声。

一伙中老年人围在糖厂的门口跟保安纠缠，像海浪耐心地围困冲刷着礁石，我以为出了什么事，老章正眼都不瞧领着我们从边门鱼贯而入，“都是附近的居民，要我们付环境损失费，其实我们糖厂污染又不厉害，晚上加班时有点吵也是难免的嘛，县长都表示可以理解，要不然不会把这块地批给我们。”

“还是你同学厉害，这块地就在城边上，一般人怎么拿得下来?”老罗竖大拇指。

“也没什么厉害不厉害的，不是县长邀请他怎么会回来投资，县长不支持，拿下地也要被工商、税务他们逼走的。”一谈起经商，老章就权威得他人无从置喙。

老章虽是副总，走在厂区人人都跟他打招呼，像是老农巡视自己的稻田，老农只要把笑容挂在嘴角，稻穗们就得此起彼伏地点头致敬。

参观流水线时，老章只象征性地穿了个塑料鞋套，一个车间一个车间带着我们串门，每种糖都抓一把给我们品尝，似乎它们都是从自家田地刨出来的花生和荸荠。女工们连头都不抬，手上的动作更麻利了，我们的干扰非但没分散注意力反倒使她们更全神贯注了。

那些原材料——白砂糖、代可可脂、植脂末、食用香精等都用比麻袋略小的编织袋装着堆放成墙，体量庞大得让我的胃产生腻味和恶心感。似乎，再好的东西放大一百倍放到你面前也会变成赝品或一种比赝品更邪恶的东西。

车间倒还算干净，工人们也基本做到了着装上岗，不过走过七八个车间，我连一颗糖都没吃完，嘴里的那颗，出车间时吐在了排污沟里。

除了一种紫薯芝麻味的巧克力口感稍微柔和些，其他都甜得人打激灵。

“章总，你们的糖是还可以，就是有点太甜了吧。”老曲直言。

老章哈哈大笑，“一开始我也这么觉得，我们的糖除了卖给婚庆公司，最大的客户群是中小学生，小孩子的口味都是很重的，你不甜人家会说你卖的不是糖。你觉得甜说明你老了。”

“对对对，我现在也觉得味蕾越来越退化了，喜欢清淡。”老罗附和。

老曲坏笑起来，“你吃零食喜欢清淡，别的方面可不是这样。”

老罗指着老曲冲我和老章笑，“这个老曲，人家说糖他说那个，老不正经。”

我们只想随便看看，老章却煞有介事，参观完车间和厂区，又把我们领到会议室，让一个挂工作牌穿西装套裙的四眼秘书给我们汇报厂里的情况，从厂史、经营理念到产品特色和销路无一遗漏。

真把我们当省市领导了。

我们三个手里挎着冒热气的一次性纸杯，对过于隆重的接待颇感不自在。老章不管，坚持把流程走完，听完汇报又让我们看专题片，说解说词和主题歌都是他写的。

主题歌《甜蜜的事业》的歌词老章曾发短信给我征询意见，当初以为他只是玩票，我自己也不懂歌词创作，就没细看，没想到真谱成曲，还请了一对歌星夫妻演唱。老张说："出场费花了三十万，服装和制作费花了二十万。"

老罗直咋舌，"妈的，还是当明星好，几分钟就赚我们半辈子的钱。"

老章笑，"他们算是好讲话的，其他人开价更高。"接着讲他跟其他几个当红明星的零距离交涉。

大家的情绪像电压不足的灯泡，黯淡了两秒钟，老曲拨火说："老章，你现在也算是词作家了吧，让老方给你包装包装？"

"我现在不玩这种虚的，我们搞的是实业。全国像我们这样的厂子有几千家，不好好经营在市场上站不住。"老章连连摆手。

"反正你们亏不了，在市区能拿到这块地，就算糖厂亏了，以后做楼盘都不得了。"老罗掐指算账。

"你同学真有脑子，说不准就是打着办厂的旗号搞地的。"老曲赞叹地频频点头，不知是被老章同学的智商感动了，还是被自己的洞察力感动了。

我没心思参与讨论老章同学的智商，参观老章的副总办公室时，小白来信息，已在来 Y 县的大巴上了，要我去汽车站接她。昨晚打她手机，只有一半是自己的想法，另一半是酒精的主意。她真过来了，局面就不一定全由我掌控了。

车站和糖厂在同一条街道的同一侧，直线距离不到一公里，其间红绿灯都没一个。我没让老章的司机代劳，自己开车去接。结果早到了近一个小时，小白还没下高速就说她已经到了。等她真的到站时，我的视神经已经由于频频眺望疲惫至极，眼皮都有点抬不起来。

“别这么冷漠好吧，我真是来看溶洞的，不会把你怎么样的。”她噘着嘴，倒有点故意示怯了，似乎真担心我不欢迎。

准备好了面对一只豹子，结果来的是一只野猫，至少，表面上看如此。我倒有点于心不忍了。和到车站来会合的老章他们介绍她时顿然大方了许多。他们在厂里久等我不回，眼看到了吃饭的时间，就赶过来陪我接人了。

老章强行往我的后备厢放了一箱燕麦巧克力糖，整整衣裳，对着小白上下打量了一番，“你同事个子好高啊。”

小白身高也就一米六五，不过老章和老罗个子都矮，觉得她很高也正常，何况她还穿着显高的白色西裤。

老曲推了老章肩膀一下，“老章你怎么还跟师专时一样，见了美女就说个子高，想说漂亮就说呗。”

老章脸皮上的一根汗毛颤动，“这个这个，在年轻女同志面前还是要含蓄点为好嘛，白老师可是个文化人，不能让人家一眼就看出我们的粗俗。”

小白咯咯笑着热热地望着我，“你同学蛮幽默的嘛，怎么早没听你提起过?”

“提起过呀，你不是以为是女同学吗?”我后一句是对着老章几个说的，“她一直以为我来 Y 县是跟美女约会。”

他们都哈哈笑起来。

一起去溶洞附近的农家乐午餐，老罗直接上了老章的车，老曲像只迷路的羊羔，对着我的前挡风玻璃犹疑张望一番，见小白坐在我身侧，就跟着老罗钻了进去。

小白指着老曲，“你这个同学有点那个哈，不是想来给我们当灯泡吧？”

“我们又不做什么，有灯泡没灯泡都一样。”我真做好了老曲坐过来的准备，因为待会儿老章的车路上还要接小胡。

“对对对，我们方老师多牛啊，就算是我一头扑到你怀里也照样能开车对吧。”她作势要倒过来。见我目不斜视，脑门碰下我肩头就回身闭眼靠在后背上养神了。“我男朋友叫我一起参加他同学的婚礼，妈的，他同学结婚关我毛事啊。除了送钱还要送祝福送微笑，谁来祝福我关心我呀。”她眯着眼嘟囔着。

“那我的同学更不好玩了，他们都比我还老，比我还不帅。”

她睁眼直起身来，“不会呀，你同学挺好玩的，不装，他们都以为你是我小蜜吧？”

“是哦，我一世英名毁于一旦。”

“你还一世英名？你的底细他们还不清楚，待会儿我采访他们一下方老师的青春期糜烂史。”她大笑不止。

我以为她只是说说，在农庄的院子吃露天农家宴时，她还真的问老章他们我在师专谈过几个女朋友，漂不漂亮。他们不知小白和我的关系到底多深，一个个着急忙慌地替我遮掩。

“你们几个真是他的好兄弟，那些事他早对我坦白过了。男人哪有不花心的对吧，我们方老师也是正常男人嘛，他要是没几段情史只能说明他没魅力，那我才看不上呢……对吧？”她逗弄地用眼角的波光泼我的脸。

我咧着嘴苦笑，脑神经分泌的味道却是甜——老章他们全都是刮目相看的样子。

老罗一直被老章的自信慑服着，像只遇上虎豹的豺狗，始终低眉顺眼拖着尾巴走路，只偶尔朝龇牙也不敢对着的老曲，现在总算找到了借以挑衅的制高点，老罗的炯炯目光望望小白，看看我，最后火辣辣地落定在老章脸上，“老章，如果你是教授，老方就是博士生导师，我说他其实是低调，你们还怀疑。”

其实教授和博士生导师是有交集的概念，不过老罗强调的区别我们都懂，老章嗯嗯嗯地点着头，不停地举杯向我致敬。

我含含糊糊地应承着。

唉，虽然有点名不副实，也总算有点没太辜负他们的期望。

我一默认她设定的角色，小白更不客气了，不仅替我喝酒——其实我有开车任务，不喝酒也没人怪，她非替我喝，还开口闭口我们我们的，实际上我很少和她单独相处，日常的交往仅限于中午一起吃盒饭，下午一起到出版社边上的咖啡馆喝过咖啡，她说的带她去郊游放风筝之类，从没在现实中兑现过。不过在她的描述里，这些统统变成了家常便饭，连单位组织到北海的旅游都模糊成了我们两人的私人度假。

“别看他四十多了，体能一点不逊色于二十岁的小伙子，我可是在少年体校学过游泳的，也跟不上他，他只顾逞能，也不等等我。”她说的其实是工会组织的蛙泳比赛。

她压根儿不给我时间澄清，桌上的和谐氛围也不允许我扫兴。

小胡在小白的坦率领引下彻底进入自己的角色，说起话来也我们老章如何如何，说的是当年做学生时对老章知识渊博的敬佩，那时老章上课总提问她，在她作文本上的批语总比别人多几行。老章又呵呵呵得合不拢嘴。

老罗不停地跟老章、老曲碰杯，“我说呀，我们都别把自己当什么四十几岁的人，只要生活里有梦，我们就青春常在；只要心里有爱，一切日子都甜蜜美好。”老罗昨天被四瓶啤酒灌醉了，今天才喝两瓶就满脸通红，说起话来就有点像中学生念诗。

他跟老曲演小品一样你来我往地斗嘴。老曲不会抒情，就专挑老罗的错，这句诗是莱蒙托夫的不是普希金的，那句话是尼采说的不是叔本华，一如在师专时一样。

我没喝酒，但桌上的气氛令我感动，我日常的社交圈里，更多的是虚与委蛇和明争暗斗，谁都不可能把自己剥光了给人看。这也是我不愿外出应酬的重要缘由。

太久没这样放松神经肆意享受时光了！

溶洞谈不上有特色，这种喀斯特地形上的石灰岩溶洞，我们省有七八处，最有名的三个十年前我就游览过，Y 县的这个名气并不大。这次游览主要是陪老罗和老曲，他们还很少有机会参加集体旅游，更没有自费出门游览的习惯。

溶洞共五公里长，目前只开发了三公里，简单铺设了水泥石阶和照明灯，有些地段又狭又黑，只容两三个人通过，我们的队伍就被这狭长的地势割裂成三段，老章和小胡在前，老罗和老曲在中，我和小白断后。在路过一处滴着水柱的钟乳岩下时，小白怕皮鞋滑，左手撑着我手掌走了十多米，见前面的黄红地线灯朦胧晦暗，就一直把手放在我掌心里，“我在想啊，地狱里的景象大概和这差不多吧，太压抑可怕了。”她的恐惧不像是戏剧表演，我也就没刻意松开她的手。

出溶洞游览山腰的怪石林时，老章模拟导游讲解起一些岩石的造型之精妙，不外乎这个像猴子，那个像老僧拜月。落单的小胡和小白像磁遇铁粘到了一起，不时低头密语，偶尔扬头把语言的残渣甩过肩头给我们分享，起初我还以为跟我和老章有关，细听全都是网购和新款苹果手机之类的东西。

老罗和我随着老章移步换景，渐渐地把老曲落下了，他一人停在山脚的一块老头状的巨石阴影下捂着耳朵打电话。

老罗说：“一出洞就这样，好像是老婆要他今天赶回去带小孩。”

“他老婆呢？她不可以带？老曲难得出次门，这个我是知道的。”老章喘着粗气。肩上挎着小胡的粉红色皮包。

“他老婆自己要去市里开会，让老曲马上赶回去，我一路劝他，要像个爷们儿，不能像小孩一样被老婆呼来唤去。他可能正在交涉。”老罗浮现二十年前常见的怒其不争的经典表情，这个表情是老曲配合着他一起造就的。在其他人面前，老罗很少有机会如此经典。

老曲的婚姻我略知一二。他结婚只比我早一年，是我们班的晚婚晚育的典型。老曲还保持着一个纪录，是我们班里唯一还没有调进县城的男生。

刚毕业时，老曲分在 G 县最偏远的一所农村中学，不光离老家远，离县城也远，离婚姻就更远了。他好不容易读大学回来，不可能找个农民结婚。乡下有工作的姑娘，除了数量有限的女教师，就只有数量更稀少的乡镇公务员。学校的女老师，都想嫁给乡里的干部，乡里的女干部，又想嫁给县城里的干部。老曲唯一的指望，就是尽快调进城。

他面子比较软，起初不好意思去教育局送礼，后来总算迈开了腿，却张不开嘴，局领导就装聋作哑，每送一次礼就把他朝着县城的方向调动二三十公里，调了三次仍在城郊中学，虽然和县城只隔着一条河，区划上仍算是农村中学。

老曲望着对岸的县城，有点德国人一九四一年冬天在莫斯科城外眺望红场的心情。那时他已被分泌过旺的荷尔蒙弄得有点神经虚弱了。正好这时学校调来一个同龄的女政治教师，模样算得上姣好，却不嫌弃他的乡村教师身份。女教师对他只有两个要求：一、不能计较她的过去，她在另一所农村中学教书时怀过校长的孩子，被校长老婆拿只破鞋打过脸。这件事新老同事大多知晓，那校长出面找人才把她调到现在的学校。二、结婚后，老曲要在两年内帮她调回城去，她在县城出生长大，不可能与县城隔河相望过一辈子。

中文系毕业生对人性的宽容程度远高于大众，更何况老曲那时快三十岁了，不宽容也没更好的选择。

老曲曾跟老罗说过，他老婆从某个侧面看有点像九十年代初香港某个艳星，“她就是结过婚，只要没孩子我都不在乎。不洋气的女人我实在提不起兴趣。”

老罗的意思，老曲是被性饥渴和那女人的媚态摧毁了理智。他老婆看上他，一是他的身高外表还不错，人也本分踏实；二是他虽是农村人，家里的底子倒不差，几个姐姐非但不是包袱，还时常帮衬这个老弟。

结婚第一年的春节，老婆逼着老曲陪她去教育局领导家里拜年，礼金还是以前那么多，效果却立竿见影，开春他老婆就调到县城最大的中学去了。老曲自己的事却没有下文，局领导说过，“几千双眼睛盯着我呢，不可能一下子给你们家解决两个。”

老曲就在父母和姐姐的资助下在城里买了房子，平常给老婆孩子住，自己周末回去住。

一开始倒也和睦，女儿上小学后，老婆迷上了打麻将，接送孩子的事全推给老曲，自己整天不归家，后来发展到常常夜不归宿，打完麻将直接去学校上班。老曲没办法，搬到城里住，买辆摩托车，送完孩子再赶到城郊上班，下班又赶回来接孩子做饭。父亲母亲的角色一肩挑了。

上次同学聚会时，我还拿他的忍辱负重激励自己。很多方面，他做得比我老婆还周到有韧性。

老罗则打击他，“你老婆虽然有点姿色，那样的日子，我是一天都过不下去。”

老曲打哈哈，“习惯了也一样，我用里程表计算过，学校离家里其实只有十公里，放在大城市，其实一点不远呢。”

老章也提醒过他，“这不是累不累的问题，女人太自由，容易出问题的。”

老曲仍旧憨笑着，“她以前又不是没出过问题。”似乎，他早有了把洪水看作涟漪的心理准备。

这样大家就不好多说什么了，多说就是执意要破坏他的大度和家庭幸福了。

接下来的游览有些潦草，我们走一段，就停下来等一会儿老曲。

所谓的怪石林，不过是散乱分布在山岗上的一些裸露的岩石而已，有些还被人工打造雕琢过，以便在造型上更接近我们常见的某些动物，比溶洞还无趣。人类之手哪有上帝之手有才华呢？

老章挎着小胡的女包，撅着磨盘样的臀部（老罗的比喻），姿势滑稽地用手机帮她拍照，老罗落单，就凑到老曲跟前当高参。

小白甩着修长的手臂在我身边转来绕去，不时用闪动的睫毛和顽皮的嘴角夸饰心情，“总算是带我出来玩过一次啦，不过，你的同学可真土。”她头顶着瓦蓝瓦蓝的天空，说出来的居然是这样的话，我赶紧四顾张望，生怕风把这话传送到其他人耳朵里。

“上午不是还说他们比我好玩吗？”

“是啊，他们是比你真实啊，一点也不掩饰自己的欲望和心思，你看那什么章总，女朋友打扮得像小姐他也爱，还有那个罗老师、曲老师，一有机会就偷看我。哪像你，明明心里喜欢还故作清高。土也比虚伪强你知道吗？”说完她趁无人注意又拉了一下我的手，接着一阵欢笑往山下小跑下去。

Y 县还有个水库，晚上原本要去那边晚餐住宿的，老罗和老章协商良久，决定晚上还是去 W 县，他的几个女网友听说他最好的几个同学来了，同意一起出来聚聚。

“妈的，我就豁出去一回，将在外君命有所不受。不回家，跟你们去看老罗的女网友。”老曲被焦虑弄得灰暗的脸庞忽然红润绽放。

老章决定带着小胡在 W 县过夜，就抛下司机执意要自己开车。他中午也没少喝，但对酒量和社会能量都自信不已，“没抓酒驾前，我哪天不是装着半斤酒开车回家，连一只鸡都没轧死过……交警？附近几个县的交警队长哪个不熟？不是我的朋友，就是我同学的朋友。”

谁都拦不住他，我就把老罗和老曲叫到我车上，让小胡监督老章跟在我身后慢慢开。也不敢上高速，在废弃的省道上以五十码的时速往 W 县赶去。

柏油省道路面残破萧条，除了少数不愿上高速的大货车，没什么机动车，斑鸠和麻雀一伙一伙地散布在路面右侧，偷食农民晾晒的稻谷，车子抵近时，它们腾空让路，在空中打个旋又纸片般飘落。快到 W 县城时，夕阳像个油漆工，把前方的道路刷得殷红水亮，让人恍惚有种行驶在金光大道上的感觉。

老曲红着脸歪头抵着老罗的脑袋睡了半路，老罗中途要求停车小便两次，其他时间一直在用手机发短信，间或打个电话，张罗晚上的饭局。夕阳迫山时，老曲从酒红中清醒过来，观察老罗的脸色说："我发现随着 W 县的临近你越来越紧张了，怕那个笑笑网友不敢出来见你吧？"

老罗轻蔑地斜老曲一眼，欠身上前对着我和小白说："我们是很正常的朋友，不存在敢不敢出来的问题。"又回过头去数落老曲，"你这个人啊总是自作聪明，其实什么也没真看透。"

老罗跟一个名叫笑笑的网友的关系，一直是老曲和老章的下酒菜，老罗坚持说只是谈得来，没有非分之想。"我这人还是喜欢单纯的生活，要我家里和外面两边撒谎，我觉得很累。"

这说辞显然有点外交辞令，那些在外面养小三、小四、小五的男人，享受的不仅是情色，还有那种操控复杂局面的快感，有些人还用上了企业管理教程管理情人。

不过非要说老罗和笑笑有什么，似乎也不像，说老罗敏于言讷于行可能有点过，但他本质上并不是爆发力很强的人。他当年追做护士的老婆时，就迂回包抄了一两年，先是装病号，接着假装带人看病，最后曲线救国先拿下岳父再拿下她。

此后的事态也似乎证实了我的判断。

晚餐设在W县东湖边的鱼乐轩里，召集人是老罗，买单的却是一个开网店的网友诺诺，陪同的是笑笑和一个叫浅蓝的公务员。诺诺八〇后，短发黑框眼镜，单身，说话像蹦豆子颇有女汉子的风范；笑笑七〇后，质朴含蓄，和老罗一样做中学老师，对谁都温婉有礼，保持着适度的距离；浅蓝比她们更年长些，也更大方热情。从他们的身体语言，看不出哪个跟老罗关系特别。

诺诺说："我们都喜欢罗老师，他不仅人幽默，还很善于发现各种女性的美，在QQ空间里给我们每人写过一篇文章呢。"

笑笑和浅蓝也如是说。

老罗对女性一向不吝惜赞美，为网友写颂歌的事之前老章也隐约说过。

老章现场打开手机给我看文章，诺诺和浅蓝每人两千字，笑笑那篇是三千多字。很显然，笑笑是主菜，诺诺和浅蓝是配菜，但老罗是否动过筷子，是否把菜夹到过嘴里，则是另一回事。

"她们都把我当开心果，烦闷了就找我逗逗乐，说实话，我五短身材，也不是大款和干部，美女们这么看得起我，我知足了，更多的我就不想了，想多了也白想。"老罗脸上霞光万道，可能是过于幸福了，笑得竟然有些羞涩。那是种二十多年中我都没见过的表情。

我忽然就有种心酸的感动，不管老曲、老罗和老章，同我平常交往的圈子比，几乎算得上社会底层。在漫长的生存战役中，他们总是被各种力量压迫着、消耗着，无力抵抗，也无意抵抗。居然有一天，他们也能在坚硬的现实中撬开一块，找到属于自己的小空间，这空间里储存的快乐和安慰，竟然和那些长期压迫他们的力量隐约有些相似。

在这点上，我这个当年的浪荡才子是不是还不如他们呢？

又屈辱又自豪的情绪撕扯燃烧着我，把面具和羊皮烧毁。晚餐的后半程，我有种回到当年的决绝和勇敢了，酒一杯一杯地干，老罗、老章、老曲连连称赞我没丢本色，待他们如当年一样。

小白眼睛撑得像玻璃球，“你行吗？你平常哪喝过这么多酒啊？”“他行吗？”又求助似的问他们。

“白老师，你放心，当年他最多喝过七两。”老罗指的是毕业聚餐，那次我吐得胆汁都出来了。

“他在单位基本不喝酒的，社长敬酒他都只是抿一小口。”小白说的是实情，这些年我不仅戒了烟，酒也很少喝，特别讨厌那种酒醒后的空虚荒诞感，再辉煌的酒话也无法改变现实生活的拘谨和无趣，所以懒得借酒乱升华。

“老方，白老师真心疼你呀。”老章抱着小胡的肩头说。

小白像个捍卫玩具的孩子那样说：“当然啦，他是我小蜜。”

他们先是检查自己的耳朵，一桌人都笑翻了。

我头晕心跳，学着老罗的样，幸福地羞涩地笑。

酒喝了几圈之后，醉态各现，话题就无法集中了，老罗像只跌入花瓣的蜜蜂，对着诺诺、笑笑和浅蓝用W县话大声说笑献殷勤。

老章和小胡先是耳语，不时起身去阳台上嘀咕什么。

小白的那双长腿在我眼前晃来晃去，晃得我头更晕。她说：“真看不出啊，你还蛮能喝！原来平常都是装的呀，我告诉社长他们去。”

“不许胡说啊，这是特殊场所特殊情况，二十年的交情你懂吗，你不懂，你总共才活了二十多年。”

“那你答应我一件事。”

“说！你敢说我就敢答应！”我被自己的豪气感动得皮肤上闪过一阵寒战。

“下周末带我放一次风筝。”

没想到是这个。又浑身一松，像准备跃出战壕献身的士兵突然发现听错了命令。

松弛下来后，我发现老曲一个人歪倒在包厢的沙发上。

印象里他今晚没喝到昨晚那么多，怎么坐着坐着就转到沙发上去了呢？

诺诺说：“曲老师应该没太醉，他从洗手间出来后，还到阳台上看了看月光。”

老罗从花丛中分身出来，走到沙发前推老曲，“老曲，不要装醉，我们诺诺刚才还夸你长得帅呢。”

老曲的声音从挡着嘴巴的手臂下泡泡样冒出，“我眯两分钟，头有点晕。”

老罗回到桌前夹着眼角轻声说：“他有心思。”

是啊，今晚的这个局，就他落单。诺诺之前一直逗弄他，老曲接了几招后就有些兴味寡淡，难道会嫌她没女人味，好歹她也那么年轻啊。

吃饭的单被诺诺买了，老罗执意要请大家去歌厅唱歌。老曲赖在沙发上，“我又不会唱歌。”老罗一把把他拉起来，“我还不知道你不会唱歌，不要关键时刻掉链子，我哪会唱，不会唱歌鼓掌还不会！”

诺诺也走过去请他，“曲老师，不会唱我教你，唱歌不就是有表情的朗诵歌词嘛，这可是你们做老师的长项。”

老曲就扭捏着从沙发上起来，头垂丧着像是脖子失去了支撑功能，脸上是玩打仗游戏被俘时的戏谑笑容。

歌厅在湖边的一家体育宾馆的楼上，楼下是一处水上运动中心，旁边有个平展的巨型田径场，没有围墙只有网状隔离带。月光的朦胧把它的空阔放大，像一个废弃的小飞机场。老罗说，那里是全省皮划艇训练基地，出过五个全国冠军一个世界冠军。

老章拍着脑袋，“我早听说过这地方，原来就在这里呀。”

小胡也恍然大悟，对着老罗，“我小时候总听大人说，我们县的龙舟队怎么划也划不过你们县，原来你们有这么好的训练基地！”

小白也很意外，“全省的皮划艇训练基地怎么放在你们 W 县？”

老罗自豪地笑，“我们这个湖通着鄱阳湖，湖面宽阔，都是活水，三国时周瑜在这里训练过水军。省里哪有这么好的水面！”

W 县也普及了量贩式歌厅，只是包厢小得可怜，中包只有省城小包厢的大小，一桌人坐下去就济济一堂了，老罗嚷着要换大包，服务生说大包早订满了。老罗对着被刷成米黄的墙壁骂一句，“他妈的，现在都是年轻人的天下，他们太会玩了，吃喝玩乐一条龙。”他本来想号召大家跳交谊舞，笑笑唱歌时，他自己站在茶几前伴舞转了几圈，不是绊到话筒线就是遮挡了屏幕，就扫兴地回到沙发上。

老曲坐了一会儿，仰靠在沙发上假寐。老章吼了一首歌，就充当起小胡的点歌服务生，小胡专攻粤语歌，歌路广，嗓子也娇细可人，老章眯着眼打着拍子，惬意得像老电影里的伪保安团长。

浅蓝歌声嘹亮，是唱民歌的好手，但适可而止，唱了两首就自发做起端茶续水的服务工作。笑笑在餐桌上被大家的玩笑弄得粉面含羞，脸上的红晕一直退不下来。她不大会唱歌，偶尔夹在浅蓝和诺诺的嗓音里哼几句，更多时间是靠着浅蓝坐着静静地欣赏。老罗的网友就数诺诺麦霸，点歌时一点一大串，一首一首地往下唱，不少还是男生的歌，我一首也没听过。

小白嗓子甜美，却不怎么会唱歌，趴在我耳边对诺诺和小胡的自我陶醉指指点点。

二十年前我曾那么酷爱唱歌，学过吉他，还假装练过一段时间的声，街边那种十块钱一首的歌摊经常光顾。没记错的话，我老婆就是在一个街头歌摊上答应做我女朋友的。那天晚上我一连为她唱了十首情歌，本来要付一百块钱，歌摊女老板说我唱得有感情，就优惠了十块钱，那时我的工资才一百多一点，花九十块钱连唱十首情歌给一个女人，那也不是一般男人能做到的。

小白在单位的内部联欢听过我唱歌，虽然老嘲笑我跟她爸妈是一个年代的，还是鼓励我多唱，“在座这些人，就数你唱得还能听，你多唱几首嘛。”

唱歌是要观众的，其他人肯定不是我心仪的观众，小白也不是，我们的交往中没有抒情的成分，更多是游戏和角力。没有观众哪有歌唱的情绪？更何况，对于喧闹的歌厅我有种本能的抗拒，它们给我的印象非但不如大学里的草坪，甚至也不如九十年代的街边小歌摊，那种支在排档和夜宵摊旁的小歌摊，本身就散发着一种与日常生活对抗的抒情气质。

我先后参与了两首歌，其他时间礼貌地坐着当诺诺和小胡的观众。

小白一直在耳边嘀咕，破坏着我的礼貌。她倒不是很反感诺诺，因为现在的女孩这样以自我为中心的很普遍，她更受不了的是小胡，“明明很风尘还酷爱装清纯，那些歌哪是她的菜呀!”

在两首歌的间歇中，她的声音显得大而突兀，我有点坐不住，担心小胡听出什么，假装上厕所以切断小白控诉的洪流。

在洗手间时，发现窗外的月亮把田径场照成雪后的草原，莹白一片很有仙境之感。

心想干脆把小白带去散步算了，大家各得其所。

回来跟老罗耳语，他也一副乐于成全我的样子，赶紧点头赞同。

田径场的铁门开着，总共才八九个老人在快步走，奢侈得令人冲动。省城的学校有不少塑胶跑道，都被铁栅栏围着，不到上体育课开运动会根本不开门。

我去车里换了运动鞋和短裤，到四百米跑道上跑了八圈，本来想拿下五千米的，小白一直在月色中闪着光找我，她跟男朋友打了一通电话后就“老人家，老人家”地高声唤我了，不好意思让她等太久，换了衣服陪她到湖边的草坪上散步。

这么专业的田径场居然免费对社会开放，而且还紧挨着湖面，心想 W 县人真是幸福，不跑步的老罗真是暴殄天物。

正在心里为老罗可惜，老罗就领着老曲来找我们了。那时小白正望着夜空跟我讨论白天在这地方放风筝会是什么情形。

“你们逛了几圈吧。”老罗不好意思打扰我和小白什么似的。

“差不多了，我们正准备回去唱歌呢。”

“唱不唱歌没关系的，有个情况，老曲下午在街上看见他老婆，他打电话过去，老婆非说在市里。他想马上去找他老婆……”老罗急着想回去陪老章和网友，直通通地把老曲和他的心事抛给我。

“打扰你们散步了吧？”老曲关心的却是我和小白。

我就以为老罗刚才是开玩笑。

“如果真是那样的话她肯定就有问题了。”小白也认定这只是个玩笑。

“她是有问题，我都想得到是跟谁一起来的。”老曲居然是讪笑的口气，似乎说的是别人的事。

我和小白一时有些失语，不知该如何面对老曲的坦然。

我们沿着湖岸缓慢地踱步，身边的水面跳荡如水银。今天是什么日子啊，水面上的月光盛大而耀眼，怎么昨天在Y县没觉得月光有这么亮呢？

老曲还是那种似笑非笑的轻松架势，“我刚才跟老罗、老章都讲了，她这样骗我不是一次两次啦，那个男的我都认得，过去是教育局副局长，现在还兼了我老婆学校的校长，到哪里开会都带着她，不开会也老是拿开会和学习为幌子带着她出门开房。她一个普通老师哪有那么多会开！”

“你，以前没采取过什么措施？”我无法想象老曲说的事真发生在他身上。

“我去她学校找过那个人两次，人都没见到就被我老婆拦了出来，说我非要搞得她身败名裂她就带着女儿去跳河……我们学校的校长也找我谈过好几次，说没有证据人家可以告我诽谤。他们俩是把兄弟，自然维护他。”老曲晃荡着脑袋，“这种事，很难抓到现场的。今天在你的车上看见她坐在一辆车上，我就想，能不能一家宾馆一家宾馆去找，抓个现行……老章和老罗都反对我，让我听下你的意见。”

“你凭什么认定他们有那层关系？”小白问。

老曲脸上又露出旁观者式的冷漠的笑，“开始我也以为别人的提醒是风言风语，有段时间，我老婆突然很着急要去打乙肝疫苗，我才意识到真有问题。那个男的有乙肝不能喝酒我们教育系统都知道，他本来有希望升正局长的，就是因为有一次没陪好县委书记的酒，结果……”老曲似乎要费很多口舌阐释不能喝酒真会导致仕途受挫的后果。

小白着急了，“我就是想知道，你如果真的抓到他们的现行，你会怎么做？你是不是想以此证明你老婆是过错方，在离婚时拿到孩子的抚养权多分些财产？”

“那我没想那么多，我没想过离婚，离婚对孩子伤害太大，如果抓到现行，他们两个就有把柄在我手里……我想，他们今后就不敢再放肆了。”老曲望着高空中那个温柔的发光体。

我还以为他抓现行是为了砍人，起初还挺担心，听他这么说就有些无语了。

老曲又念叨着这个县城共有多少宾馆，那个狗校长最有可能带着他老婆去哪个宾馆。

看那架势，似乎在期盼我主动说出开车陪他去扫街捉奸，可是W县街上少说有几十家宾馆，再说了，她傍晚在W县并不表明晚上就会在W县住宿，从这边去市里或其他县城都很近。就算她原本想住在W县，老曲的那个电话肯定打草惊蛇了。

我必须给他泼凉水，“我也反对你现在去找，找得到找不到是一回事，真抓到现行，事情也不一定会按你的意愿发展，如果你想保住家庭，局面也有可能会变得更复杂。还是想想更切合实际的办法吧。”

我们在河边走了几个来回，老罗带着三个网友过来跟我们道别，老章和小胡手拉着手跟在后面，俨然一对新夫妻。

诺诺给我们每个人留了名片，又用手机存下我们每个人的号码，然后开车把笑笑和浅蓝带走了。

老罗一直目送那辆红色别克消失在夜色里，心神才回到自己身体里，见老曲的愁眉还没完全展开，就用手点着老曲的鼻子，“我早就跟你说过，那个女人要不得，当年你还以为我眼红你找了个漂亮老婆。我老婆长得是不怎么样，但是她顾家呀，就算是有花花草草也不会明目张胆，更不会亏待自己的孩子。不是我打击你，我一看你老婆的眉眼就知道她风骚。”

“老婆漂亮不是坏事，关键是要驾驭得了，驾驭不了就麻烦。”老章的头顶在月光下微微泛光。

“是是是，你们都说得有道理，我会想个解决办法。我现在烦的是另外一回事，我女儿这几天感冒发烧没人照顾，我老婆还说要出门三四天，刚好这几天县教研室要来听我的公开课，我哪有空管孩子……”老曲话题一岔，继续埋头碎碎念。

“这个问题好办，我帮你搞定。”一直沉默的小胡从老章的身影里走出来，“你打听一下那个副局长的号码。”

老曲却道他背得下那人的号码，他曾经偷老婆的身份证去邮局查过她的通话记录，上面大部分是那个人的手机号，平常在学校还互发短信，周末分开两天有时要通话五六个小时。

小胡也不听老曲说完，在手机上拨出那个老曲倒背如流的号码，“X校长吗？还记得我吗？想不起来？我是您的粉丝啊，特别欣赏您的口才，您当局长时来我们学校讲过几次话，我鼓掌巴掌都鼓红了，您有印象吗？我披肩发，裙子比较短……对，我是在一小，对，学舞蹈的，刚毕业没几年，以后还需要您多关照。……是这样的，我有个学妹，学音乐的，师专音乐系的系花呢，很想到县中来实习一下，您周一在办公室吗？我想带她过来面试一下……在呀，好的，那到时打扰您啦。”

小胡满脸不屑地瞥眼老曲说：“放心吧，你老婆明天肯定会回家。”

老曲鸡啄米样地点头称谢。

“没想到小胡这么机智。”老罗对着老章赞叹。

老章呵呵呵地笑，“她在广州时做过公关，见的世面多。”

小胡却不领情似的，扭身松开老章的手，独自往月色深处走去。

老罗在一家比金海岸还小的宾馆订了三个标间，他的安排是，老章和小胡一间，我和小白一间，他陪老曲住一间。“别看门面不气派，干净还是蛮干净的，开张才一年，诺诺帮我找的，她的一个朋友开的，价钱可以打八折。”老罗不担心他的房间分配是否合理，担心的是我们嫌宾馆太小。我们跟着他左转又转，才在一个小街口找到这家名叫“家外家”的私营小宾馆。

老章大手一挥，“钱我付了啊，本来今晚也是由我安排的。”要去前台交押金。

老罗脸色一沉，一把拽住老章粗壮的胳膊，“老章，不要戳骂人啊，到了我的地盘还用你付钱？我虽然没当什么副老总，工资加课外上辅导班的钱，招待老朋友还是绰绰有余的。再说宾馆是诺诺的朋友开的，也不用交押金，我明天直接付账就行。”

老曲也上前拦老章，“章总，你就让老罗牛气一回嘛，你看我都不去抢。”

老章奋力前赴的造型在空气中维持了半分钟，像烈士纪念碑上的浮雕，然后呵呵笑着解冻了，他征询地看着我，“行，那就让老罗出回血。”

一到宾馆我就心不在焉，想着怎么多开一间房，小白猜到我的心事，没事人一样幸灾乐祸地欣赏着我眼底的波诡云谲。

老罗把房卡给我时特意望着小白说：“这是你们的。”小白把身子转过去，避免和他目光对视，转回来时，仍是那副幸灾乐祸的局外人架势。

既然是老罗买单，我总不能在这时提出多开一间房，就像收受赃款一样半伸着手没吭声地接下房卡，一时半会儿不好意思收兜，侧身探头对小白耳语，“这间你住，晚点我自己再开一间房。”

小白又一转身，不让我看见她的反应，掉过头来时，就专心看墙上挂着的风格很艳俗水准很业余的油画风景，那种追求小资情调的小宾馆常挂的那种。

我把小白送到房间，让她先休息，自己去老罗房间聊天。

“哇塞，你就这么对我呀，好歹陪我看会儿电视聊会儿天，多好的月色，多好的夜晚啊。”她四仰八叉倒在床上，故意学影视台词的腔调夸张道。

“待会儿待会儿，我跟他们几个商量一下曲老师的事。你先锁好门。”我心绪纷乱地来到老罗和老曲的房间，门开着，老章的嗓音随着灯光一起喷涌出来。

老曲刚收到老婆的短信，告诉他明天一起回她娘家喝喜酒，她舅舅七十大寿。老罗正在赞叹小胡真厉害。

老章替小胡笑纳，转身劝告老曲，“你那个老婆，如果你舍不得休掉她，就一定要想办法驯服她，否则后患无穷。我老婆要是有一点风吹草动，我早就休了她。”老章叉着腰，黑色暗花的衬衣敞开着衣领，露出两撮淡淡的胸毛，活像个打虎英雄。

老章的老婆没学历也没稳定工作，以前在超市打工，现在基本靠老章养活，她怎么敢弄出风吹草动呢?！老章在外面翻江倒海，她也只是睁一只眼闭一只眼。从Y县出发来W县时，他老婆骑电动车来帮他送手机充电器，见老章的车里坐着个红衣女子，也没怎么样，只是骑坐在车上对老章喊了一句：“出门不要太调皮嘞。”像劝告也像是叮咛，就是缺点警告的意味，像母亲送别叛逆期的儿子。老章的老婆比他小四岁，看上去比他大四岁，头发干黄，脸色枯萎，一副乡镇中年妇女的打扮，耳垂上还吊着黄澄澄的金耳环。

“你们放心，总会有办法的。”老曲获悉老婆明天就到家，印堂上的愁云散去，笑得简直有些灿烂，像是取得了大捷。

老罗把门关上，盯着老曲的脸研究了很久，忽然话锋一转，“老曲，现在没有外人，你说句实话，你有没有跟学生那个?”

老曲双手撑开坐在床沿，像只落在悬崖上休息的大鸟，目光前视盯着地面，嘿嘿嘿笑得有点神经质，并不理会老罗的问题。

老章也嘿嘿嘿地笑，“那就是真的，老曲，难怪你这么淡定，原来开辟了第二战场。”

老曲把头摇得像拨浪鼓，“不要乱想……不过有一点是真的，那家伙的一个侄女就在我们学校读初三，经常来我房间借书看。”

老罗眼球充血，“现在的初中生发育得很早的，很丰满吧？”

“是哦，看上去和成年人没有两样，她总是故意拖交作文，故意自己来我房间交。说实话，手我是捏过的，其他没做什么，如果那个家伙还不放手，我就真的不客气啦……”老曲雄视着地面，沉浸在虚幻的雄伟计划中。

那种仇恨和得意交织的表情令人心惊肉跳。这个老曲，还是师专那个连冰棒都捏在手里化掉的老曲吗？

老章坐到十一点就去隔壁房间了，怕小胡生气。

小白不停用短信跟我联系，一会儿说烧水壶里面有锈，让我去买矿泉水，一会儿说房间里有味道，想打开窗户又怕小偷进来……

老罗看出来了，不停地催我走，“你赶紧去陪白老师吧，不要让美女等太久。”老曲也跟着劝，“重色轻友是不好，不过也不要重友轻色嘛。”

“她那边有点事，我去处理一下陪她说说话，晚点过来跟你们挤一起睡。”我猫腰起身，嗓子干痒，开门后在自己的身影里迟疑了片刻。

轻声敲门，连敲四五下，身体前倾，门突然洞开，门移开后形成的空虚像吸盘把我猛地往里一吸，把我直愣愣地送到小白身上，溅起一阵体香、洗发水和棉质睡衣混合的热烘烘的气味。

小白披散着头发抱住我的腰，什么话也不说。

我抱住这绵软滚烫的身体，起初还有闲心侧脸看着兀自闪光的电视机，几分钟后就分明地感到一股力量在身体里汇聚，然后，我感觉它像一列火车轰隆隆地直冲过来，我预感自己无法阻挡它的汹汹来势了，正想俯下脸去找她的嘴唇，她咯咯咯笑起来松开我，“行了，我满足了。”转身掀开被子上了靠里的那张床，用右臂指着另一张床，“那里，归你啦。”

我站在原处，失重般跌坐在她指定的位置上。

“嗳，这次出来还蛮有收获的。”她右手支腮远远地望着我。

“什么收获？”我的声音似乎是从离身体很远的某个角落传来的。

“我发现这世道真的很乱，男人太让我绝望了，当官的有钱的没几个好东西，你看你那几个同学，钱赚不了几个，也同样春心荡漾很不安分。”她的眼睛在关了顶灯的昏暗光线里格外明亮，像某种夜行动物。

“雄性动物嘛，没钱的公水牛就不能想母水牛？”我经常运用动物世界节目里的规则跟她讨论男女关系。

“你不也是公水牛吗？你为什么就不花心？我色诱了你那么久怎么一直装得那么好？”

她此时对我盖棺定论，也就只能速死配合她的结论了。“你以为你那么好招惹吗？什么关系都没有就整天作弄我，真有什么了，你还不整天骑在我脖子上游街？”之前一直躲着她，确实有这种担心，不过也不是全部缘由。

“哈哈哈，”她坐起来，“哎哎哎，我有那么女汉子吗？”好奇之外更多的还是得意。

“我其实是想夸你呢，挺羡慕你老婆的，你虽然年轻时有点荒诞，结婚后还是挺靠谱的，刚才我还想跟自己打赌，如果你碰我，我就让你，不过偶像就此破碎；你不碰我，我就还相信婚姻，没想到你真绷得住……哎，不知我们家小杨以后能不能做到你这样。”小杨是她的帅男友，研究生同学。

身体里的火车掉头开远了，所有肌肉和神经都松懈下来，我无语笑笑，躺到床上隔着一米距离和她分析她和小杨帅哥的爱情走势。当然，最后绕来绕去又扯到如何对付色男骚扰之类。她嘴巴里出现的男人基本都在四十五岁以上，她似乎很享受跟中老年男性玩心理游戏时的智力优越感。

当一个又一个烂熟的男性名字从她嘴里冒出时，这间房就越来越像空着两个铺位的火车软卧包厢。

那些在单位听了一百遍的所谓花絮和疑惑令我烦躁，我不耐烦地要按静音键了，“不要过分迷信自己走钢丝的能力，走久了总有跌下来的时刻。”转身对着外侧合眼不说话了。

半夜我醒过一次，上过洗手间出来时，她鼻音颇浓地低喊了我一声，我坐到她床头，她伸出双手环抱着脖子把我埋进那团热烘烘的体香中。

我像只被蚌壳咬住嘴巴的鹭鸶，姿势辛苦地与她贴着脸拥抱了几分钟，然后，一寸一寸地分开，一秒钟可以完成的动作耗费了好几分钟。在黑暗中默坐了好一会儿，梦游一般钻回自己被窝，一言不发继续入睡。

此后她的床铺还窸窸窣窣地响了好一阵，我屏住呼吸视若罔闻。

再次醒来已是早晨五点半，她正在穿衣镜前搽脸刷睫毛，见我起来又切换到日常的交往模式，“你同学肯定以为我们做了什么，这下你惨了。”她扬扬得意又把自己当局外人了。

“是啊，真是有嘴说不清了。”其实我很清楚，没人会问我昨晚的情况，连老曲都不会问如此弱智的问题。我也不会对任何人解释什么。否则我真是太辜负老章、老罗和老曲的裸裎相见了。

但是，我乐于在小白面前把事情说严重些，“这下没脸见他们了，我们，早点回去吧。”

“昨天不是说上午去湖上划船，午饭后再回去吗?”她似乎对皮划艇基地兴趣蛮大，或者，对昨晚新开发的游戏意犹未尽。

“算了，下次我再带你来，昨天我老婆发短信来催了，说上午不赶到就别回去。”昨天晚饭时老婆确实来过短信，问我哪天回，我说周日回时，她就不作声了。当时大家喝酒正酣，我也没多说什么。

站在窗边望见云霞在天际的灰蓝色中酝酿时，我忽然有种冲动，要在老婆孩子起床前赶到家里。星期天上午女儿没有安排补习，这也是她一周中唯一可以睡懒觉的时间，这天她们一般会睡到九十点钟起床。每次都是我去小区门口买早餐。

小白嘟着嘴埋怨我没劲，见我抬出老婆也就不阻扰，“那你记得哟，又欠我一次活动。”她虽以欺凌我为人生乐事，在这种大是大非的问题上却从不胡搅蛮缠。

“行，以后还你两次。”以我此刻的心态，她要我还十次我都会满口应允。

说走就走。我马上收拾东西，付钱退房后到街边早点摊给小白打包了一份豆浆和麻圆在车上吃，给老罗发个辞别短信后，踩油门直奔高速公路。

W 县离省城只有七十公里，早晨的高速公路清净得像机场的跑道，车子以飞机起飞前的助跑速度飞驰，路边的摄像头快闪也视若无睹。

到省城下高速时才七点半。城市在周末的慵懒气息里缓慢苏醒，蚁群般的车辆还零散地停放在街边的白格子、小区停车场和地下车库，每个十字路口都畅通无阻，像是十几年前的大街。

先送小白回单位的单身公寓，然后一口气穿过大半个市区和那座每天都要经过两次的大桥，回到江北新区的家时，仪表盘上的时间刚好指着八点十分。

拎着三份热腾腾的拌粉、汤包和豆奶登山比赛一样大步上楼，每一步都跨了两三个台阶。喘息未定地开门，鞋垫上停泊的不是皮鞋、运动鞋而是两双绒拖鞋，客厅茶几摆放着两个刚吃过粥来不及清洗的小瓷碗，青花瓷碟上，半个吃剩的包子还在早晨清冷的空气里冒着若有若无的热气。

两间房都没人，女儿睡的主卧室被褥凌乱，写字台上凌乱地摊放着眼镜盒子和洗药水小罐，一如平日早晨的样子。

懒得换鞋，把早点和包往茶几上一堆，扑到沙发上打她妈妈的电话，半天才有人接。

“你怎么在家？……在出租车上呢，今天上午师大附中有个名师讲座，关于中考数学考点的，我通过行长走后门弄到两张票……你这么早到家为什么不打招呼，省得我们站在路口等了半天的士。”她声音里一部分是欣喜，一部分是埋怨，也不知哪种成分更饱满。

失望和困倦合力把我的身体放倒在沙发靠背上，我侧仰脸正对着朝东的窗户，眼睑无力地微合，那时，一缕橙色的阳光正穿过一片旧楼和树影投射在我家的玻璃上。

2014 年 10 月

阿尔卑斯

有一天我们单位的小陈问了我一个奇怪的问题，她把我从编辑部叫到阅览室说：“听说你又谈了一个大学生，还没吹吧？”我没说话，用脸部肌肉痛苦的蠕动表示了对某种误解的不满。她努努嘴说没吹就好，接着对我说：“我有个女同学租了一套两室一厅的房子，想找个人分担。屋里什么都有，你带上箱子就可以住进去。你不是到处找女孩合居吗？”

我正式搬到李艺的隔壁时总算明白了小陈为什么事先要对我进行资格审查，因为李艺是个漂亮女孩，比我以前所有的女朋友都漂亮，只是喜欢略仰着脸看人，眼神有点冷。我在靠门的房间装电脑时，她穿着宽松的睡袍趿拉着绒拖鞋倚在门边，一边用舌头玩着什么一边问我：“听说你是个作家？我就适合跟安静的人合作，陈燕还真懂我。”她明显对我印象不坏，像我对她的感觉一样。不过我还是说：“我可不安静，我会在半夜放音乐。”她听了一笑，走进来问我：“你喜欢听什么音乐？”

我们第一次见面谈的是音乐而不是如何分摊房租和家务活，因为四年前李艺是从师大音乐系毕业的。合租房子有我这么好运气的人真是很少。对我而言，李艺的优点太多了。一、年轻貌美，虽然这主要不是为我准备的，但毫无疑问是我所期望的；二、勤快爱整洁，她愿意承包公共空间的卫生，只要求我不随便带客人回来，女朋友例外；三、她只要求我支付房租的三分之一即每月一百五十元，当然是她一再坚持我才红着脸同意的；四、她白天去一所民办大学教课，晚上去茶吧弹琴，一点也不会影响我的工作。

李艺是某师专音乐系的钢琴教师，三年前来到省城做酒店和茶吧的钢琴师，因为她的男朋友在这边做生意。这些情况当然是小陈告诉我的。和李艺合住了一个多星期，她极少谈自己的事，甚至一点也不关心我的任何隐私。只是在第一个周末我们都坐在阳台上晒太阳时随口问了一句："你女朋友怎么没来?"我女朋友在千里外的一座城市读大学，是某次采访的副产品，我一直不大愿意对外承认这种游戏性质居多的关系，但又不喜欢欺骗，尤其在李艺这种漂亮女孩面前。所以不做回答反倒去问她："你的男朋友怎么也没来?""早死了。"李艺啪地合拢摊在双膝上的《时尚》起身甩脸回了屋。

李艺晚上要到十一点半才回来，笃笃笃地经过我的房门，进自己的房门，出来用二十几分钟洗手间，再回到房里砰地关上门，从此便不轻易出来。那时我通常在为某篇文章扫尾，也顾不上和她打招呼。我们在同一个屋顶下住了半个月，除了周末的白天打个照面说几句话以外，实际接触极少。李艺对我也是时冷时热，喜怒无常。这使我多少有些沮丧，看来那些娱乐杂志上关于异性合居的故事在我和李艺之间是不可能发生了，这跟我第一次见到她时对未来的展望相去甚远。

有一次我趁李艺在客厅拖地的机会问她，既然那么喜欢独来独往，又那么爱干净，为什么还要找个人来合住。“我不习惯一个人住在一个大屋子里，怕！”“你既怕坏人半夜撬门也怕屋里住进一个太热情的好人，所以你要求合屋者要有女朋友。”我说出了一句在心里压了许久的话。

“你生我气了？”她停下手里的活直起腰望着我笑笑，嘴里好像又含了一块很小的糖，“我发现你挺会观察人的，什么时候把你们编的杂志给我看看。”接着她从兜里摸出一块扣子模样的糖给我。我很少吃零食，所以没有接过来。她说了一番这种糖口感如何如何，见我仍没反应，像哄小孩一样说：“我发现你挺好玩的。”

虽然李艺说她男朋友早死了，但客厅的电话偶尔会在深夜嘹亮地响起。我冲出去接，每次都是一个极具磁性的男声彬彬有礼地找李艺。李艺一般会在我喊了两声后才懒洋洋地出来接，等我回了房关了门才开始说话，然后是隔着门喁喁私语的动静。这不像是没有男朋友的状态。不过据我的直觉，这个人应该不是她的男朋友，而恰恰可能是那个让李艺和她的男朋友之间发生问题的人。我曾试探过小陈李艺跟她男朋友关系到底怎样，这个曾暗恋过我的小女孩没等我把话说完就答非所问地送了我一句：“反正你没戏，见识一下人家你就明白了。”

一个下雨的晚上，大约九点钟，我待在客厅给一年都见不上两次的所谓女朋友打电话，连续拨了四五次，她们寝室的人都说她不在，一个女孩甚至在最后一个电话里不怀好意地说：“阿美可能跳舞去了，今天星期五嘛！”我怅然，撂了电话。这时门铃响了起来，这吓了我一跳，因为自我搬来后从来没人来串过门，李艺进来都是用钥匙开门，并且她最早也得到十一点后才回来。我犹疑了片刻才开门，果然是个陌生男人，大概有一米八多，皮肤极白，高鼻梁深眼窝，像混血儿。他歪着头打量了我几眼，嘴角微微挑起一丝笑意，从黑风衣的内口袋里摸出一个厚厚的信封拍到我手上：“交给李艺。”

“李艺不在。”

“我知道，等她回来再给她。”他又看了我一眼。

我感到信封里是一沓钱，同时也感觉到了对方的身份。我正要说什么，他笑了一声掉头咚咚咚下了楼。我从楼梯间的窗口望下去，大院门口停着一辆奔驰200，边上等着一个打伞的女人。

李艺直到十二点才回来，见我开着门，一边拍打着皮风衣肩上的水珠一边说：“多亏了一个朋友送我回来，出去的时候还看见星星呢。”看来她心情不坏，跺脚的样子都有些夸张。她一开心话就多，五官都从平常的冷傲中解冻出来了，像一个处了多年的好朋友。

我将信封转给她时，她的表情又立即封冻了：“他来了?”

“好像是你男朋友。”

“他说什么了没有?”我照实说了，我注意到她的胸脯微微有些起伏。她最后一个问题是：“是不是还有一个女的?”我说我没注意。

李艺忽然昂起头，但两行泪水还是迅疾地滑出眼眶被我看见了。她飞快地转身进了房间，关门的声响震得我耳鼓发麻。

我当然能想象房里的景象，但这样的时刻我最合适的是做块沉默的石头。我回到房里，打开电脑大声放德沃夏克被称作“美国交响曲”的交响乐中“念故乡”乐章。我常在伤心的时候听这支曲子，舒缓感伤的单簧管独奏像黄昏的阳光照在灵魂的伤口上。李艺也曾说过她很喜欢这支曲子。我希望它能代替我抚摸一下李艺冰凉的额头。

大约半个小时后，李艺果真来敲了我的门，她目光善善地小声问我：“你过来陪我坐会儿好吗？”

这是我第一次走进她的房间，以前只看到里面铺着地毯，有台小彩电，并不知道床上地上有不少布宠物，比如癞皮狗、鳄鱼之类。而且我发现房里没有椅凳，因此李艺招呼我时只好说：“随地坐吧，地毯我每天都要吸尘的。”她不知从哪里摸出包扁“三五”扔给我，背倚席梦思侧卧腿坐在我面前：“我不抽烟，你抽吧。放了挺久，不知霉了没有。”

“结果你都看到了，我也不介意你知道很多，我只想问问你，从一个男人的角度看，你觉得我是那种容易让男人有非分之想的人吗？”我发现李艺无助的样子还是挺单纯的。

“女人一漂亮男人就会有想法，这不一定是女人的错。”

“他可不这么看，他一口咬定我的眼神有点媚。我看我们在一起住了这么久，你也没想入非非，对吧？”

“有想法也不能怪你。”我发现自己已不可避免地卷入了一起爱情事故的灾难现场。我既要充当富于同情心和正义感的围观群众，又要适时地往冒烟的灰烬上喷些泡沫灭火剂。这使我在机械地点着头倾听了十几分钟后大脑疲倦不已。我只好打断她，像对待采访对象那样要求她，完整地叙述一下他们的关系演变的过程，她点点头给自己剥了一块糖。

“他是我高中三年的同学，人刚才你也看到了，凡是见过他的人都说他帅。我们是整个年级公认的金童玉女，在大伙的起哄中很自然地走到了一起，度过了一段让所有同学都羡慕的美好时光。高考时我报考了器乐，他考体育。我学习不错，加上从小就练琴，很容易就上了师大音乐系的录取线。他平时爱踢球，专业课也顺利过了，但文化成绩太差，考了两年分数越差越远。他有些撑不住了，提出要跟我分手，我当然不会同意，因为他做出这种选择完全是因为虚荣心。

“那时他的确非常爱我，每天都要想些花样取悦我——朗读一首不知从哪抄来的情诗，给我买各种各样的糖，让我斜坐在他的自行车横梁上冲坡。总之，那个时期流行的讨好女孩子的小手段他都使用过，有一次还为了我和另一个追求我的男同学打了一架，他一个人被对方五六人用刀围住，但他一点也没妥协，抹着嘴角的血丝指着那个男同学说：‘除非你今天砍了我，否则别想接近小艺。’结果对方在他脸上划了一刀放过了他。第一次落榜后，他还若无其事，送我去师大报名时还有说有笑。第二年夏天，他彻底崩溃了，一连有七天躲着不见我。最后他把我约出去说，如果师大有合适的，一定别等他。说完他就抱着我哭了起来。”

李艺讲到这儿，发声都有些困难了，叙事时断时续，双手不停地拆面巾纸。我不得要领地安慰了她几句，然后出去给她倒了杯水。

“为了不辜负他的真情，师大四年，我拒绝了无数同学和青年教师的追求，平常除了上课、练琴就是坐在图书馆给他写信，鼓励他走出一条自己的路。当时我的话还是有些用的，第三年他考了驾照为别人开长途货车，虽然辛苦，但收入不菲。有段时间他显得很振作，经常给我写信或打电话，有时还会开车绕道到省城来看我，半夜爬铁门到宿舍楼下用歌声叫我下楼。搞得同寝室的人眼红不已，觉得我们在一起一定会很浪漫，对此我也深信不疑。毕业时，省工行来学校招有文艺特长的女生，看中了我。但我想都没想就决定分回地区师专。因为我想跟他在一起。

“当时他也极感动，一出完车就住到我宿舍里。白天我上课时他就睡觉或做饭，晚上一起去田径场散步。我们宿舍住着一伙单身汉，炒菜都在走廊里。一开始，他还和他们打得火热。有一次我不在时，他居然因为对一场足球看法不一同一个教哲学的北大毕业生发生了口角，对方情急之中骂了他一句‘金玉其外’，把他气跑了，从此再也不进师专的门，经常和一些社会上的女孩子出去唱歌。后来有人告诉我，那位哲学教师一直在暗恋我，我狠狠地骂了哲学老师，然后去请他搬回来住。他不理我，说和我在一起太压抑了，分手是迟早的事。任我怎么安慰哀求都无济于事。然后我为他做出了这辈子最错误的选择，辞职跟他离开了熟人太多的家乡来到省城。我们租了一间房，他开的士，我应聘到一所民办大学教书。

“这是我们最艰难的日子，收入不高，又很辛苦，两个人每天清晨分手直到深夜才见面。不过这也是我们在一起最幸福的一段时光。那是一种真正相依为命的感觉。我们经常到晚上十二点以后还去广场或八一大桥看风景。我们最喜欢伏在桥栏杆上眺望市区别人的灯火，那样我们会靠得特别紧。每次出去我们都带一筒一块四的十颗阿尔卑斯糖，吃完了就回来。就是这种糖——”李艺起身从抽屉里摸出一个用彩色包装纸裹着的小长筒，打开一端，滚出十颗咖啡色的扣状奶糖。她顺手递给我一颗，我接过来，但没有剥掉最后一层透明的玻璃纸，因为我嘴里还叼着烟。但这次她自己没要糖。我递给她烟——我猜她可能想要一支烟了，女孩多半是在这种情况下接受香烟的。她无力却坚决地摆了摆手。

“这样过了一年多，他开始不满足了，因为他朋友多了，开销也大了起来，光手机费一个月都得交五六百。出租车竞争又越来越激烈，他脾气越来越坏。没有办法，我找老同学介绍晚上去酒店弹钢琴，一小时六十元。一开始每晚跑一个场子，后来连赶两个场子，虽然辛苦，但报酬极丰厚，我们搬到了现在的这套大房子里。他一开始还满意，每天开车迎来送往，后来见不少客人献花给我，和我搭讪，有的甚至对我纠缠不清，他的毛病又犯了。一会儿说我长得太媚，一会儿又说我挣钱的不是艺术，而是脸蛋，但又下不了决心不让我去弹琴。他变得爱挑我的毛病。有一次一个酒店老板因事在比较晚的时候把电话打到了我们的住处，他先是装不在意，一直憋着不说话，等我睡着了他却把我从被窝里拽出来，非要我承认做了什么对不起他的事。我一口咬定我问心无愧，结果他打了我。从那以后，他经常半夜躲到卫生间去接手机。有天晚上我居然看到他和一个三十多岁并不漂亮的女人在我家楼下话别……

“结果你应该可以猜到，大闹一番之后，他从这里搬了出去。并说用过我的钱将来一定会还。我等了一个月，直到我过生日，他才给我打了一个电话。他好像也很伤心，说：‘小艺，我不是不爱你，而是没资格爱你，以前没资格，现在更没有资格了。跟你在一起我迟早会崩溃的。我太累了！’我说：‘我原谅你的过错和坏脾气，我们重新开始吧，我也无路可走了。’我一边说一边哭，他也跟着哭了起来。但他表示已经无法再和我过下去了，因为我本来就不属于他，越迁就他对他的伤害就越大。后来他真的就没回来过。有人说他去了深圳，也有人说他在本市结识了一个有钱的女老板。从那以后，我也开始和其他男人交往，有过去的同学、老师，当然更多的还是在酒店和茶吧认识的朋友。以前我从不单独和男人出去吃饭，现在也无所谓了。当然，他们都是些有品位有修养的事业型男人，年龄比较大，既儒雅又体贴人，但我始终跟他们保持一定的距离，因为我不相信我为他付出过那么大代价他真的会这样不明不白地消失了。对外我一直否认我和男朋友已分手。”

李艺讲完自己的故事，已是凌晨三点多了，这时雨早停了，她脸上的泪痕也干了，整个人都像被自己的叙述掏空了，低着头面无表情。我能听到厨房水龙头缓慢的滴水声。现在我总算知道了，我为什么能碰上李艺这样好的合居伙伴，为什么她总让我先去接那个深夜打来的电话。

这个夜晚改变了李艺，她关在屋里昏睡了三天后，忽然变得开朗起来。当然也不是那种刻意做出来的潇洒，而是某种希望破灭之后的轻松。这个夜晚也改变了我和李艺之间的关系，我由于洞察了她的隐私而成了她的知心朋友。她变得爱和我聊天了，问我的女朋友好不好处，同事好不好玩。晚上回来常带些夜宵给我，有时还会主动到我房间来借书看。她甚至还主动拜读了我的一些作品，虽然只是泛泛地夸了一下我，也足以让我看到了我在她眼里的价值。在我感觉她开始关注我时，她又有意无意地跟我讲起那个常在晚上给她打电话的吴先生——她和男朋友分手前就认识的朋友，一位在英国留过学、现在在北京打理一家公司的成功人士。讲他的睿智、大度以及对她的前途的关心。说吴先生经常用英语和她聊天，并希望她趁着年轻多学点东西，做一个有全球意识的地球村人。她对吴先生的敬佩或者说感激让我不大舒服。但我又不能表示反感，那样会让她觉得我会和她的男朋友一样狭隘和浅薄。所以只好装作很感兴趣地听，还不时地点头附和她的观点。从这以后她再也没提过她的男朋友。

有天晚上李艺回来得很晚，不知为什么我在屋里什么也干不了，稿子写不下去，书也看不进去，一张碟子反反复复听了十几遍。我干脆下楼坐在大院的花坛边抽烟。春天的夜晚有种令人伤感的美，花香馥郁，空气温润。想着李艺这么美好的女孩爱情却如此不顺，我心里充满了怜爱和一种想做点什么的冲动；但想到李艺这么晚还不回来的原因，我只好又对着花圃叹息。李艺出现在院门口时，果然是从一辆小车上下来的，她猫腰冲车里的人挥挥手，高昂着头疾步走来，与我擦肩而过时才发现我。她很吃惊：“这么晚你怎么坐在外头?”我告诉她我在等她，怕她出了什么事。我说得轻描淡写，似乎还有些玩笑的感觉，但她显然被震住了，撩了撩耳际的乱发，老半天没说出话来。最后还是我先开口，我表演感很强地说：“回来就好，回来就好。”然后一起进了楼。楼道里很黑，李艺上楼时有些磕磕碰碰，我伸出手去拉她，她没有拒绝。

我发现我越来越深入到李艺的生活里。我们开始在周末时合伙做饭，她买菜，我来炒，虽然手艺不好，但笨拙使我们收获了更多的快乐。我也爱上了李艺最爱吃的阿尔卑斯糖，它的味道确实独特，甜而不腻，又略含些巧克力的苦味。含在嘴里一二十分钟不化，很适合一边聊天一边用舌头把玩。我甚至在晚上不写东西时去茶吧听李艺弹琴。李艺弹琴时穿着茶吧配发的一件白色的长裙，乌黑的长发披垂脑后，眼睛在灯光映射下散发出天使的光芒。我也愿意用心听李艺讲她和吴先生的交往了，并旗帜鲜明地指出，吴先生对她的关心绝不会像他自己想表现的毫无功利。虽然没见过他，但我凭直觉可以肯定，他一定是一个手法高明的猎艳者。李艺对我的观点不置可否。

有一次我去茶吧听完琴和李艺一起步行回来，走到沿江路，李艺告诉我吴先生前几天专程从北京飞过来看她，劝她去北京音乐学院系统地学一下音乐，然后由他负责策划以后的发展。李艺对我说，她在这个城市待下去已经没多大意思了。李艺终于说出这句话了。我颓然跌坐在河边的石凳上，李艺也挨着我坐下。我从兜里掏出一筒阿尔卑斯，递给李艺一颗，她笑着摇了摇头，从包里摸出一个泡泡糖送到嘴里，并好奇地问我："你不是不喜欢吃糖吗？"

"人总是会变的，就像你以前只爱阿尔卑斯，现在却吹起了泡泡糖。"

李艺朝着夜空轻吁了一口气，说我在咬文嚼字。

我想尽量用轻松的方式表达自己的心情，我叹了口气说："跟吴先生走还不如跟我，你看我又年轻又帅，至少至今未婚吧。"李艺知道我在提醒她注意吴先生的年龄和已有妻室的事实。这是她以前跟我说的，所以她并不接我的话，把泡泡糖吹得叭叭响。我接着说："好好看看我，别舍近求远丢了西瓜去捡芝麻。我可是期货型男人，说不定哪天就身价百倍了。"

李艺还是笑不出来，倒是很认真地给了我一个评价："你是不错，善良，浪漫，又有才华，陈燕也说追你的女孩不少。可是我已经怕极了年轻人的爱情，因为爱情的本质就是给别人机会伤害自己。越有激情，伤害越大。"她摇摇头接着说，"我现在最需要的是平静和宽容，一个没有丰富人生阅历的人是不会给我这些的。"

"那吴先生愿意跟他老婆离婚吗？"

"他从不跟我说他老婆的坏话，所以我觉得他人品不错。"

“这是一种技巧，一种骗术的进步。更何况现在的男人信奉的是‘家里红旗不倒，外面彩旗飘飘！’”我可以负责任地说，当我声嘶力竭地说出这段话时，已毫无私心，真是为李艺的将来担心。

李艺也激动起来：“我什么时候说过要跟他好了，他至少不像你想的那么坏。听说我跟男朋友闹别扭，他还劝我别一时冲动。上星期听说我们分了手，还说在北京帮我介绍一个回国的留学生。”

这次争执以后，我决定从此淡出李艺的生活。因为我发现吴先生的手段已超出了我的想象；并且我也知道，换了另一个成熟的男人，只要以一种宽怀专情、不焦不躁的姿态出现，都可能打动李艺的心。李艺对我一如既往，保持一份她认为适度的热情，但我的感觉已经发生了变化，因为吴先生的电话越来越多了，通话时间也越来越长。李艺再也不要我先接电话，而且我发现，她第二天的情绪，往往同前一天的电话有关。

我有点想念那个才见过几面的小名叫阿美的女朋友了，我忘了她热衷跳舞的恶习，又三天两头跟她打电话，听她讲校园里的爱情故事和事故，听她赞美我的散文和胡子。跟她聊天，我放松极了，仿佛又回到了大学时代，那时候无论犯过什么错，谈过多少次恋爱，都是一种青春曼妙的感觉，可以写进文章，虽然苦涩，却可以品出美感。

春天快要过去的时候，我争取了一个机会去阿美所在的城市采访。临走时李艺亲手做了一顿饭给我吃，手艺发挥得相当出色，我一个人几乎吃完了一个一斤重的雄鱼头。但我看不出来李艺知道我是去看阿美后的心情。她一会儿笑我是在拐骗幼女，一会儿又真诚地说这种有一个人急着要见的感觉真好。我问她和吴先生的关系有没有进展，她却显得没多大谈兴，既不肯定什么又不否定什么，只一个劲儿地让我喝她买来的干红，自己偶尔也喝一些。我劝她来个一醉方休，她歪着头较真儿地说：“我又没堕落，为什么要喝醉?”

阿美的学校在海边。在这座海滨城市的一个星期，我们每天晚上都要去校园后的山坡上看海边星星点点的灯火，就像李艺和她男朋友初到省城时常做的那样。有一天晚上，天色漆黑，阿美伏在我肩上用好听的带有古越国腔调的普通话问我在想什么。我想也没想便背了一句台词：“多希望那么多灯火中有一盏是属于我们俩的。”阿美眼中一潮，搂紧我深深地吻了我一口，当我陡然发现口腔里多了一块甜中略带微苦的小圆块时，阿美笑得跳了起来。后来阿美告诉我，她们学校的同学都爱吃阿尔卑斯糖，恋人们常常用舌头玩把这座欧洲名山在两个口腔里搬来搬去的游戏。

现在我终于知道了李艺为什么那么偏爱阿尔卑斯奶糖。我想把我的发现和想法告诉李艺，但连续打了两天电话，李艺都不在。

几天之后我回到我和李艺合居的公寓时，我才反应过来，李艺已在几天前离开了这座城市。客厅里堆满了她送给我的东西：彩电、灶具、地毯，还有一些其他日用品。其中还有一大盒金装阿尔卑斯糖，是一只心形金属盒，上面有她留的一个字条：

我早就该走了。我本来就不该来到这里。

别问我去了哪里，但你要相信我，经历了这么多，我会好好把握自己，也会认真反思你的忠告。

今年的房租我已全部付清了。这些东西不方便带走，留给你用吧。还有一盒糖，送给你和你的女朋友。

谢谢这么多天你对我的关心和帮助。

有缘自会再见。

这就是我和李艺交往的结束。虽然在我的意料之中，但来得这么仓促，还是让我有一种说不出来的难受。我打她的手机，电脑说该机已停止服务；又打电话问同事小陈，她甚至不知道李艺已搬走了。最后我的目光落在了阿尔卑斯糖的包装盒上，上面画着阿尔卑斯山的雪峰和几幢尖顶红房子。我按照厂址后的电话号码在电话上按下了那串陌生的数字，我突然特别想知道，一种由上海某糖厂生产的奶糖，和遥远的阿尔卑斯山能有什么关系……

2001 年

春　　天

亮闪闪的一九八〇

我在县城商业局菜园厮混的童年是被夏天的一阵暴雨冲刷委地的。此后的镜头直接经由那片绿色过渡到油坊公社，就像电影的蒙太奇手法，省略了许多承前启后的细节。比如爸爸复习两年终于考上大学，第一年他报考中央美院，差了好几分，第二年改报理科，录取了省里的师范大学；外婆、外公和妈妈商量，把弟弟、妹妹也放到城里来带，以减轻她的压力，最后妈妈决定我去油坊把弟弟、妹妹换到外婆身边来，她不想把所有压力都转嫁给父母。

这些事在我的记忆边缘发生，我一点印象都没有，却深刻影响了我日后的许多记忆内容。如果我没去油坊，在外公身边待到妈妈调进县城，我的人生和现在会有怎样的不同呢？任何一种假设都是尽可放马驰骋的，命运任何一个细小的齿轮稍稍调换一下位置，其他齿轮就会发生连锁反应，也正因如此，假设没任何意义。你就是皇帝老子，对于每个齿轮，你也只有机会拨动一次。

相对于商业局宿舍的潮湿、逼仄，油坊公社那万亩油菜地就像一片黄金铺设的人间乐土，开阔而响亮，更何况，时间已走到了一九八〇年，一个激情的时代像金灿灿的油菜花在霜冻的大地上破土而出。

乡野上处处流淌着油菜花晕黄的汁液，无论朝哪个方向都望不到边，天空也被染成晕黄的一片。通往小学的道路被隔夜的雨揉湿，红泥翻浆，我踏着边缘的青草快意滑行，不断经过一些青灰的砖墙，上面用石灰粉写着“抓纲治国”“工业学大庆，农业学大寨”“刻苦读书，实现四化”等标语。

对于少年的回忆，总是从这样的场景开始的。

你也许惊异于我对少年阶段的认定，初到油坊时我还不满十岁，可我觉得少年时代就是从那年开始的，同样是十岁，在商业局宿舍属于童年，到了油坊就是少年。

我想，这样的断裂是多种因素相互作用的结果。

第一，油坊是个很特别的地方；第二，一九八〇年是个很特别的年头；第三，也是很直接的原因，在县城时，我的玩伴基本是儿童和少年，到了油坊，交往的人大多是青年，就是《年轻的朋友来相会》里唱的“我们八十年代的新一辈”。

我就读的学校是油坊中心小学，平常住在油坊中学。那时教育重新受到重视，油坊中学由初中升级为完中，初中高中部都有，妈妈也转正到油坊中学教书，不仅教语文数学，还教学生们唱歌跳舞。

先说说油坊公社。

油坊是饶州县北部的一个大公社，连接景德镇和九江的景湖公路从公社集镇穿街而过，也可以说，油坊公社集镇是傍着景湖公路建成的，因公路诞生在前，集镇形成在后，根据外婆外公的口述，他们很小的时候，也就是说，民国时期，那条公路就有了，那时叫马路。

外公的老家枫树下村离集镇三华里，外婆的老家也在这条公路边上，往九江那边走十来里就到了。

老辈人说，油坊之所以叫油坊，因为自古以来就是方圆百里的菜油生产基地，繁盛时汇集着七八家榨油坊，一九八〇年仍保留有大型油坊一家。之所以油坊林立，是因那片土地特别适合油菜生长，油菜籽颗粒饱满，出油率高，榨出的油特别香，一滴油就可以炒一盘菜，抵别处的三滴油，当地农民家家户户都种油菜。邪门的是，油坊的油菜籽种到隔壁的公社，品质就大为逊色。县里的干部去地区和省里送礼，都点名要油坊公社的菜籽油。

一九八〇年的景湖公路是砂石铺成的旧马路，来往车辆很少，偶有车子驶过，就卷起漫天灰尘。假如你坐着班车从景德镇或县城往九江去，过田坝街十多华里后，如果马路左边出现一株树冠像乌云的浓密大樟树，右侧出现一座瓦顶木柱的四脚凉亭，就表明油坊到了。司机一轰油门，车内的引擎盖持续地抖两三分钟，翻过一道漫长的斜坡，油坊集镇便尽收眼底。

小孩没座位，每次去油坊，大人就把我斜放在客车的引擎盖上，我晕车厉害，屁股下的引擎盖剧烈抖动起来时，车内的灰尘、热烘烘的汽油味、大蒜味、皮革味、汗馊味、脚臭味都翻腾起来，杂烩成一种复合型的特别难闻的气味，它们附着在鼻黏膜上，又通过鼻孔攻陷呼吸系统，在体内掀起惊涛骇浪，不过此刻我倒能勉强守住喉咙，至少不会像刚上车时那样，一个急刹车就把胃里的汁液从食管和口腔晃出来。

每当屁股底下传来滚烫的战栗，我就知道，油坊到了。

还是跟着班车简略地参观一下吧。翻过慢坡后，最先在公路右侧出现的，是公社的大院子，青灰的砖墙，高耸的杨树，杨树后的房子也都是灰瓦房，横竖有序地共两三排。院子离马路大约一百米，之间有条和景湖公路垂直相交的沙子路。偶尔有绿色的拖拉机头摇摇晃晃地从院里出来，挡风玻璃在阳光下水亮地左一闪右一闪。

再往前几十米是供销合作社的门市部，长条形的瓦房，和景湖公路平行，计有布匹门市部、杂货门市部、糖果门市部等，墙面上嵌着一排石灰刷成的写标语的白圆饼，每个圆饼中有一个红通通的大字，连起来就是："实现四个现代化!"最后那个"!"也要单独占一个白圆饼。

门市部是油坊的主要社交场所，以后还要提到。现在继续往前，经过一家墙壁黑乎乎的铁匠铺、一家屋檐下的破洞总被八哥做窝的民房，就到了手工业社的院子。

手工业社主楼是当时油坊镇唯一的两层楼房，也是油坊街上迄今仍保存完好的旧房子，它的外墙是粉白的，门是拱形的，门楣之上是一只巨大的浮雕五角星，因年代久远颜色变成泥黄色。它的顶也是瓦顶，却不是常见的人字形，有着多个棱，这表明它内部的布局也是复杂的。不管是二楼还是一楼，都有许多房间，每个房间都铺设着地板。这种建筑，肯定不是油坊土生土长的风格，从哪里舶来的，无从考证。

手工业社的名字是后来知晓的，当时只知道它那间靠大门的房间是卖车票的，一楼大厅兼做候车厅。大家坐在里面唠嗑开玩笑，外面传来刹车的声音，就不慌不忙地提起包裹出门。那时的客车虽然很稀少很牛×，却会耐心地等每一个买了票的客人。

手工业社往前，又是一溜民房，再往前是一个长坡，坡边是最后一群建筑——收购站兼兽医站。高点的房子办公住人，矮点的屋舍关生猪。

收购站外四五百米远的空气都翻滚着猪臊味，那种浓烈的有点生铁气息的臊，很硬很呛鼻。四面八方的猪被绑在独轮车上推到这里，大部分转运到县城、景德镇和九江，有些就地宰杀。所以那里也是刑场，不时有猪的哭喊声撕心裂肺地传出来。

当时的集镇主要集中在公社这一侧，马路对面也有几家单位。和公社夹道相对的是粮站，因内有仓库，小孩不可随便进去，我至今对它知之甚少，现在那一长溜仓库和围墙早变成了店铺。粮站后是一片枞树密布的荒山，山的那边是油坊中学，有一条小路斜穿过荒山插到景湖马路上，交叉点离公社大门不远。供销社对面当年无任何建筑，只有一道又高又长的堤坝，那里是一座小型水库，水库对岸是卫生院和油坊村，在供销社买好东西的人，过马路斜着登上堤坝，沿着坝顶在柳树的绿荫下走上五六分钟，就到了油坊村。

这些是景湖公路两侧的布局。其实，从油坊中学到油坊村还有一条更小的路，同景湖公路平行，路侧也有些重要所在。油坊中学地势最高，往下依次是油菜或麦地、卫生院、榨油坊、油坊生产队队部、队部广场，然后是油坊村。榨油坊对面一百米外的那个水塘边，是油坊中心小学。

黄泥地面的队部广场过去是开群众大会的地方，我到油坊后这一功能基本废弃，成为露天电影放映场，队部屋子的侧墙正对着广场，墙上用石灰粉刷出一块白色银幕，放电影时影像投射在这块白墙上，比架在两根木桩之间的幕布更具稳定性，至少，起风时电影里的人脸不会起伏变形。

现在说说一九八〇年。

当然，有些被我认定发生在一九八〇年的事，也许实际发生在一九八一、一九八二年，或者更早的一九七九、一九七八年，请原谅我的张冠李戴，一个十岁孩子的记忆不可能处处精准。在我看来，一九八〇不是某个具体的年份，它只是某种象征——漫长的冬天过去后，终于来临的那个季节的象征，只不过它持续的时间，比日历上的季节要长很多罢了，更像是一个由特殊原因造成的持续三四年或四五年的小时代。

这个微缩时代的肇始，与“文革”结束有关，包括与此相关的一系列拨乱反正活动，这些全都发生在成年世界里，我年岁太少，对此不太敏感。我模模糊糊记得的是高考恢复后爸爸复习备考的几个镜头。

为了使一九八〇年的私人记忆具有更宏大的背景支撑，我愿意在此列举一些当时的社会大事件，它们发酵催生了一个全新的时代。

一九七九年一月一日，《人民日报》发表社论《把主要精力集中到生产建设上来》。同日，全国人大常委会发表《告台湾同胞书》。从即日起，停止对大金门、小金门、大担、二担等岛屿的炮击。同日，中美两国正式建交。

一九八〇年五月十六日中共中央和国务院批准《广东、福建两省会议纪要》，决定在广东省的深圳市、珠海市、汕头市和福建省的厦门市，各划出一定范围的区域，试办经济特区。

一九八〇年五月三十一日，邓小平在一次重要谈话中公开肯定了安徽小岗村“大包干”的做法。此后不到两年，一个关于农村工作的一号文件正式出台，明确指出包产到户、包干到户都是社会主义集体经济的生产责任制。

一九八一年二月二十八日，中宣部、教育部、文化部、卫生部和公安部联合发出《关于开展文明礼貌活动的通知》。要求在全国开展以“五讲”（讲文明、讲礼貌、讲卫生、讲秩序、讲道德）、“四美”（心灵美、语言美、行为美、环境美）为主要内容的文明礼貌活动。

是的，我也是搜寻资料时才明确这些信息。

孩子眼里看不见政治，孩子看见的是生活。

生活又分两种，电影、广播、宣传画里的生活，以及身边的生活。

一九八〇年我未去过饶州之外的任何地方，满脑子却都是全国各地的画面：北方一望无际的麦浪、苹果树；南方长满香蕉、菠萝和荔枝的果园；城市里高得像积木的大厦、缀满气球缓缓滑入海面的巨轮、烟囱吐着白烟的炼钢厂。还有各种各样的人物：抱着稻穗笑得合不拢嘴的老农、穿着白色制服凝望玻璃试管的年轻科研员、背着药箱在乡间小路上跋涉的赤脚医生、下巴顶着瓷碗转圈的杂技少年、手牵气球在广场上奔跑的“红领巾”……

我的同龄人都能想起来，这些主要是名叫《祖国新貌》的电影纪录片的内容，那时放电影之前，都会加演一部反映全国各地最新面貌的短片，每一部内容都不同，类似于现在的电视新闻专题片，并配上轻快喜庆的电声配乐。

我至今能想起《祖国新貌》解说员亲切而愉快的嗓音，也能想起我们观看时的经典表情，每当画面上出现红灿灿的苹果、沉甸甸的香蕉等特写画面，观众群里就会爆发出一阵艳羡又解馋的长音“哇——”，一个一二十分钟的短片，要激起“哇”声一片。

宣传画也大多是这些内容，我清晰地记得妈妈贴在我写字桌上方以人民大会堂为背景的水粉画，画面上的蓝天不仅飘着白云，还飘着五颜六色的气球，一伙穿白衬衣系着红领巾的少先队员手拉手迎着朝霞走去。

报纸上的画面更抽象更具前瞻性：潜艇下海，卫星上天，农民穿着工人的服装用机器播种和收割，声波、光波等各种科技符号布满寰宇，电灯、电话、小汽车等高科技用品进入寻常百姓家。

那时印象最深的口号就是“到二〇〇〇年实现四个现代化——即工业现代化、农业现代化、国防现代化、科学技术现代化”。上面那些画面，就是二〇〇〇年时的情景。以一个十岁孩子的智力，我把四个现代化理解为：炼钢只要按一下按钮，插秧使用插秧机，科技人员每天放卫星，打仗使用机器人。至于二〇〇〇年，实在有点太远，“二”字开头，完全是科幻故事里的纪年方式，简直难以想象，不过它肯定是个好年份，至少，人人都过得很幸福，想吃苹果就吃苹果，想吃香蕉就吃香蕉。

不仅媒体，那时几乎所有大人都热烈憧憬四化实现的那天，为了激励孩子们好好读书，性急的《中国少年报》还对一九八五年的生活做了一些预测，差不多也是那些内容。

对二〇〇〇的无限遐想，构成了一九八〇年生活最具光芒感的部分。

从中学到小学

一九八〇年真实的生活，半径其实很小。每天的起点是学校，终点也是学校。

我居住的油坊中学虽是完中，也只有两排教室和两排宿舍，之间用围墙连着，教室和宿舍均为面南背北的朝向，教室在前，呈一字排开的两排教室之间留有道路进入后面的宿舍区，路两侧种着小杨树。宿舍区西边一长排是学生宿舍，中间是会议室和几间办公室，东边一长溜是教工宿舍，再往东地势较低，是学校的食堂，为了遮风避雨，食堂和教工宿舍之间内部连通。食堂门前有口水井，井台上有个木头做的辘轳，还有遮阳挡雨的顶棚。全校人的饮水都靠这口井。水井的西侧，有幢结构独立的大房子，是学校的总务室和仓库，总务主任和做饭的大师傅住在里面，学生每周一要来此处交米。食堂和水井往东是学校的菜园，菜园子旁边，是人工开挖的洗衣塘，塘外是一座水库，中间以堤坝隔开。

前面已说到，学校和公社粮站之间是长满枞树的荒山，学校的前面，则是一片没有围墙的黄泥操场，操场上除了四只木质篮球架别无他物，操场外侧，是一望无际的田地，春天种油菜，夏天种黑豆。

我每天早晨被学校的摇铃吵醒，值日老师手执绳索下端往一侧使劲，最上端的铜锤就富有弹性地撞击铃铛内壁，当当当地急响，我端着碗跟着妈妈去食堂打稀饭，碗是外侧漆着深绿条纹的大号搪瓷碗，稀饭时而稠时而稀，有时还会烧焦，颜色黄黄的散发着煳味，这时大师傅就要挨骂。早上食堂里一般不卖菜，下饭的是自家带的腌菜、豆腐乳或萝卜条。食堂有时也会卖油炸花生米，妈妈就买一小碟，大部分扫到我碗里，少部分留给自己。有时也卖馒头，妈妈就买两个给我下稀饭。好吃的是那种白白的精粉馒头，软软糯糯的，越嚼越甜，有了馒头就无须咸菜。

吃过饭步行去小学上课，走五百米到卫生院，再走一百多米到榨油坊，然后左拐三十米到小学。有时也抄近路不走弓背走弓弦，斜着穿过高低错落的几块油菜地，跨过一条一米多宽的水渠，再走几十米就到小学。中午放学回中学吃饭，下午再重复一个来回。

小学的布局乏善可陈，一排教室一排办公室而已，唯一特别点的是教室前的空地上有株一百多岁的老樟树，夏天可荫蔽半个操场。

卫生院的院子比小学还小，围墙四合，有点神秘，墙上粉着“计划生育，丈夫有责”之类的标语，特别的是消毒水清凉的气味，垃圾堆和学校的垃圾堆也大不相同，学校的垃圾堆里多是废纸、铅笔头、破橡皮、皮筋等，卫生院的垃圾堆里有很多瓶瓶罐罐，幸运的话，还可能淘到完好的注射器和针头。

最吸引我的还是榨油坊。刚从卫生院的消毒水气味中走出来，就进入榨油坊的气味场，卫生院的空气是凉而薄的，榨油坊的空气是热而厚的，是大量菜籽被压榨之后迸溅出的那种热烈的热香，隔着一百米就能席卷你的肺腑。油坊房子很破，瓦顶的缝隙能漏进阳光，呈柱状照定在黑黝黝的地面，远看像孙悟空的金箍棒。地面之所以黑，是鞋底长年累月踩踏成的。屋梁上用粗绳吊着几柄硕大的撞锤，每柄有七八米长，头大尾细，每个撞锤由三四个人操作，先像荡秋千一样回撤，然后猛地起步向前冲去，靠人力和惯性把撞锤狠狠地砸在油榨的楔子上。油榨比人高很多，像只巨大的木制机床，靠一些木楔一寸一寸地揳入，对榨里的油菜籽不断施压，每撞击一次，出油口就会涌动一次，比咖啡还深的透明黏稠液体淅淅沥沥地非匀速下淌。

春天我们还穿着毛衣，榨油坊的工人已穿着单衣了，有的还打着赤膊，一边奔跑一边整齐地喊着号子“嘿呀——嘿——，嘿呀——嘿——”最后的那个“嘿”拖得特别长，似乎为了发出这个音要用上全身的力气，个子小的人喊完之后像虚脱了一样，身子悬空地吊压在撞锤上向前飞去，咚的一声闷响后顺势滑落地面，真的和荡秋千一样。这个动作让我觉得，榨油坊的工作是世上最理想的工作，游戏着就把钱赚了。

油菜籽被榨干后凝固成一块块圆形的枯饼，直径比脸盆略小，黑黑的，还掺杂着一些蜡黄的干草，气味浓香，油坊门前的空地上堆满了这样的枯饼，据说可以食用，闹饥荒时救活了不少人。我很想尝一口，最终还是没勇气，枯饼太大太硬，无从下口。

上学路上时间紧；放学的路上，我就不停地逗留。在榨油坊看工人们荡秋千，在卫生院的垃圾堆淘宝，在油菜地里用指甲弹蜜蜂，在水洼里捞鼻涕泡般的蛙卵。短短两里不到的路途要耗费一个多小时。

本来，我在小学校园里的生活也可以充满阳光，可我不愿被任何人关注，我习惯了偏安，只有躲在角落才觉得安全和自在，可能是这个原因，我也不爱学习。那时的老师都爱提问，学习越好越爱提问你，还让你站到讲台上板演，若是学习再好点，还会提拔你当班干部，让你代表班级在年级和全校大会上发言。

最初，大家对这个城里转来的新人还是蛮有好感的，我那时虽然木讷内向，模样其实还比较端正，皮肤也比成年后白嫩许多。衬衣是雪白的确良，外套是米色的小斜领休闲服，都是我爸从南昌的大商场买的。我爸虽然读的是理工科，毕竟有着绘画的功底，审美的眼光还是文艺青年式的，我这身装扮乍一出现在油坊小学还是挺人模狗样的。

班主任王老师也不和我商量，一天忽然宣布由我担任文艺委员，每天课前领唱一首歌。他听说我在城里的五一小学读过书，认定我学过很多歌，加上我妈的歌声在公社还是很有名的，所以推断我的嗓子也不会差到哪里去。

宣布那天，王老师当众要求我教大家唱电影《闪闪的红星》的插曲《红星照我去战斗》。

这是那时的流行歌曲，《闪闪的红星》我们都看过不止三遍，但我没学过那首歌，我此前的音乐老师也没有教过。我真诚地说我不会唱。

王老师眼睛含笑鼓励着我，“记不到词吧，不要紧，唱个大概就行。”

不是记不到词的问题，我根本就不会唱，不止这首歌，所有的歌都不会唱。

幼儿园时，我经常逃学，期末老师挨个点名考唱歌时，大家或多或少都能唱几句，我一句都不会，平常压根儿就没练过。我背着手站在黑板下，像要被枪毙一样，头一阵一阵地发晕，只听见教鞭笃笃地敲打在黑板上。“西班牙有个山谷叫雅拉玛，唱！”那个用鼻梁托着眼镜、眉梢吊得像老妖精的女老师高声搅动着我的脑子，我嘴巴跟了这一句就熄火了。她继续摇动着发动机摇柄，“人民都在怀念它，唱——”发动机震颤了一下，又哑了。她眼角的白粉裂开鱼尾状的口子，教鞭啪地击打在讲台上，白色的粉尘逃窜般在阳光下舞作一团，“教了一学期，你连一句都不会，是条牛都学会了，你是猪脑子。”从那以后我也认定自己是猪脑子，学不会任何一首歌。

王老师还在用深情的目光烘烤我，我的脸倒是烤热了，歌是一句也唱不出。我先是听见心脏在胸腔里悬空地咚咚咚地闷跳，然后听见王老师用油坊方言替我领唱，“小小竹排江中游……”

这样的事经历两三次后，王老师眼里的火苗熄灭了一半。他把我叫到教室门外轻声问：“五一小学教过广播体操吗?”我点头。他问我能不能教全班学生做，我赶紧摇头。这时我看见他眼里的火苗完全熄灭了。

男同学一开始是欢迎我的，我教他们县城孩子玩的攻城游戏。城池由画在地上的一组大小不一的方格组成，守方站在各自的格子里左右跑动防卫，攻方飞奔着从城中穿过，被守方手掌触到即宣告阵亡，攻城游戏守城方和攻城方一般各五六名，不过你也可以把城池放大到足以容纳全部男生的地步，这个游戏可以让每个人参与。

不能让每人受益的是信纸。那时好纸张是稀缺学习用品，学校发的作业本是麻黄的糙纸，纸面布满未完全浆化的树皮颗粒，笔尖落在上面会打滑导致某个笔画失控变形。外公每次来油坊公社出差看我，都会带来一沓县政府的信纸。信纸不仅开本大，纸面光洁白皙如雪地，闻起来有股清新的纸香。信纸的抬头是“饶州县人民政府用笺”，纸面画着一道道整齐的红杠杠。用信纸写字，不仅整齐美观，还有种庄重感，似乎你写在上面的每个字都事关全县人民。

外公给我的信纸只有二十五页，我带了五页到学校，被同学发现后，纷纷来讨要，我分给了四个邻座，其他人也想要，我说没了。他们就要求明天再带些来，我说家里也没有啦。大家就怨我厚此薄彼。几天后有人又从我书包里翻出几张信纸，在攻城中和我发生过口角的男生就高声宣布："张晓是大骗子，明明有信纸还说没有！我们都不要跟他玩。"没分到信纸的男生都成了我的敌人。

我曾想把剩下的信纸分给大家，最后还是放弃了，一是僧多粥少，更主要是舍不得，那些信纸够我画一学期的画。我不懂收买人心，一张信纸换一个朋友的交易对我而言并不合算。

有天放学时，领头骂我骗子的张海平叉腿伸手拦在教室门口不让我通过，非要我交一张信纸做通行证。许多同学围过来看热闹。

张海平是班上个子最大的男生，眼小皮黑，笑起来活像电影上的日本鬼子。他仗着家就在油坊村，自己又身强力壮，常无缘无故给一些小个子男生头顶来一巴掌，人家告到老师那里，他就说是开玩笑，没真打。老师一转身他再给人一巴掌，威胁道："再告密就把你丢到尿桶里去。"那些男生屈服于他的大巴掌，沦为沉默的羔羊，不时把身体进贡给他锻炼拳脚。

我刚来时和他一起玩过，他怎么看都有些淫邪的表情令我生厌，他不仅欺负男生，还会偷摸女生的辫子，抓一把就跑。后来我就不怎么理他，这招致他的不满，时不时地挑点我的不是，攻城时有几次都差点打起来。他向我要信纸我也没给他。

他拦路威胁我更不可能答应，那样交出的不只是信纸还有面子。

我虽年龄更小，个头却和他差不多，跟着外婆外公住在商业局宿舍时也攒下一点战斗经验。外公外婆除了吃喝睡觉，别的方面基本不过问。那时商业局的孩子常和冷冻厂的子弟斗殴，我也参加过几次，负了伤回来外婆查问，就说是不小心摔的，外婆给我搽完红汞水也不追问。外公还勉励我："男子汉这点伤算什么！"如果哪次打架被告了状，外婆只会关心有没有吃亏，没吃亏她就不会多说什么，外公关心的是谁先动手，只要不是我先动手他也不会追究。这方面他认为，"人不犯我，我不犯人，人若犯我，我必犯人"。

我继续往前走，身体不可避免发生碰撞，他像蛮牛一样冲撞过来，用肩膀抵住我。他力气确实很大，硌得我肩膀生疼，硬顶是很难顶住的，我突然往后回撤身子，他失去支点猛地往前一蹿，差点扑到地上，于是脸涨得紫红，回转身来一顿王八拳。我们扭打在一起，拳头落在脸上毫无痛感，自己的手脚抡向何处也无法掌控，就像突然松开发条的玩具，被强大的反驱力裹挟着无法停歇。事后各自的面颊都肿起数处瘀血包，如果不是王老师发现扯开，损伤将更大。

这事对张海平没任何影响，打架于他就像是日常的体育锻炼，频率、功效和人家跑步、打球等同，老师都懒得告诉他家长。他父母都是农民，可能刚分到责任田，每天的时间用在田里都嫌不够，哪有精力来管这些猫抓狗狗咬猫的小事。王老师以前去过他家，他娘听老半天才问："是公平、海平还是峰平？昨天也有老师来过家里。"他们家有五个儿子，其中三个在念书，都是打架的老手。

我的右眼角肿得看东西都困难，张海平的左眉骨上裂开了一道小口子，肉体的损失我们算是扯平。精神的损失我大得多。

我妈从高我一年级的教工子女"烂头"处获悉此事后，大感震惊。我一回家就被她抓到窗户边的亮光下，浑身上下地翻查，重点是头皮，像找虱子那样一缕一缕地揪着头发检查头上是否有暗伤，拎得头皮发麻发痛。确认没大碍后才对我大发雷霆。

我妈的观念和外公外婆相差甚远，在她看来，学生一旦学会打架，就和社会上的流氓差不太远了，她为此感到痛心，想不到闷葫芦样的儿子也会干这种没家教的事。“你要是打死人坐了牢我可就管不了你啦。”在我妈看来，打架不仅有损形象，还有生命危险。前几年油坊中学就出过事，两个男生还不是真打架，互相扭打着玩耍，其中一人不小心头碰到墙角，当时还没事，几个小时后回到家里，突然就倒下了，再也没醒过来。

我一开始还想陈述原委为正当防卫辩护，她没耐心听，一再声明，“不管人家多么无理，都不能打架。你可以先讲道理，讲不通道理，就告诉老师，让老师主持公道。”

我妈虽是做老师的，并不很了解刚懂点事的男孩子心理。在那个阶段，男生的圈子其实是个封闭的黑暗世界，男生不像女生，但凡有点志气的，闹再大的纠纷也不愿报告老师，一是觉得告密很可耻，只有女生和怂包才爱打小报告。另外，告诉老师也解决不了实际问题。学生和老师本属两个世界，学生活在水下，老师住在船上，鱼跃出水面的瞬间，老师可以监控，可大多数时间，鱼深藏在无边的碧波里，船上的人看不见，即便看见点气泡，也不明就里鞭长莫及。

被举报的人在老师面前乖得像孙子，忏悔和保证书弄得声泪俱下，一回到水面之下，就更加凶狠地报复那个可怜的告状者。

妈妈的方法并不可行，不过她的怒火和担忧让我觉得，打架确实不是什么好事，我向她表态，“不管怎么样，以后不跟他们沾边就是了。”

对我而言，做到这点并不难，我对同龄孩子之间的恩怨情仇毫无兴趣，我身边有许多更有意思的青年人。

八十年代的新一辈

粉刺堆垒的脸，毛茸茸的上髭，四个兜的蓝布上衣，左上兜插着管自来水钢笔，鞋子是自家纳的白底黑面布鞋，头发多半是三七分的分头，走起路来发丛神气地一掀一掀。我说的是那个时候的高中男生。女生发型要么是两个羊角辫，要么是齐耳短发，披肩发还在国外和大都市没有传到乡镇来。女生穿着和男生差别不大，没有色彩和腰身，家庭条件好的会穿件小斜领的暗格上衣。

我身边到处是这样的年轻人，他们来自公社的各个大队、生产队，是全公社文化程度最高、前程最远大、血液最燥热的一群人。他们爱看报纸，爱展望未来，还爱围在一起讨论外国的事情。高中生很少吵架，有一次我见两个人面红耳赤地吵架，以为谁偷了谁的钢笔，过去一看，他们在争论一个问题：苏联和美国到底哪个国家的武器先进些。

每天天刚麻麻亮，他们就像军人一样飞速起床，睡眼惺忪地到操场集合，然后，在一个口哨的带领下步伐整齐地跑步。一、一、一二一，一条蓝灰色的长龙围着学校的操场不停地转圈，之后，巨龙解体，排成纵横都很整齐的方块阵，在体育老师的示范下做体操。带操的是身高超过一米八五的毕老师，他那时也才二十多岁，是全公社的篮球明星，常穿一套蓝底白筋的运动衣练习三步上篮。只要他在篮球架下，周围总有许多年轻人围观，有的是从镇上和别的学校特意赶来的。

高中生吃饭也很像军队，一日三餐不管是干饭还是稀饭，都是大锅弄的。班干部抬着木饭桶去食堂把饭打来放在教室门口，由生活委员持一铝饭盒一个一个地分。饭其实是自己带米换的，菜是周一时从家里带来的咸菜。大家排着队，不慌不忙地往前挪着步子，有的手里还拿着书，不时叽里呱啦念上几句。

令我特别敬佩的是，他们都特别爱读书，吃饭、去厕所都带着书，似乎老师在课堂上贪污了他们的时间，要想方设法在课后补回来，地点则无所谓。据我观察，他们最爱去的地方是操场外面的油菜地。傍晚吃过饭，他们就像一箩筐倾覆在地的黄豆，星散在无边的油菜花海里，各自捧一本书，展开，低着头，顺着油菜花间的田埂无知觉地踱着步子，牛吃草一样。

我对油坊中学最具美感的记忆与此相关。油坊中学的东边、南边、西边全是油菜地，绵延十多里地，肉眼望不到边，中学地势比较高，站在操场上放眼，无边的黄色像是从中学这边漫溢出去的，沿途的几个村落，像是大海中的礁石，突兀而孤立，它们不能阻挡颜料的流淌，轻微的阻挡只是让黄色流泻得更汹涌更有激情。风轻轻一吹，时而清新时而浓烈的花粉味就会一波一波、层层叠叠地涌过来，人在香波的袭击下，头一阵一阵地发晕，稍不坚定就要被醉倒。傍晚的蜜蜂比上午少些，不过嘤嘤嗡嗡的吵闹声此起彼伏，一刻也不停歇。

在这样的环境中能读进书吗？我以小人之心度君子之腹。有时我也东施效颦，拿着本书来到油菜地，没念上两句，就被晚霞勾走了魂。

我在教室练就了一项本领，能从黑板擦的擦痕中看出各种好玩的图案，比方说山峰、瀑布、尿迹、大象、水牛、人像，每堂课我都能看出各种好玩的图案，如果老师擦黑板的次数多了，就等于在看动画片。有时我还会在粉笔灰痕中看见某个同学的哭脸，独自窃笑不已。当然这样的发现无法与别人分享，上课时不允许交流，就算允许，你看到的东西别人可能完全看不到，你看到的笑脸，在别人眼里可能变成尿壶。晚霞的变幻速度和方案比黑板丰富很多倍，我站在油菜丛里一望就入了迷，你要是给我一个小时，我足够演完一场古代的战争。

有一次我追逐一只吸饱了花蜜飞得摇摇欲坠的胖蜜蜂，误入离操场两华里远的菜花深处，远远地看见一红一蓝两个年轻的脊背支架一样互相倚靠着坐在地上，油菜花太高太密，不到近前根本看不见。我一愣，仿佛不经意间撞见老师在同妈妈说我的坏话，假装没看见掉头就跑。

入夜，中学的教室里灯火通明，是煤油灯和蜡烛的火光而不是电灯，公社的发电机到二十一点就熄火，中学只有很少几间办公室有电灯，晚自习全靠学生自带的煤油灯照明。不少学生连煤油灯都买不起，用墨水瓶改制成简易的无玻璃罩的油灯，常把鼻孔熏黑。女同学还容易烧掉头发，刺的一声，发丝就打着卷地往回收缩，空气中留下一缕淡淡的焦香。为了省油，玩得好的同学就聚在一起共用一盏灯，像地下党开会，头顶头促膝而坐。

我不爱学习，却爱中学生们的学习氛围，常从妈妈明亮的煤油灯下逃到教室去，借口是请教题目，这样的理由只能用来自欺，我很少按时按量完成作业，自己妈妈是教师都不请教，倒要去请教妈妈的学生们。妈妈阻拦得也不是很坚决，逃出去了也不马上捕回来，她或许是希望近朱者赤的说法在我身上应验吧。

这样我就结识了张成龙和李文胜等几个高中生。

成龙是外公老家村上的人，似乎还有点远亲关系，文胜家在公社附近的一个村上。他俩都是班上的学习标兵。我妈教育我时常拿他们做例子，文胜文科特别好，作文常被贴在墙报上。成龙学习不是最好的，刻苦精神却全校闻名。他们家很穷，父母几度想让他退学，父母这么一说他就威胁，“那我就去寻死。”说着作势朝村口的水井边跑，父母只好作罢，把裤带子勒了又勒继续供他，比他小一岁的弟弟付出代价辍学回家种地。

成龙内向而害羞，和我这样的小孩说话都是怯怯的表情，声音很低很慢，生怕说错了什么让你不高兴一样。他头发蓬乱，杂乱的发丝这边一撮那边一根地翘起，身上补丁摞着补丁，比来油坊逃荒的安徽人强不了多少。在老师眼里，这正是他的可贵之处，他一心扑在书本上，完全忽略了社交和仪表，如果走路再撞一下电线杆，就赶上陈景润了。油坊不是北京，电线杆子总共没几根，在马路边上竖着，风一吹就嗡嗡嗡地鸣唱。成龙极少上街，所以没机会撞电线杆，不过他到哪里都端着本书是我亲眼所见，吃饭时还把书摊在腿面上看。他星期天在家盛饭时还闹过笑话。他把书摆在灶台上，眼睛瞥着书本往碗里舀稀饭，舀了半天都没舀满，勺子没对准碗口，稀饭全流回锅里了。这是他母亲告诉我妈的，我妈又转述给他班主任，这个故事就在班上流传开来。

我妈每次表扬过成龙就对我说：“你要是有他十分之一，我做梦都会笑醒。”

我可不想做成龙，他不仅邋遢，还不时晕倒，有时在教室坐着，忽然就支撑不住身体溜到桌子底下去了。我们因此学会了一个新名词——低血糖。卫生院医生说他的营养摄入跟不上输出。我尝过他从家里带来的腌菜，咸得发苦。好点的腌菜里会沤着咸肉片，菜叶被咸肉的肥油浸润后闪着亮光，成龙的腌菜干巴巴的一点油星都没有。

我当然更喜欢文胜一点，文胜家里带来的腌菜也是干涩难咽的，不过这样的腌菜却让他长得又白又有生气。文胜也是书不离手，不过很爱干净，他有面小圆镜，没人时就从袋里摸出来，把镜子窝在左手的掌心，探头探脑地照着，右手扒犁一样在浓密的发丛里扒呀扒，一会儿头发就理得很顺很整齐了，接下来又努着腮帮子挤脸上的粉刺，嘎嘣，破了一个，再捏紧一个，往外一用力，又破了一个。多年后回想文胜的模样，发现他长得蛮帅的，国字脸，浓眉大眼，皮肤白皙，连牙齿也比一般人白。

文胜的成绩在班上数一数二，不过老师很少表扬他，文胜爱和老师争论问题，还总揭老师的短。有时老师正滔滔不绝地喷着唾沫，文胜会突然站起来说：“老师，你刚才写了一个错别字。世外桃源的源，是源头的源不是菜园的园。”老师很狼狈地笑着，说：“写急了写急了，同学们哪，写字不能急，一急就出错。”文胜继续说：“老师，我觉得关键要理解成语的含义，理解了含义就不会犯这样的错误。”老师的笑容肌就变成硬邦邦的两长条。

这事是后来听说的，那时只觉得文胜有点怪，他不怎么跟同学玩，有点看不起他们。他手里捧着的书也不一定是课本，厚厚的，名字也稀奇古怪，他的同学在一边神秘地议论，那些是外国小说。我不懂什么是小说，从大家的眼神里感觉到，外国小说似乎不是什么好东西，至少，不会比外国女特务好太多。

初中生我也认识几个，我妈房间斜对面有间房，给年龄稍大不便和父母挤一床的教工子女住。初二的宗望、初一的李东升和四年级的“烂头”。宗望和李东升是教工子女的镜子，和他们比一比，就知道自己身上有哪些不足。这话是我妈说的。他们两个不仅学习好，生活自理能力也很强，小学就开始自己洗衣服，见了长辈会问好，很懂礼貌。“烂头”是另一种镜子，如果和他比，我都不算坏学生，至少，我不会打架闹事。“烂头”本名王全安，他的那边烂头是小时候打架被石头砸破的，他父亲说，血流了一脸盆，人差点就走了。破损的那边脑壳没法修复，用头皮象征性地覆盖着，激动时那块虚掩的头皮就上下波动，似乎下面就是脑浆。

我在妈妈房间挤了一段时间就搬过去住了，和东升一个床，他睡上铺，我睡下铺。每天晚上在妈妈房间写完作业，我就去那边睡觉，时间一长，就和东升成了好朋友。宗望很严肃，和成龙一样，不爱说话，“烂头”是花脚猫，每天都很晚才到房间睡觉。

东升只大我三岁就戴上近视眼镜了。他的小书桌顶着墙角，两边都是书本垒成的高山，他戴着眼镜置身其中，像蚌肉住在蚌壳中那么舒适自然。他父亲、中学有名的物理老师李荣庆自豪地说，东升没有课余时间，课余的时间也在学习，看书或演算习题。

我第一次向他请教习题，就像个不入流的行道僧见到真佛，自卑而羞怯，因为崇拜而过于怯懦。

他倒很随和，说在我妈房间看过我的画，他羡慕会画画的人。

也不知他是不是为拉近距离才这么说的，反正效果很好，我们一下子成了朋友。他教我算术，我画画给他看。

东升做题目确实神速，再难的题，他瞄一眼，眉头微微一皱，答案就脱口而出，根本不用打草稿运算，比我们的数学老师还快。

刚住一起时我问他为什么那么爱读书，他说读书好玩，干其他事没意思。后来我发现，其实他也挺贪玩，尤其爱看电影、吹笛子。不过他很自律，公社放露天电影，三次他只看一次，至于笛子，每天只在傍晚时吹十分钟。他说，现在少看电影，长大后就能多看电影；现在少玩点，长大后就能多玩点。

关系亲密后他对我承认，他也不是真的多爱学习，但是，不好好学习，就要回家去种田，然后跟一个没文化的农村姑娘结婚，生下一大帮小农民。一想到这个他就害怕。

有一次他带我去油菜地散步，路上问我喜欢看什么电影，我答："《平原游击队》。"

"还有呢？"他问。我又点了《三打白骨精》《南征北战》等等，这些在我们都看过很多遍了。他有些不以为然，最后热情地启发我，"《甜蜜的事业》你不喜欢吗？"

这个电影我们刚在油坊队部的墙上看过，我对男主角追逐女主角的慢镜头印象深刻，心想这怎么演的，有轻功一样。至于喜欢，肯定还不如《平原游击队》。

东升说，看了这部电影，一晚上都没睡好。问他为什么，他又不肯说，转而扯到四个现代化上去了，楼上楼下、电灯电话之类的。东升说，他们同学平常谈得最多的就是四个现代化。可我没觉得这个电影和四个现代化有什么关系。

东升终于忍不住，绕来绕去又回到《甜蜜的事业》，“你不觉得招弟很排场吗?”他眼里涨水一样波涛滚滚。招弟是电影的女主角，后来知道饰演者为李秀明。

“当然排场。”

“那你长大后不想找这么排场的老婆吗?”

我还真没想过，不是没想过结婚这回事，那时也常目睹农村里敲锣打鼓的婚礼，偶尔也会想到自己终有一天也要结婚，只是没敢想要找那么好看的老婆，觉得没可能。

东升告诉我，有些人来学校就是想找个有点文化的老婆，初中一毕业就回去结婚。“那样找不到好老婆的。”东升望着天际宣誓般地说，“我们一定要好好念书，考上大学，到城市里去工作，就可以找到排场的老婆。”东升是斜靠在一株低矮的枞树上讲这句话的，许多年后我仍清晰地记得那个瞬间。天空深蓝，靠近地平线的部分被夕阳染成一片绯红。东升一只脚勾起抵在树干上，一只脚直直地撑在地面上，怀里抱着一本英语书。

交往更深一步，东升把最大的秘密告诉了我，他其实也有心仪的女生。有天傍晚在油菜地边他还指给我看。那个女生穿着红格外套，扎着两只小羊角辫，手捧着书在晚霞中徐徐走动。除了皮肤白，我记不清她的模样。

他让我发誓守住这个秘密，在考上大学前他不会告诉任何人，也包括那个女生本人。“她爹爹是公社书记，不可能看得上我，除非我考上大学。”他那时就特别现实清醒，把旺盛的荷尔蒙全部转化为学习动力。

他做过唯一出格的举动，是在我的陪同下绕到田埂的尽头，等公社书记的女儿快走到时吹了一曲《小桃红》，那女生从我们身后路过时，笛声变得局促慌乱，女生侧脸觑了我们一眼，面无表情地走开了。

在东升看来，成龙、文胜、宗望心里肯定也有喜欢的女子，只是不轻易透露出来而已。

有一天文胜找到我，证实了东升的猜测完全正确。

心爱的人啊，携手前进

我去文胜的教室玩过，和他只算比较熟，他找我帮他送一封信。收信人是他的同班同学徐曼华。

徐曼华也是教工子女，是油坊中学教师徐守仁的女儿。

徐老师经历非凡，他是民国时杭州艺专的毕业生，也有说法，他只念了一年多，一九四九年后就肄业了。这当然和时局有关，他是地主的儿子，爷爷和父亲都是油坊一带有名的地主，父亲在一九四九年被镇压了，那声枪响也洞穿了千里之外的平静生活。他辗转在杭州及周边的诸暨、绍兴一带，做过报馆美编、中学教师，后来被遣送回老家务农，“文革”结束后才被复校的油坊中学聘为语文兼美术教师。大人们谈论这些时总闪烁其词，当时我对一些东西又完全不懂，所记住的主要就这些。

徐老师那时五十多岁，身材颀长，脸也瘦长，虽然穿着四个口袋的灰布中山装，却是一副经典的旧式文人的气质与谈吐，以至于我多年后回想，以为他那时穿的是飘逸的长衫。他总是嘴角含笑，却从不张嘴大笑，顶多露出一排牙齿，其中一颗是镶的金牙，黄灿灿的。说话也轻言细语，有种吴言侬语的软和柔。

徐老师刷牙用的是牙粉和牙线，每餐饭后都要漱口。我那时总是逃避刷牙，妈妈不监督就随便应付，所以对徐老师善待牙齿的习惯印象深刻。供销合作社门市部的招贴画都是他的作品：布匹、套靴、解放鞋、脸盆、煤油灯、乒乓球拍、文具盒、糖果……我亲耳听过买东西的农民议论柜台上方的画，“像全了，跟真的一模一样。”令我惊讶的是，他的口琴吹得也很好。

学校搞节目，伴奏的除了东升父亲的笛子、宗望父亲的二胡，就是徐老师的口琴了。当然还有一架风凰琴，是教英语的小刘老师的。风凰琴音量太小，小刘老师弹拨得也不是特别流畅，给唱歌的人伴奏就像一辆爬不上坡的手扶拖拉机，听上去很累很难受。那个年头的乡村中学，笛子是流行乐器，成不成调是一回事，谁上来都敢吹几口。二胡也不陌生，没见过二胡演奏家还没见过走村串户算命的瞎子吗？风凰琴也不是太稀罕，大点的商场都有卖。口琴作为乐器本身算不上新奇，但从口琴蜂箱般密集的空洞中吹出行云流水的华丽音色，绝大多数人都是第一次见识。徐老师什么歌都会吹，只要你会唱他就能跟上。不过从他房间里飘出来的曲子，总是那一首《送别》：长亭外，古道边，芳草碧连天……

听说徐老师在杭州时曾有过一任漂亮妻子，学音乐的，两人感情很好，他被遣返回老家后就失去了联系。直到三十多岁，他才娶了本村的一个姑娘，婚后育有一女，就是跟着徐老师在油坊中学读高中的徐曼华。徐老师对《送别》里的离愁别绪特别钟情，是否和这段婚姻有关呢？没有人敢问这种问题。大家如果想和徐老师开玩笑，就故意看着曼华的背影对徐老师说：“曼华长得这么排场，到底是像爸爸呢还是像妈妈呢?”徐老师就谦虚地笑笑,“像谁都一样,长得一般般。”

美术老师眼里的一般般,在高中男生看来就不得了。有人说,曼华像电影《归心似箭》里的玉贞,也有人说她像《小花》里的何翠姑。曼华那时十七八岁吧,身材高而丰满,留着何翠姑那样的齐肩发,走路又快又有弹性,不时用小拇指撩一下拂到面颊上的发丝。我印象深的是她的性格,确实和一般农村学生不大一样,她很爱笑,和她父亲相反,是那种爽朗的大笑,不仅露出牙齿,有时还露出浅红的上颚。她脸不小,眼睛很大,脸色总是白里泛红似乎总处在激动中。

我常去徐老师房间看他辅导学生画画,每个学校都有几个酷爱美术的学生,时代不同热爱的画种和题材不同而已。那时的乡村中学生爱的是国画,题材不外乎奔腾的骏马、下山的猛虎、单腿立在松树上迎着朝阳梳理羽毛的仙鹤、在毛笔勾勒的水草间嬉戏的大红鲤鱼。徐老师房间的地上摆满盆盆罐罐,空气里浮动着浓郁的墨香,徐老师捧着大号的搪瓷茶杯,踱来踱去审视地上摆放的画作,不时对恭立一侧的学生指点两句。

曼华爱好打羽毛球和唱歌,走路一跳一跳的,嘴里哼着“亲爱的人啊,携手前进,携手前进,我们的生活充满阳光……”(《甜蜜的事业》主题曲《我们的生活充满阳光》)之类的歌,对绘画一点兴趣都没有,不过她很敬重父亲。她睡在学生宿舍里,闲暇时间基本在父亲房间待着,扫地、洗碗、洗衣服、抹桌子,照顾父亲的起居。父亲茶缸里的水浅了,她马上就接过去添;父亲额头有汗,她就把毛巾递到,聪明又勤快。

我爱用蜡笔和水彩颜料涂鸦，我去看高中生画画，也拿自己的画给徐老师指点。徐老师总是热情地表扬我，“有意思，想象力真丰富。”然后稍稍指出构图上的一点小问题。曼华也会凑过来看，眼睛瞪得很夸张，右手摩挲着我的头，“真不简单，这么小就画得这么好！”

文胜知道我常去徐老师房间。他热心辅导我应付作业或许同这有关吧。他不仅帮我做数学题目，有时作文也代写几句，害得语文老师在后面批语，“不要抄袭作文应付老师”。成龙不会管这等闲事，东升和我玩得那么好，在学习上也只是指点指点，绝对不会代劳。

文胜帮我写完作业，悄悄递过来一张纸条，让我趁徐老师不注意时送给曼华。

纸条叠成飞鸟的形状，特别是头，很像孔雀。我不停地摆弄它，研究是怎么叠成的，交给曼华手里时，孔雀已开屏——我无法叠回原形。

曼华问是谁让送的，我一说李文胜，她的面颊就腾起两团云彩，慌乱地把纸条塞进口袋，继续搓洗脸盆里的手绢，哗啦哗啦的，声音很响节奏很快，像在脸盆抓一条滑溜溜的鱼。

文胜送了三只纸鸟，都没换回曼华一只。曼华让我保证不告诉任何人，并让我转告文胜，不要再写信了，要是被他父亲知道她会挨打的。

文胜就猜，“蔡瞎子又来看曼华了吧。”

蔡瞎子是公社干部，做文书还是什么，那时也才二十岁左右，做过徐老师的学生。每过一两个礼拜，都要到徐老师房间坐坐。他一点也不瞎，眼睛比文胜的还要大还要亮，只是架着副眼镜，就被文胜诬称为瞎子。

他过来也不像是找曼华的，看到曼华礼貌地点头笑笑，然后坐下来，正襟危坐地和徐老师聊天，问徐老师和师母身体可好，家中还缺什么，也汇报自己的工作。有时手里拎着一罐庐山的茶叶或者几联香皂，这些寻常物件那个时代都是不容易弄到的。每次坐个把小时，就轻言细语地跟徐老师告别，再顺便和曼华道个别，仅此而已。

我告诉文胜蔡瞎子是来看徐老师不是看曼华的，文胜鼻子一哼，“他看自己亲老子都没这么勤快吧。”不过他确实也没发现蔡瞎子和曼华交往的蛛丝马迹，就继续利用我当信使，向曼华发射纸鸟，纸鸟的造型不断变化。

他都快变成手工大师了，曼华也不回信，只是偶尔让我口头传个话。

在我看来曼华对文胜的印象是不错的，其他男生给她写信，不是被她骂得狗血淋头，就是直接交给老师处理了。那么曼华为什么不和文胜去油菜地约会，或者，像《甜蜜的事业》里的招弟和五宝一样，在田野里互相追逐，累了就并肩趴在地上畅想美好未来呢？唉，高中生处理事情的方式真是奇怪。

那时，全油坊中学，不，应该说全公社最被羡慕的年轻人就是毕老师吧。不知从何时开始，毕老师和供销合作社的春英好上了。毕老师买了辆崭新的永久牌自行车，没事时就推到宿舍门口的桃树底下擦洗。这时其他年轻老师就吞着口水问：“又去接春英吧？”毕老师伸出长腿佯踢对方一脚，“少管闲事，想老婆就一起去，我帮你做媒介绍一个。”对方赶紧做有自知之明状往后躲，“我又打不来篮球，又买不起永久，不要笑我。”

春英和毕老师的初级阶段，是春英常来学校看毕老师打球，还是毕老师总假装去合作社买火柴，或者跟农村青年那样，由老辈人介绍的？我没注意过，也没听人谈论过，毕老师是公社的篮球明星，春英是供销合作社最漂亮的售货员，他们走到一起就像是雨水融入河水，自然得看不出痕迹。过程太自然，就缺少了议论空间。大家爱谈笑的，是他们俩的恋爱方式。

首先是装备，那时油坊街上的自行车还不多，骑自行车的多是有四个兜的干部。中学只校长有辆自行车，还是学校配的，前任校长传下来的，供校长去公社和外地开会使用。毕老师买永久牌自行车，比他和春英相好还轰动，据说耗尽了工作以来全部的积蓄，在村里当干部的父亲还贴了一点钱。

毕老师一年四季都要擦自行车，不知为什么，我只记得他在春天擦车的样子。可能是那株老桃树开花的样子太撩人了。

等油菜花开得漫天漫地，惊蛰一过风一暖，桃树就暴蕾了，太阳再烘两天，褐皮老树就爆炸一样，绽出一身水红粉嫩的花瓣，凑近细看，花药星星点点，把花瓣反衬得格外娇羞。我从小就感觉到中国人对桃花的偏见，似乎桃花等同于桃花运。这是否和崔护那首《题都城南庄》有关：“去年今日此门中，人面桃花相映红。人面不知何处去，桃花依旧笑春风。”油坊乡下对此还有进一步发挥，把母狗发情时肿胀的阴户称为桃子，所以那边的年轻女性是不会随便说出“桃子”这两个字的。

教体育的毕老师可不管这些，把自行车摆在桃树下，顺着擦完，再在地上垫张塑料布，把自行车倒过来搁在上面继续摆弄。微风拂来，粉红的花瓣飘飘摇摇地洒落一头和两肩，他沉迷于自行车精妙而复杂的结构浑然不觉。

在现在的人看起来，自行车的结构能有多复杂呢，摩托车和小汽车也不过如此嘛，用一九八〇年的眼光看过去则完全不同，在一九八〇年的油坊人眼里，小汽车代表欧美，摩托车代表香港，自行车代表内地城市。因为稀少，农民和孩童还不习惯叫它自行车，出于农耕思维的惯性，形象地称之为骑马车，只有教师、高中生等有文化的人才叫自行车。

毕老师对他的自行车比对马还好，车头上装了一盏锃亮的照明灯，一副长期骑夜路的架势。座垫上套着绒布套子，套子边缘垂挂着金黄色的流苏，三角架的横梁也用绒布裹着，也挂着一长排彩色的须须。前后轮的轴承上，还安了两只红黄相间的毛茸茸的转环，车轮转动时，转环就呼呼地飞速转动，像两只表演杂技的小松鼠。

毕老师接春英前要擦自行车，有时把人送回去后也要擦自行车。其实学校离合作社还不到两里路，毕老师的大腿一迈，几分钟就能到，可他每次接送春英都要骑自行车去，在油坊街上兜一圈再回。有时还要弯路到水库边骑一圈。春英侧着身子坐在后座上，低着眉，红着脸，颠簸时还用右手牵一下毕老师的衣角。毕老师一路上将铃铛打得哗啰哗啰地响，下坡滑行时，链条滋润地颤响，声音悦耳不已，让路人纷纷侧目。

那时一大批有恋爱场景的电影《甜蜜的事业》《小字辈》《爱情啊，你姓什么》《庐山恋》等陆续在中国城乡上映，这在过去是从未有过的事，过去的电影里只有革命洪流没有私人生活，更不表现私人领域中最隐秘的爱情生活。这些电影无意中完成了中国人的爱情启蒙。看惯了样板戏和革命战争片的中年人不时低头表示不堪，年轻人则心里爬满毛毛虫，一个个蠢蠢欲动，做出些不讲规矩却合乎心意的事来。

结婚定事前怎么能公开地亲密并四处招摇呢？不少人在后面议论毕老师，说他被电影带坏了。老校长还叮嘱他注意点影响，毕老师今天点头说好，过几天就忘了。年轻人对毕老师评价很高，在高中生们看来，他不仅是优秀的体育课老师，更是优秀的爱情课教师，许多考大学无望的大龄男生暗暗地模仿。

每当这对幸福的鸳鸯路过，成龙、宗望这样的书呆子都会从书本上抬起头来行注目礼，眼巴巴望到他们消失在油菜花丛中。文胜更不用说，艳羡得长吁短叹，加紧叠纸鸟。

只要天气好，晚饭后毕老师都要带春英到油菜地里散步，天黑才回来，回到房间后就把门带拢，隔着木板门能听见喁喁私语声，下晚自习后再送春英回合作社。

他们怎么有那么多话说呢？我们都感到不可思议。“烂头”坏坏地说：“他们在钻嘴，跟电影学的。”我觉得不可能，亲个嘴怎么要那么长时间呢?《庐山恋》上女的亲男的也就不到一秒钟，比鸟啄食还快。其他几个教工子女认定，他们肯定在跳交际舞，电影上的恋人有时会跳交谊舞，油坊公社的孩子就把它叫成交际舞。

有天睡觉前东升跟“烂头”说：“他们在干什么，推开门不就看到了。”“烂头”说：“推门毕老师还不要敲我螺丝。”东升教他，“你就说去借个东西。”“烂头”虽顽劣，对伟岸的毕老师还挺畏惧，有点犹豫。东升就说：“你敢推门我就请你吃糖。”

“烂头”被糖迷惑了。第二天晚上毕老师把门带上不久，“烂头”就迫不及待地推开了虚掩的门，只见春英像只软体动物贴在毕老师身上，虽然两人都站着，可在现实生活中这是我们第一次见到男女相拥。门一开两人就像触电一样弹开，春英的脸色就像红领巾，毕老师也有些错愕，抬起手正要敲“烂头”的螺丝，“烂头”大声喊：“我是来借篮球打的。”并指着我和另一个小孩，“不信你问他们。”毕老师看见我们，神色缓和下来，用脚从床底一扫一钩，一只旧篮球骨碌碌滚出来，“烂头”俯身捡起球要走，春英从袋里摸出三颗糖，给我们一人一颗，还报以甜甜的微笑。

回到寝室“烂头”向东升讨糖，东升说：“春英不是替我给过了吗?”“烂头”想不通，“你怎么知道春英会给我们糖?”东升和宗望就哈哈笑起来。

虽然吃到了糖，“烂头”第二天还是挨了毕老师一个螺丝，毕老师一把抓住放学回来的“烂头”，对着没破的那边脑袋用力敲了一下，“死‘烂头’，你把我当鬼哄，昨晚黑灯瞎火你打什么篮球。”

东升他们就在后面议论，毕老师谈恋爱谈昏了头，需要想一晚上才想明白，夜晚是没办法打篮球的。

节　日

一阵哧哧的窃笑若隐若现。

我从半睡中醒过来，没闻到屁臭，也没球从豁嘴的窗框飞进来。教数学的苏老师鼻尖上那滴鼻涕水仍惊险地倒挂着，没像我担心的那样砸中第一排同学的脸。也没有送伞的家长动作笨拙闯到含羞的儿女的座位上来。现在才第二堂课，离放学还有大半个长征的距离。

同学的肩头倒是不时有纸团飞掠而过的虚影，这属于课堂的正常天文现象，就像蓝天常有飞机拉着白烟飞过一样，这些不足以引起笑声。

等我发现它时，教室里有大约一小半同学也聚焦过来。

一只比火柴盒还小一号的灰绿色甲鱼！这是我过去见所未见的，更令人惊异的是，它居然出现在课桌边凹凸起伏的空地上。教室里的红泥地面被鞋底磨得灰黑发亮，那些隆起的小土包似乎都比小甲鱼还大。因此，它奋力爬向教室门槛的旅程就显得特别艰难。

几十只眼球追随着它，一寸一寸地接近木质门槛，门槛被踢蹭得只剩一两寸高，不过对于可怜的小甲鱼来说，简直是座不可能逾越的高峰，它好不容易把身体竖直搭上去，后脚一蹬，就失去重心仰倒过来，露出粉红的小肚皮。

我们正处在对一切出洋相事件幸灾乐祸的年龄，小甲鱼的洋相却一遍一遍地露出来，衔接它的是更滑稽的用头和脚抵着地面翻身的动作。我们如何控制得住面部和喉咙里的肌肉？哧哧的笑也就升级为爆笑。

苏老师想象力再贫乏，还是在三分钟内侦破了起哄的缘由，他的镜片再厚，也还是准确无误地看清了这场闹剧的主角。

我很担心他一怒之下把小甲鱼踏成肉饼，或者，把它扔到我们找不到的地方。

他没有，像上次被架在门上的撮箕砸中脑袋一样，脸上的皮肉难堪又难看地蠕动着，“谁干的？快把它扔到外面去！”

上次那件事是张海平策划的，班上有一半的恶作剧都和他有关，所以这次苏老师的眼睛也对着他喷火。

大家扭头去看张海平。张海平被看毛了，腾地站起来，“都看我做什么，是我带来的我家人就死绝。”他从不发这样的毒誓。

苏老师有些迷茫了，不过火气并未减灭，课本往讲台上一摔，粉笔灰四溅，前排的同学掩着口鼻小声埋怨，“哎呀哎呀。”

苏老师摆出有耐心的公安的样子，“都不要叫，这堂课我不上了，不把带甲鱼进教室的捣蛋鬼查出来，我就不姓苏。”

教室瞬间安静下来，等着苏老师破案。

苏老师反剪着手在一组、二组、三组、四组之间逡巡着，目光犁铧一样锋利地耙过每一张心虚的脸。

苏老师说：“我给你坦白的机会了，三分钟之内这位同学再不主动站出来，就别怪我不客气了。”苏老师的声音很低，他好像从没这样冷静过。他以前生气时只是咆哮一下就算了，这次的反常倒是更有威慑力了。

人家说做贼心虚，苏老师冰冷的眼神让我这个没做贼的人也心虚起来，不知道苏老师会怎么个不客气法。

三分钟过去，还是没人站起来，不过大家都屏住了呼吸，连窗外从瓦片上落下的雨滴声都清晰如鼓，吧嗒吧嗒，像是一个一个的小人往檐下的水洼里跳。

胸口闷得快炸开了。

一瞬间，也许有半秒钟，教室里的光线骤然刷亮，那种自上至下豁然劈开的亮，然后，烟尘翻滚，吞噬了人影。

正是梅雨季，天像烂了一样不停地往下漏雨，一漏就是十来天，把地面泡软，把泥砖房的墙体都泡酥了。

以现在的眼光看，我们的教室是标准的危房，墙体是泥砖，一边墙体倾斜严重，靠几根木柱子勉强维持平衡。

事后，很多人议论，幸好墙是朝外倾倒的，如果朝内，不晓得要压死多少人。

我懵懵懂懂随着人群来到空地，听见校长吹着口哨宣布提前放学，何时复课等待通知时，才猛然意识到什么。

苏老师满脸黄尘傻傻地立着，大家欢呼着掠过他四散奔去。我一边跑着，一边为没法从乱砖中找出小甲鱼遗憾不已。完全不知道刚才发生的一幕意味着什么。

那次事故后我们班共放了几天假已记不清，快活的时光总是过得很快，容易被记住的都是烦恼。

我说过，从幼儿园我就开始厌学，我还没来得及厌烦学习的内容，就被它的形式吓坏了。提问和板演可以鼓励那些外向而虚荣的孩子，对于我这种内向而自卑的人，简直就是灾难。如果遇上的老师又不慈祥，那就是雪上加霜。

幼儿园时我的音乐老师像个又瘦又老的妖精，也像皮影戏上的狼外婆，打扮得花里胡哨却不爱笑，连微笑都舍不得给，还爱用教鞭指着鼻尖骂人。

油坊小学的老师对我不差，不过我对语文和数学课实在不感兴趣，教语文的王老师样子还算周正，身上却没一点文化气，像个头脑简单的退伍军人，不仅讲课用的是油坊方言，朗读课文也是如此，他念课文也不是很流畅，经常推倒重来，只有骂人时才气贯如虹。

苏老师蔫蔫的，整天像没吃饱饭，他不仅高度近视，鼻尖上还长期挂着一滴汗水和鼻涕的混合液体，像钟乳岩上的水滴，你永远无法预测它何时会滴下来。他一进教室我们就忍不住笑，他从来不知道我们笑什么，只会雷声大雨点小地乱放一梭子，“笑什么笑，考不及格让你们哭都哭不出来。”

苏老师的恐吓没有任何作用，重复得多了，就成了一种习惯性的开场白。乡下的家长没有几个真把读书当回事，许多孩子念完小学就回家放牛帮农去了，在这样的大环境中，我妈也不会对我提太高的要求。那时虽已恢复高考，可我离那天还隔着万水千山，这期间政策还会发生怎样的变化，谁知道呢?

只要能做到按时上下课，基本完成作业，不学坏，没人管我上课学到了什么。

数学课，无非是一个叫小明、一个叫小红的小朋友做一些莫名其妙的事，然后让我们计算这种行为的后果。他们要么帮生产队挑肥，要么相向行走，要么一个先出发，另一个半小时后再去追赶。他们出发的地点，有时是学校、家里，有时干脆用甲和乙代替。

为什么所有应用题里的人物都是小明和小红呢?他们干吗总做一些吃饱了撑到的事来让我计算呢?我很烦他们。

语文的内容稍稍丰富些，一年级到四年级，我迄今仍记得的片段如下：一粒种子一扭一扭地顶开泥土，裸露在温暖的春风里，然后慢慢地发芽；春姑娘来了，把大地染成了绿色；黄河象在旷野被泥沼吞没；苍蝇被万年前的松脂滴中变成琥珀……

抱歉，我真的记不住那些课文的名字，对那粒种子的描绘也不一定准确，我记住的是种子挣脱泥土束缚时的舒展，以及自己对这种挣脱感的向往。说白了，我通过那些文字从教室逃离到了野外。有篇歌颂农民伯伯的手的文章（前不久问一语文教研员，得知课文是《陈秉正的手》），说那手因长期劳动结满了硬硬的茧子，手指张开，可以像耙子一样直接在地上抓东西，学这篇课文时，我想象自己也随着那伙人在大树下乘凉，一边听故事一边欣赏老农用手扒草；《黄河象》那篇课文里写到的鹅卵石我都羡慕，它们躺在河床上，无所事事地吹着微风，晒着太阳，看野花跳舞，好不休闲！甚至，连趴在松树上即将在灾难中成为琥珀的昆虫我都觉得比自己强，它好歹不用待在教室里学习，松脂油中死，做鬼也风流。

不管以什么方式，只要能逃离课堂，就像是节日来临。

可惜教室的墙壁倒过一次就没再倒，我只有等待其他机会。

一个耍猴的都可能把我骗走。

我说的是真的，常有些搞杂耍的来学校骗孩子的零花钱。

我对耍猴的有兴趣。一是喜欢猴子，觉得猴子是没有受到文明毒害的人，反倒比人真实可爱。你哪见过愁眉苦脸的猴子？就算是缺吃少喝的，仍旧整天喜笑颜开，给点月光都当阳光使。我尤其爱观察古板的苏老师在猴子面前的表现，他明明忍不住笑了，还要虚伪地用嘴唇使劲包住牙齿，以维持令人尊敬的严肃，那样子比猴子还滑稽。

更羡慕的还是耍猴者的生活，他们不用上学，不用考试，也居无定所，每天所到的是不同的地方，见识的是不同的人群，路上还有猴子做伴，甚是逍遥。

耍猴的到一次学校我就要患一次相思病，有时跟着他们翻过收购站门前的岭，在景湖马路上走出三四里远，课也顾不上了。

如果不是害怕妈妈太伤心，我就直接跟着他们走了。回来之后，至少要蔫一个星期，脑子里尽是那条通往远方的阳光灿烂的砂石马路。

在出走的路上走得最远的一次是夜不归宿。

我曾在散文中多次写到一种情结。我想离开家人到外面去过一夜，去别人家，或者野外。

有段时间，这个念头强烈到了接近理想的地步。我的父母，包括外婆，在小辈面前都有成为母鸡的欲望，只有把你严实地覆盖在羽翼之下，她们才能踏实地睡自己的觉。我的睡眠因此遭到了两层蚊帐的覆盖，一层是那种老式不透明的防蚊蚊帐，冬天了仍挂在雕花床上；一层由长辈的目光交织而成。

我觉得呼吸不畅。

有个星期六上午放学时，同学“卓北瓜”说他们村在演戏，邀请我去看。

我对看戏没兴趣，感兴趣的是去一个从未去过的地方看戏。

我让“烂头”给我妈捎个口信，“烂头”说：“这个我不敢说，等下你妈妈骂我。”

我不管，某些念头一旦启动就无法刹车，虽然心中惴惴，还是愉快地踏上了离家睡觉的路。

是三年级还是四年级记不清了，季节应该是秋天，我毅然决然，和另一个忘了姓名的同学一起到卓家村去看戏。

“卓北瓜”的学名和样子已记不起来，根据他这个同北瓜（油坊方言把南瓜叫成北瓜）有关的绰号，我推测他那时是常理光头或头发很少的。他家在离油坊三里不到的卓家村，每天走读上学。

一条灰白的机耕道扭动着身子在枞树林和芝麻地之间往前爬行。芝麻的白花星星点点，点缀着路畔的旱地，还有股好闻的淡香，惹得蜜蜂飞来飞去。

我们走在大路上，书包欢快地拍打着屁股，当欢快转换成兴奋时，书包就会弹跳起来拍打到后背，似乎有人在身后用手捣鬼。路上的其他情形已模糊了，只记得“卓北瓜”讲的一件事。春末的一个傍晚，他放学回家，在路上被一个东西绊得差点跌了跤，回头看时，竟是一条比扁担还粗还长的蛇，蛇横在路上晒太阳，被踢醒后扭身滑入路边的麦田，身躯把麦田犁出一道绿色的麦浪。他一回到家里就发起了高烧。

那天我们没遇上蛇，路上只有鸟叫和蜂鸣。

“卓北瓜”的母亲用面条招待我们，面条是江南农村待客的点心，可惜我对面条并无偏好，对看戏也没多大感觉，和所有小孩一样，我爱的是戏台下的混乱以及大人在这种时刻灿烂而宽容的笑脸，然后在闹哄哄的气氛里穿梭、打闹、藏匿。当戏台上嘶嘶叫唤的汽灯罩外堆满了昆虫的尸体时，台上的戏和我的自由时光也都渐渐式微了。睡意像一件巨型的黑袍从苍穹深处坠落，软软地盖在村庄漆黑的屋脊上。

“卓北瓜”家的房子是当时南方农村很典型的三树屋——人字形屋顶，最高处是横梁，东西两厢各由三根柱子支撑。一厢堆放粮食、农具和杂物，另一厢用木板隔成两间房，后面住老人，前面一间住屋主夫妇。“卓北瓜”平常可能是跟爷爷奶奶住，我和另一个同学的到来给他母亲出了难题，他们家没有多余的床和被子。她母亲急得进进出出，结果又给我们煮了碗红糖水鸡蛋当夜宵。

最后我们在“卓北瓜”家灶前的柴棵里睡了一晚。他家柴棵堆满了干燥的茅草，虽没法铺平整，但很暖和柔软，用青石围住的灶塘里还有暗红的火星在散发热量和光。“卓北瓜”陪着我们一起睡在茅草上，身上盖着他母亲找来的一些衣物。这张新奇的床铺让我们激动得无法入睡，我们说着好玩的事，把夜晚延长到了凌晨。

早晨起来时，鼻孔里满是新鲜柴草的香味，其中还有枞树枝的味道。直到现在，那些香味还能不时被鼻孔记起——此后的许多年里，我似乎再没睡过那么香甜的觉。

这件事的后果可以想见，该死的“烂头”，不知是因为怕挨骂，还是自己贪嘴，回中学后没及时向我妈传递口信，跑回二里外的老家拔花生去了，洗了泥炒熟后装在书包里，没事就摸出来剥着吃，炒一次够吃一个星期。遇上喜欢的女同学就抓一把塞到人家口袋里。那时农村除了年节，谁家舍得这样吃花生呢？有些女生吃了花生就和“烂头”多说几句话。当然，之后一般没什么值得期待的下文。

我妈从下午就开始找我，还到小学去问过有没有来耍猴的，后来以为是跟“烂头”走了，等到晚上“烂头”背着鼓鼓囊囊的书包一个人回来，我妈魂都吓飞了。在他父亲的逼问下，“烂头”才支支吾吾把我去看戏的事说了出来。

我妈没骂他，他证实我不是失踪而是去看戏，要感谢还来不赢呢。她本来是要连夜去卓家村找我的，被其他教师劝住了。

第二天她除了告诉我她有多担心，似乎也没怎么惩治我。那时她也才三十出头的年纪，并无多少管教子女的实际经验，就连骂人的声音都像唱歌一样绵软娇美。她教的是语文、数学，课余也常教学生唱歌，《年轻的朋友来相会》《我们的生活充满阳光》，她对着报刊上的简谱，脚尖一点点地打着节拍，那些枯燥的符号就一个一个被唤醒，变成清脆甜美的声音从报刊上袅娜地飞出。后来我也慢慢理解，因为长期不在一起生活，她对我是有些愧疚的。

一些小错她会严厉批评我，真把她吓坏的事，她反倒显得很宽容，庆幸没出大事的成分多于气愤。

见她那副样子，我再也不敢在现实中玩失踪了。

我其实是善良的孩子，做不出太伤父母的事来。

善良的孩子逃离现实的手法基本都一样——幻想，有段时间我遁入幻想，先是幻想自己是只猴子，想想不对，猴子受制于耍猴者，并不自由。就改成花果山的猴子，每天喝着山泉，吃着水蜜桃，惬意地生长于山林之间。最后想想花果山也不是桃花源，猴子太多，里面肯定也有张海平之流。

想想野兔似乎不是群居的，就幻想变成一只兔子，居住在蘑菇丛生的森林里，洞穴里铺满柔软的干草，白天外出晒太阳、采蘑菇，天一黑就回来睡觉。我的洞穴很隐蔽，天敌发现不了，其他兔子也找不到，除非我刻意邀请。

上课时这么想，上学放学路上这么想，晚上写作业时也这么想。旷日持久，细节不断丰富和强化，人也一分为二，在现实中行走的是人的皮囊，思想、情感和感知世界的方式则是野兔。

有时偶遇背着野兔去油坊街的猎户，见灰麻的皮毛上凝固着暗红的血迹，心里不免暗自凄凉，叮嘱自己吸取教训，一定要把窝伪装得更隐蔽些，另外也不能太自由散漫，见好就收，凡有人类活动的地方一律远离。

头脑中的现实让我的眼神离现实越来越远，经常出现虚焦，长久地凝视一个地方，其实什么也没看见。

甜

那是个多么容易沉迷的年岁，那其实也是个多变的年岁。

我在野兔的假想中安静了一段时间，又渐渐躁动起来。太远的地方不敢去了，一得空就在周边瞎逛，有钱去合作社，没钱就去户外转。

时至今日我不会对任何美食表现出特别的兴趣，我的味蕾平庸而低调，如果据此就自以为从来都不好吃，显然不够诚实。

我算得上幸运的孩子，很小的时候，外婆、外公会给我零花钱，在油坊读小学，妈妈有时也会给点，具体金额记不清，总之能让我偶尔神气活现去下合作社。

供销合作社是油坊最热闹的地方，在这里可以看到来自全公社各个大队的人，不过和现在的油坊街头相比，它几乎可以说是冷清的。

我说它冷清是有依据的，记忆中它门前的空地从来没有熙熙攘攘的情形，一双脚从上面走过，要过很久，才会再出现另一双。

黄泥地面在晴天被晒得干裂，一些打破的玻璃、农药罐和热水瓶内胆嵌在泥土中，这边一摊，那边一片，向各个角度折射太阳的白光。地面没专人打扫，不过似乎挺整洁，除了偶尔一小撮嚼过的甘蔗渣，没什么垃圾，那时还没一次性塑料袋，不可能有现今随地可见的白色垃圾，连糖纸都没一张。高中女生吃过糖，就把玻璃糖纸放在书本中压平，一张一张地攒着，偶有丢到地上的糖纸，也早被眼尖的孩子捡走了。

在那里我常看见蔡瞎子背着手很神气地跟人说话，同在徐老师房间判若两人，人家分他烟并划燃火柴，他就侧着脸眯着眼（怕熏）去接火，如果再有人递烟，就架到耳朵上去，那个时候的干部都这样，总把烟架到耳朵背上，如果一个人两只耳朵总架着烟，就说明他很吃得开，许多种田的老表也纷纷模仿这种做派，实在没人分烟就从自己的烟盒里摸一支别到耳朵上。

蔡瞎子看见我，会毫无意义地喊一句，“张晓——”，然后继续和人说话。

有时也会遇见王老师、苏老师或其他小学的老师买东西，明明是星期天，我也像逃课一样心虚地躲得远远的。

有些大人我压根儿不认识，可他们同我妈或外公很熟，遇上我就不客气地拽过去，把胳膊上的袖子撸起来，佯装使劲，在上面轻轻地咬一下，留下一排牙印子。

这是他们表示亲热的方式，我一直适应不了，每次都红着脸跑开。

我穿过那片空阔的场地，进入合作社，并不直奔目标。先去卖布的门市部，那里面最干净，如果是夏天，空气里会有种好闻的布匹的味道，又凉爽又和软，从一摞摞竖放的布垛子上安静地挥发出来。

真布上方的广告牌上有徐老师画的假布，和真的相差无几。它们让我十分入迷，我手指搭在柜台上，一边走一边看，不一会儿就到了卖日用品的柜台。

日用品柜台广告牌上的画品种更丰富。印象深的是一张斜放的脸盆，不仅脸盆画得惟妙惟肖，就连脸盆底上的红鲤鱼也画得那么细致，和真脸盆上的油漆喷绘一个样。让我绝望的是一只透明的香皂盒子，徐老师不仅能画出塑料盒子的透明感，还能画出透明的盒子里那块滑溜溜的香皂的质感，我想，我可能一辈子都画不到这样的水平。

在这里我总能看见春英。她戴着花袖套，同几个售货员一起俯在锃亮的玻璃柜台上聊天，老半天才能等来一个顾客，年纪大的过来买针头线脑，年纪轻的买套鞋或毛巾，要结婚的就买贴着“囍”字的热水瓶。遇上结婚的，姑娘们都很热情，不厌其烦地介绍和推荐，想沾点喜气似的。

春英看见我格外热情，老远就招手打招呼，然后和几个姑娘一起讨论我哪里像妈妈。我爸爸正在读大学，很少出现在油坊，大家就当他不存在。

毕老师有时也会出现在这里，他把自行车直接骑到柜台前，也不下来，一只脚踩在地上骑坐着，因为腿足够长，姿势也很放松，一直坐到春英下班。他笑着对春英的同事说：“省得你们端凳子。”那几个姑娘就笑他皮厚，“你不买糖来，还想坐凳子。”据说毕老师一开始会不时买点糖果贿赂春英的同事，关系确定后，就变得小气了，开空头支票对付那几个难缠鬼，当然，这可能是春英的主意。

毕老师撞见我，就会笑，“又来买吃的?”然后扭头叫卖糖果的，“多抓几个啊，学校老师的娃嘞。”春英也帮着说话。

卖糖的老头就把手重新探到玻璃糖罐里，像起重机的抓手深抓了一把。那时卖糖果用秤称，一毛钱以下的用手抓，一般是一毛钱十颗，多抓一颗还是少抓一颗全凭心情。

我最想吃的东西不是糖而是罐头。

那时别说油坊，就连县城都没苹果、梨、橘子可买。常见的水果是梨瓜、桃子和李子，西瓜都不多见。苹果和梨基本生长在长江以北，那时的产量也不高，加上物流不发达，在江南的小县里基本看不到。等它们千里迢迢从遥远的北方运过来，早就腐烂了。《祖国新貌》上一天到晚演苹果和梨丰收，培养了我们对这些水果的感情，越是吃不上，对它们的感情就越深。

我们看见的是加工后密封到玻璃罐里的苹果和梨，这时它们不再是水果，它们是水果的尸体，只是隔绝了空气暂时没有腐烂而已，它们现在的名字叫罐头。

一九八〇年，一瓶罐头的价格大概是很贵的，一般只有病号或产妇才能吃到。外婆给我吃过一次。她身体不舒服，刚和二姨结婚的二姨父来表孝心，买了麦乳精和梨罐头。麦乳精外婆留给自己了，罐头分给了大家。二姨父用菜刀的刃角叼开的，我分到一小块，绵绵的，当然很甜，更甜的是罐头汁，那种甜冰冰的稠稠的，和甘蔗的甜、梨瓜的甜、糖的甜都不一样，喝下去后甜味会在口腔里回旋一两天。

油坊合作社的柜台里也有罐头卖，块状的梨和一瓣一瓣的橘子沉浮其中，煞是诱人。我吞着口水，看看就走了。

我手里的钱一般只够买几颗糖或一个梨瓜。

梨瓜摊在合作社对面水库的堤坝上，穿过马路，有条小路斜着通往坝顶，卖梨瓜的人就坐在坝顶的柳荫下守株待兔。油菜黄时水库上的柳树也嫩绿一片，油菜结籽后，柳树就绿成一团团轻雾，等梨瓜上市，每株柳树都成了撑开的绿伞，人坐在底下，凉快似神仙，不仅晒不到太阳，还有湿风一波一波从水面袭来。

卖瓜的坐在草地上打着盹，浅黄的梨瓜堆在竹筐中，自怜自艾地散发着甜香。想买的人就挑顶端黄得最深的一只，送到鼻子底下一闻，如果甜味浓厚，就拿给卖瓜人去称。付钱后，借了卖瓜人的刨子刨了皮，单手用拇指和中指捏住蒂和顶部，一边走一边吃。

我没那么讲究，拿到水库里洗几下，放在腿面用拳头一砸，瓜裂成不规则的两半，先把里面最甜的瓤连着瓜子一起稀里嗦啰喝到肚子里，再来慢慢啃瓜皮后的肉。这种吃法的好处是爽，后果是拉肚子，肠胃消化不了那些瓜子，通过腹泻的方式把它们驱出体外。

更多的时候手里没有一分零花钱，就去卫生院的垃圾堆淘宝。前面说过，卫生院的垃圾堆比学校的好玩得多，只要坚持每天检查，总有遇上宝贝的时候。胶布、针头、注射器、玻璃吊瓶，这样的东西不时能捡到。运气再好点，还可能捡到整盒未开封的避孕套，一个盒子里有十来只。

起初不知是避孕套，以为是粉白的气球，那东西比现在的安全套厚很多，上面没有润滑油，吹起来和白色气球没什么两样。油坊街上根本没气球卖，我就把它们吹起来，束好口，再涂上些水彩颜料，用线牵住奔跑，和牵着一堆气球没什么两样。也可以当作排球，和“烂头”几个人一起，抛到空中拍来拍去。

每次看到这情形，妈妈就骂我，让我把气球收起来，又不说明缘由。

高中生们在一旁哈哈笑，一副很替我们感到害羞的样子。文胜告诉我，那东西叫避孕套，计划生育用的。那几年，“计划生育，人人有责”“只生一个好”“女孩也是传家宝”之类的标语刷得到处都是，可文胜又不说清楚白气球和计划生育到底有怎样的关系，我们就继续把避孕套当气球吹。

有一阵子，卫生院免费发送避孕套，油坊街上很多小孩都玩起了这种白气球，大人司空见惯，也就不替我们感到脸红了，似乎它们本来就是一些白色的气球。

我也常去野地里转悠。春天在油菜花丛里逮蜜蜂，在随处可见的水沟里抓鱼。

逮蜜蜂无非是想迫害它，我听东升他们说过，蜂蜇人其实是打算同归于尽，毒针会扯出它的肠子，它蜇了你，自己很快就会死掉。我就用衣袖和油菜梗子引诱它牺牲毒针和肠子，而后把它放飞。青蛙也迫害过，假设青蛙生了病，模仿卫生院的医生，拿捡来的注射器和针头打针，没有药水，就给它注射清水，不是打一针，是不停地注射，直至它原本俊俏的身体被水撑得胀鼓如河豚，才恢复它的自由。这样的青蛙还能活下去吗？现在一想到这事就深感罪过，在心里祈求那些冤魂的宽恕。

这是我少时干过的最邪恶的事，长大后观察一些儿童，在对待一些弱小生命时，常有令成人都感到骇然的残暴，而他自身浑然不觉，用脚踩踏蝴蝶就像踩一张纸。如果他养的小白兔死了，则又伤心得如丧考妣。我从不使用小天使这个滥俗又肤浅的比喻，我深知每个孩子的体内都同时住着一个天使和一个魔鬼，它们轮流值班，难分伯仲。

惊蛰之后常有雷阵雨，天空先是变成一片灰黑，像徐老师脸盆里洗过毛笔的水，颜色越来越深，湿度越来越大，高度越来越低，继而，几声炸雷从天际滚过，一些金色的刀剑把天幕划裂，让蓄积了满天的雨水倾倒下来。顿时，湖塘里水位猛涨，倒灌到沟渠里来，沟渠里装不下，就漫溢到周边的洼地。

每次暴雨过后，地势低洼的草地都会搁浅一些摇头摆尾的鱼，下去用手捡就是。穿条鱼、鲫鱼、鲇鱼什么都有。每次暴雨之后，田野里就会出现一些戴斗笠穿蓑衣的农民背着竹篓捡鱼。

他们打赤脚蹚水的样子引诱了我，也脱了鞋袜，挽起裤脚，一脚踏进清澈的水洼。那时水温只有十几度，脚板的第一感觉是略感锋利的清凉，等水漫过脚面，水体渐渐变软，水温也慢慢升高，脚舒服得不行，不再感觉到水的存在。这时，一种麻酥酥痒丝丝的快感从脚板的青草尖上缓缓升起，顺着脉络，一寸一寸地上移，经过五脏六腑时带给体内一派清甜，升至头顶的神经时，那快感突然加速，电流一般迅速分解到各个神经末梢，人就忍不住嘿呀哈呀地叫唤起来。

油坊中学四周的油菜地边，还种着几亩冬小麦，到了春天就绿油油一片。高中生们喜欢折麦秆做口哨，吹些不三不四的小调。这个我也模仿，麦秆都拔了一溜，也没吹响一次。新鲜麦秆的血液也是绿色的，每折断一截，都会渗出浓浓的几滴，含在嘴里，又涩又香，我迄今仍记得那种味道。可惜八十年代之后，油坊不再种小麦，饶州和整个江西省似乎都看不到了这种作物。这时商店里已有北方的小麦出售，不像计划经济年代，商品交流渠道不畅，南方的乡村要吃到面粉，只有靠自己种植。

麦芒像蝈蝈和纺织娘的触须，密密麻麻地刺向天空，众志成城防范天外来敌一样。端午节前后，绿色的麦地变成金色一片，这时田野里到处都是鹧鸪，这边一声那边一声不停地叫唤：割麦发粑，割麦发粑。油坊人是这样翻译它们的叫声的。鹧鸪的鸣叫高低起伏，圆润而空灵，我从它们的歌声里闻到了端午节的粽香和发粑的甜。发粑是用酒糟发酵做成的，蒸熟后还要点红，像喜气洋洋的孩子脸。

六月一到，中学后的水库边就搭起一个草棚子，一个老头儿睡在悬空的竹床上，看守着两三亩瓜地。

夏天的梨瓜地真迷人啊，一垄一垄的灰绿带花纹的瓜秧在微风中舒服地伸展腰身，梨瓜藤挂果后，用稻草垫着，这边一颗，那边一窝，光合作用把太阳的热量以糖分的形式积聚在瓜的体内，攒得足够多了，瓜体就会一天天黄熟变脆，再不管它，就嘣的一声裂开一道小口子，大头蚂蚁和黄蜂就闻香而来大快朵颐。

早晨起来，老头儿就到瓜地里巡察，把熟透的瓜摘下来，堆到瓜棚地上等人来买。吃瓜的人常把籽吐在瓜棚外的地上，惹来一帮占便宜的苍蝇和蚂蚁。老头儿总用根歪竹篼做的烟杆抽黄烟丝，吧嗒吧嗒的，不时用咳嗽表达一下咽喉的快感。

在我看来他是世上最惬意的人，守着那么一大片梨瓜无所事事地打发时光。可我从未见过他吃瓜。我问过他，他鼻孔里喷着白烟轻描淡写地说："吃厌了。""厌"这个字用油坊方言发音，更显平淡和随意，这让我更加羡慕，心想，人吃饭都吃不厌，他得吃多少梨瓜才会吃厌啊。

他也不爱讲话，一般而言，看瓜守林之人都害怕寂寞，巴不得有人陪他聊天，彼此交流些神神怪怪的故事。他的眼睛总是盯着棚外水沟里的水流发呆，水的影子漾动在脸上，他一动也不动，老僧入定一般。

有时瓜棚里会多两个四五岁的孩子，头发枯黄身子脏黑，没有鞋，全身只有一件小开裆裤，可能是老头儿的孙子吧。老头儿也不多和他们说话，任他们流着鼻涕坐在地上玩泥巴，两个孩子争执哭闹起来时，老头儿才转过头来把他们分别拎开。

傍晚时常有中学生用米来换梨瓜，这边和老头儿讨价还价，那边趁老头儿不注意摘两个塞衣兜里。“烂头”也干过这种事，老头儿从未发现过，他发现了不愿揭穿也未可知。

我干不来偷东西的事，在爸妈以及外公外婆的观念里，偷别人东西是最严重的事。我顶多敢拿点妈妈放在抽屉里的饭菜票到瓜棚里换梨瓜吃，其他教工子女也常这么干。

老头儿有时就拿着我们的饭菜票到学校食堂打饭吃，带着那两个半裸体的小孩，打两份饭一份菜回到瓜棚去三人分着吃。有一次我听学校的大师傅说：“这个老人家命不好，儿子刚当上班长，就死在越南人手里。”

那时中国和越南正在边境上打仗，有一阵子公社老放对越自卫反击战的纪录片，火箭炮的呼啸声和解说员的义正词严让我们血液沸腾，不断取得的胜利让我感动不已，有时看着看着就淌下热泪。

不过总的来说，打仗似乎是电影上的事，至少，离油坊的日常生活太远。只有那个片刻，我发现它原来离自己的生活很近。

收购站背后的红土岭也是我常去的地方。

那地方很荒凉，一般是和“烂头”做伴。油坊周边狐狸很多，我们叫它毛狗，毛狗偷了村民的鸡，就拖到山上去，吃剩的用沙土埋起来，做好记号，饿了再来吃。“烂头”发现这个秘密后，常去偷狐狸的猎物，他把那些血淋淋的死鸡用烂泥巴糊起来，再用松枝和茅草烧起一堆野火，把鸡放在里面煨烤，等泥巴烤得裂开了，鸡肉也熟了，把泥巴掰下来，鸡毛也粘在泥巴上自动脱落，鸡肉的香味就热热地喷散而出。

我尝过一次，当时觉得很香，事后觉得很恶心，再没尝试过。

我去那里是为了捡彩色石块。那是一座红土山，山体是红壤，地表有些黄色、褐色和粉白的小岩石，可以在墙上画画。每次都可以收获一口袋，够画半个月的。

“烂头”捡根树干在枞树林里东翻翻西翻翻寻找死鸡，我猫着腰一个山脊一个山脊地找石子，有一次他脸色煞白地从山坡上连滚带爬滑下来，拉起我就往收购站方向跑，等跑进了那片亲切的猪臊味，他才停下来告诉我，他刨到了丝伢子。这三个字是油坊话的音译，特指那些夭折的婴儿。

当这个不祥的名词频频在耳边响起，我终于弄明白丝伢子是怎么回事。计划生育之后，一些农妇为了让男性胎儿存活下来，生下女婴就丢到尿桶里溺死，然后用布一包，到山上刨坑埋掉。也有些是引产的胎儿。

有段时间，公社里计划生育抓得特别紧，广播一天到晚宣讲，收购站后山上的丝伢子就越来越多，连中学和粮站之间的树林里也发现过一些。

丝伢子频频出现之后，我很少去树林里乱转了，这也是油坊画面中最深的一道暗影。

牧 鸟 者

他们都说，八哥会说话。

一个同学说，他家养过一只八哥，会喊他的名字。

张海平单腿站到凳子上宣称，这没什么了不起，他爹爹养过一只，什么话都会说。他爹爹在地里干活，到了午饭时间，八哥就从家里飞来喊他吃饭。

咨询东升和文胜他们，也都说八哥养好了确实会说话，只是没亲耳听过。

说的都是曾经的事，无法现场验证，也足以令我想入非非。

油坊一带除了子民遍布全国各地的麻雀，主要的留鸟还有鹧鸪、八哥、乌鸫、乌鸦和喜鹊等。和别处差不多，油坊人认为乌鸦晦气，是劣等鸟，乌鸫和乌鸦一样通体乌黑，又爱在茅厕一带觅食，自然也不受欢迎，被蔑称为挑屎鸟，麻雀爱偷稻谷是小偷，颇讨人嫌，油坊人最爱的是喜鹊，不过在江南，喜鹊的种群远不如北方庞大，每个村只住着两三对，又都爱把窝垒在高大的百年老枫树上，一副远离庸众的清高架势，要是哪天纡尊降贵到谁家门前叫几声，这户人家就受宠若惊恨不得打封爆竹。

油坊人能够得着的是鹧鸪和八哥，喜欢鹧鸪不只是因它嗓子动听，主要是看了它身上有几两好瘦肉，小孩用弹弓打，大人用手电照，晚上用强光手电在树上搜索，发现鹧鸪就照定它的眼睛，你伸手去捉它都不飞，用文火炖汤，比鸽子汤还鲜。油坊人对鹧鸪的喜爱如同豺狼爱绵羊，对八哥的喜欢则像主子爱宠臣。

那时的大人都忙着奔四化，有闲情养宠臣的很少。

我决定养一只，不仅要养，还要教会它说话。

八哥要么住在老樟树洞里，要么住在屋檐下，砖垒的土库墙年头一久，最外层的薄砖常出现破损，和里层的砖之间形成空洞，这些口小腹大的洞穴不少成为八哥的寓所。五月初是八哥孵蛋出雏的时节。如果发现八哥夫妇轮流衔着昆虫在洞口盘旋，就可判定里面有雏鸟了。

中学教室的屋檐下就有几处八哥窝。文胜从总务室的仓库里扛来一副竹制的楼梯，发现够不着八哥窝，又搬来两张课桌垫在楼梯下，这才够着了，他让我和“烂头”在底下扶着楼梯，自己一弹一弹地爬到楼梯的最高端，手刚好能伸进鸟窝。

先是掏出来几根稻草，接着掏出来一截白花花的蛇蜕，他的脸侧着抵在墙面上以便让手伸得更深点，当脸压得变形成一张薄饼，把眼睛都挤得闭上时，他终于长出一口气，“抓到了。”

他身体瘫软地爬下来时，手上抓着两只才出壳不久的小八哥，除了翅膀和尾部刚暴出点硬羽茬子，其他地方几乎全裸，肚子又圆又大和身体不成比例。

我和“烂头”各分得一只。

这么小的雏鸟，没经验的人很难养活，“烂头”的那只第二天就被他玩死了，我的坚持了三天，被我淋凉水洗澡冻死。

文胜又帮我去另一个洞里摸了一只，我吸取教训不乱给鸟洗澡了，每天喂它豆腐和小土蛙，一周后羽毛就长出一层，腿杆子也有力了，看见我就直起身子张大嘴巴讨食。这只八哥我养了两周，都会满地乱跑跟着我乞食了，不料晚上被老鼠咬死。

我没鸟笼，把八哥装在纸做的鞋盒里放在床底下，小八哥身上有种温热的肉与绒毛混合的暗香，晚上，一只硕鼠闻香识美味溜进我房间钻进了鞋盒。

我又央求文胜帮我，文胜面有难色，说我妈妈知道他帮我抓八哥，把他叫去，先谢谢他平常对我的关心，然后批评了他，不该纵容我不务正业。

我养八哥妈妈肯定是反对的，养第一只时就说了我，说鸟动不动就拉屎，很脏。养第二只时，见我早晨一起来就蹲着看鸟，担心我从此没心思念书，让我送给别人，结果老鼠帮了她的忙。

文胜说："你真要养八哥，就给你妈妈写份保证书，保证下次考试语文数学每门都考到七十分以上。"我那时两门课加起来都没有到过一百分，平均七十分简直就是放卫星。

我依计而行，效果真的不错。我妈自然不信我有放卫星的本领，只是对我主动写保证书略感意外，以为我一夜间开窍懂了些事。她抿着嘴唇控制着笑意，说："晓得上进就好，学生嘛，当然要以学习为重。"

文胜又扛着楼梯翘着屁股帮我冒险去了。

他之所以对我的不情之请如此热心，同他那时的好心情有关。

那时年级举行作文和数学比赛，文胜都拿到了第一名，同学们开始直接叫他大学生了。

"大学生，以后别忘了我这个种田的老同学。""大学生，教下我写情书吵。"文胜也不恼，任他们开玩笑，乐呵呵埋头看自己的书。

曼华偶尔会回他一封信，写什么我不知道，每次收到信后，文胜都会激动地甩甩头发，让我在一边等着，他马上写回信让我捎回去。也不费时间叠成飞鸟的样子了，写好随意折成长条就塞到我手里。

我照料第三只八哥比照料自己还用心。

我戒了糖和其他一切零食，把零花钱省下来，到手工业社边上的篾匠店定制了一个小篾笼子。篾匠店主要卖竹篓、竹篮、篾席、筅帚之类实用物品，本不卖鸟笼，我在门口徘徊了半天，最后鼓足勇气进去央求师傅帮我做一个，师傅很不屑，面无表情地编着竹篮，不知是对我乱花钱感到不屑，还是觉得让他做玩具辱没了手艺。见我赖着不走，就嘟嘟囔囔把任务交给那个只大我一两岁的小徒弟。两个小时后，我的八哥拥有了一个漂亮结实的小笼子，晚上往床头一挂，别说老鼠，盐老鼠（蝙蝠）都奈何不了它。

我从卫生院垃圾堆里捡来一只茶色的药罐，洗干净，放在书包里，中午和下午放学，就在沿途的田埂和草丛里抓小土蛙，拇指盖大小，土坷垃颜色，发现某丛草棵子茎叶晃动，单膝跪地，右手掌窝起来猛地拍过去，然后就感到手心里一阵又凉又痒的骚动，手掌顺势往地上一压一搓，那动静就停止了，捡起来塞到罐子里，继续抓第二只。

小八哥长得快食量也大，八厘米高、直径四厘米的罐子，每天要吃近三罐。我起早贪黑地帮它摧残土蛙。麦熟之时蚂蚱大面积繁殖，用脚在草丛里一蹚，就会惊起飞虫无数，看准它们落脚的草叶，手掌猛地握住往上一撸，巴掌上就会粘着一两只绿蚂蚱的尸体。蚂蚱遇难时会吐出黑色的黏液，涂在手上又腥又脏。天气渐热，罐子里的东西盖久了倒出来会有熏人的怪味，不过八哥喜欢蚂蚱就如同我喜欢梨瓜，我也就不管那么多了。

我恋上了八哥，八哥也恋上了我。每天天一亮就喳喳喳地喊我，笼门一开，就跃上肩头讨蚂蚱。放学回来也是如此。等它嘴角的黄边褪得差不多时，它就可以飞行并自己啄食了，我一有空就带它去野外，那时中学外的油菜早已结籽收割，取而代之的是绿莹莹的豆苗。豆叶的背面常有蚂蚱躲着，从正面能看到隐约的轮廓。我带着八哥一路吃过去，每捉到一只，八哥就飞到肩头或手臂上讨赏。

它明明可以远走高飞。有时在户外遇上同类，野八哥嘎嘎嘎叫着围着我们盘旋，一副要把小八哥救走的架势，起先它也激动，从草丛里抬起头四处张望，浑身的羽毛瞬时收紧，蓄势待发的样子，这时只要我一声口哨，它的魂又收回来了，继续跟着我在草丛地漫步觅食，野八哥见状就怏怏地飞走了。

十余年来，都是我依恋大人，有谁如此依恋我呢？我被八哥感动得一塌糊涂，上课之余的分分秒秒都献给了它。

油坊一带肯定也有人养过八哥，可谁会像我这样全身心投入呢？可能是太费心思，加上每天为了喂早食起得太早，几十天时间人就瘦了一圈。

东升对八哥一点不喜欢，嫌它脏，也嫌它吵。如果不是我养的，它早把鸟笼丢到房间外面去了。他的成绩越来越好，心里装着无限美好的未来，装着比油坊大无数倍的世界，眼里根本看不见花鸟虫鱼等令人玩物丧志的东西。他见我为鸟消得人憔悴，嘲笑道："毕老师谈恋爱都没你这么卖劲，你掉了魂了。"

连"烂头"这种顽皮兜子都颇不理解，"你是把乌衣仂（八哥）当老子供。"他啧啧咂舌道。"供"这个音所代表的那个字，在油坊方言中比"供"的含义还神圣，近似于祭祀和为之牺牲。

"烂头"接着说："供了这么久，也没听它说一句话。"

后面这句话正中了我的软肋。

从它还是婴儿起，我就喋喋不休地教它说"你好、吃饭"，它都会飞了，满嘴仍是喳喳喳、嘎嘎嘎的鸟语，唯一学会的就是我的口哨声，我每次唤它，都吹口哨，它有时也吹一两声。

“烂头”打听到，油坊大队电影放映员胡麻子养过的八哥会说话。有天晚上在露天放映场上看电影，我和“烂头”拼命往他身边挤。

放映员的位置观影效果最好，公社、大队干部和他们的亲属都爱坐在放映机边上，电影何时开映，烧了片子何时能接起来，今天晚上有没有加映片，甚至，电影里某个好人的结局到底如何，他们随时可以询问。胡麻子嘴里飙着烟，一边整理胶片一边含含糊糊地回答，放映机的光柱在他脸上映出一道刺眼的白，冒着烟似的，无数粉尘在其中飞腾，让人看不清他脸上到底有没有麻子。

我在大人的腋窝下挤来挤去，头努力往空隙处钻，胸腔被挤压得无法呼吸，挤到胡麻子身边时都快憋死了。外面的人仍在挤推我，我的身体不可避免地碰到大队干部的屁股，他嫌恶地扭头盯了我一眼，胡麻子也跟着回过脸来，正是向他请教的好机会，可我居然一句话也说不出来，嘴巴张了好几次就是没勇气和他搭腔。

胡麻子见一个傻头傻脑的小孩挤进来，对着他满脸涨红地呼哧呼哧喘气，以为我是来抢好位置的，骂了一句，“细伢子死到这里来做什么，出去出去。”一把把我搡回了人群。这时“烂头”在人墙里探出头来，高喊：“胡师傅欸胡师傅欸，他是想拜你为师养乌衣仂，他的乌衣仂不会说话。”

胡麻子见是“烂头”，笑着骂道：“烂污兜子，不好好念书养乌衣仂，剪舌头没有？”

“烂头”叫道：“还要剪舌头啊？”

胡麻子骂道：“你的舌头是尖的你说得来话吗？!”

第二天我们就给八哥做了个小手术，我抓住它的身子，掰开嘴巴，“烂头”拿着把做针线的大剪刀，咔嚓剪掉八哥的半个舌头。

除了嘴巴出了少量血，八哥看上去也没什么痛苦，仍在地上的草棵里刨来啄去的。当然也不可能马上说话。第二天早上醒来居然没听见它吵，去笼边一看，它已经双脚朝天身体僵硬了，眼睛睁着，凝固着一滴黏稠的泪水。

这并非我在油坊时养的最后一只八哥。我没勇气细致地复述其他八哥的命运。在此简单地交代，接下来一只，死于我的拔苗助长。

八哥学飞时，我不断地把它抛向高空，让它借着滑翔的惯性尽量飞得更远。有一天，也许是张海平、“卓北瓜”等同学在围观，我希望八哥飞得越来越远以满足虚荣，就一遍一遍地把它抛向空中。后来它肯定飞累了，但有口说不出，只好被迫一次一次在高空奋力张开羽翅。一开始落地时它还像个风度翩翩的空中小姐，后来无法保持平衡趔趔趄趄，最后，几乎是连滚带爬，总是肚子或头先着地。结果可想而知，两天后它死于内脏破裂。

另一只八哥，在开始叽里咕噜学说话时被我妈偷偷放走了。文胜的同学亲眼看见的，趁着我去上学，我妈把鸟笼子拎到豆地里，打开笼门，八哥就钻到豆秧里不见了。等我下午放学回来，八哥已失踪三四个小时了，我在一望无际的豆秧里蹚来蹚去，不停地吹着口哨，八哥也没飞出来落在我肩头。

暮色退潮夜色升起，我仍在豆地里来来回回地逡巡，等露水都打湿了裤脚，中学晚自习的铃声当当当敲响，我一个人站在虚无的黑暗中绝望地流下冰冷的泪。

差生的荣耀

我捡起一块石头想去找妈妈报仇，路上被文胜和东升的父亲等人截住。

冷静下来想想，我妈出此下策也是出于无奈，我的成绩本来就不好，自养八哥以来，非但没达到保证书承诺的平均七十分，数学还差到了耸人听闻的二十七分。

分数记得这么清，可见我过去也不会差到这种程度，养八哥之前，我的数学一般五十多分，及不了格，但总给人稍稍努力就可能达到六十分的希望。

那次原本也可以不至于如此难看。我的同桌张荣赞学习挺好，数学每次都有八十多分，他只用一半时间就把题目做完了，苏老师又不肯提前交卷，他一门心思想和隔壁班比高低，每次考试都要逼着我们反复验算检查。荣赞坐在那里剥指甲混时间。我只有几道题会做，其他的完全看不懂，就望着窗外的蓝天白云胡思乱想。

荣赞用脚捅我，故意用肘把试卷蹭到桌角让我抄。有几个瞬间我很动心，如果抄他的，至少考六十分没问题。当我真想行动时，心脏就突突跳得难受，苏老师背着手皱着眉在各组间走来走去，他是在叮嘱成绩好的同学不要粗心，可我总以为他在盯着自己。荣赞的动作明显到连后排的张海平都发现了，不停用脚踢他屁股，也想分一杯羹。荣赞见我不敢抄，就把试卷收了回去。

我其实也不是太怕苏老师，要躲开他那双高度近视眼不是太难的事，至少，不比侦察兵偷过敌人的封锁线难。我如果考得很差，妈妈肯定会骂我，但如果抄袭被妈妈知道，她可能会发狂。

成绩不好关乎能力，抄袭则关乎品德，在这个问题上，连外婆外公都不会宽宥我。

荣赞的好意没帮到我，倒给他自己惹了麻烦。

荣赞是班上和我说话最多的男生，他因此常受到张海平的欺辱。和张海平发生肢体冲突之后，我不再理他，他想和好我不理，他挑衅我也不回应。在班上我只和荣赞、“卓北瓜”等两三个男生交往。那次考试后，荣赞被张海平叫到教室外“谈话”，他回座位后一整天眼圈红红的，看我的眼神就像个被父母拖回娘家的小媳妇，深情无奈而自怜。

“卓北瓜”告诉了我张海平对付荣赞的手段，张海平搬来念五年级的哥哥公平，用公安扭送罪犯去刑场的动作，一人反扣荣赞的一条胳膊，摁着他的头去喝尿桶里的尿。

我们学校只有一座破旧的公共厕所，通常只有女生和教师才愿忍受里面的潮湿和臭气，男生小便一般去野地，文明点的尿在教室边上的木尿桶里。尿桶口是椭圆形，比家用的大三四倍，村里的农户每半个月才会来清理一次，运到菜地里做农家肥。平日里基本是满登登的，几十上百号人的尿液汇聚在一起发生化学反应，再加上阳光的炙烤，味道比从国外进口的尿素还刺鼻，隔着四五米远，臊味的分子颗粒就像一群看不清个体但声势浩大的蠓虫蜂拥而来。

张海平兄弟俩当着一些同学的面，把荣赞推押到尿桶边，一开始他还像电影里的革命者那样骂骂咧咧，当他的头被压到离尿桶只有几厘米时，他发现对方力气未减并非只是吓唬他，他狂乱地挣扎起来，张海平问：“你给张晓抄不给我抄！不给就让你喝饱尿。”

这时荣赞的下巴已感受到了浓酽的湿气，尿臊味窜进鼻孔钻进脑壳，脑壳里的细胞组织受到从未有过的强烈刺激，慌乱中自动启动保护程序，围观者听见一个绝望的声音从尿桶里传出来，“放开我，我下次给你抄行了吧。”

现在你知道了，有了荣赞的帮助，连张海平都不会考得比我差。每次考试，我基本是班上的倒数前十名。另一些难兄难弟我大多记不清名字，印象深的有两人，其中一个叫“都巴佬”。

“都巴佬”住在油坊村的一户土库老宅里。他说话瓮声瓮气的很难听懂，像邻县都昌人的口音，故得名。我去他家里玩过，春季天井里爬满蜗牛，房间又深又暗还有股潮湿的土腥味。其中的一间，两条长凳架着一副漆着红漆写着金黄福字的大棺材，乍一看很瘆人。“都巴佬”说，他出世时棺材就有了，是他奶奶的。他奶奶已经八十多了，身体还很硬朗，棺材就一直闲置在那里，还单独占着一个房间。

“都巴佬”成绩差，大概和这位愈老弥坚的奶奶有关，“都巴佬”是她唯一的孙子，到了十来岁还“宝宝”“宝宝”地叫着。每次出门上学，老人家都要塞一袋糖拌芝麻粉到孙子书包里，并唠叨：“念书伤脑筋，不要念坏了我宝宝的身子。”“都巴佬”每到课间就掏出白塑料袋来吃香喷喷的芝麻粉，用手一捧一捧地往嘴里喂，令全班人垂涎欲滴。苏老师为“都巴佬”的成绩去家访时，被他奶奶轰出了家门，老太太挥动着拐棍骂苏老师：“写得来名字认得钱就作罢啰，还要逼他做什么，念废了我宝宝的身子，我敲你们的头！”

另一个是叫什么花的女生，不仅成绩铁杆倒数第一，样子也有些怪异，老是斜着眼睛看着人笑，有时还从鼻管里垂下两筒黄澄澄的浓鼻涕。上课时，我们常听见她在嗦啰嗦啰地和那两筒鼻涕拔河。她住在张海平家隔壁，张海平叫她脑膜炎，不知是否真得过脑膜炎。

夏天的晚上，中学的教师搬出藤椅和躺椅在宿舍门前乘凉，大人呷着茶谈论着国家大事和天南海北的新闻，见我们追来跑去的不安分，东升的父亲和几个理科教师就出题考我们，诸如电线上站了三只鸟，用枪打下一只还剩几只，我从来都答不出标准答案，人家说出了答案，我多半还想不通，感觉像被耍弄。这时徐老师就会笑呵呵地替我说话："你们不要用逻辑思维为难形象思维。"

那些题目其实就是现在很流行的脑筋急转弯，像我这种一根筋的人，压根儿就适用不了。

我不懂徐老师说的形象思维是什么，只是觉得，徐老师可能是大人中唯一欣赏我的人。

我从小就爱在地面和墙壁涂鸦，线条和色彩的表达能力远胜于口语。大人理所当然地把这归结于父亲的遗传。在我看来，爱上绘画这种沉默的表达，可能源于一种矛盾：想象力的极度丰富和交际能力的极度缺乏。

一个人内向久了就会变得自卑，一个人自卑久了就会爱上幻想，绘画不过是幻想的若干种形式中的一种。

在所有的爱好中，画画是唯一没被我妈打压的，她大概觉得，一个孩子迷上画画，再坏也坏不到哪里去。当然，这个孩子画画的天分，也能稍稍弥补一下她作为母亲的虚荣心。如果不是能偶尔画出点让大人惊奇的东西，和其他教工子女相比，我这个儿子基本就一无是处了。

妈妈房门背后竖放着一张圆桌面，是我爸亲手打制的，还刷了深红色的老漆，往桌座上一扣，既可以当饭桌，也可以给我写字画画。

天气晴好的周末，我就把它搬到窗外的桃树下，伏在桌上画画。毕老师常在这棵树下擦拭自行车，从耗时和认真程度来看，我画画似乎比他擦自行车还投入，一画就是半天。常有路过的中学生驻足探头来看，每每发出赞叹之声。

似乎是与生俱来的倾向，我对国画中的花鸟虫鱼没什么兴趣，更热衷用西洋技法表达现实场景和幻想世界。我用5B铅笔给煤油灯画素描，以明暗对比法表现玻璃灯罩的透明质感。用更黑更粗的炭笔给成龙、文胜、宗望、东升、“烂头”等人画过像，他们把画像拿给同学看，人家一般能认出模特是谁。

有一阵子，一个搞笔雕的年轻人来中学卖艺。他用小刀在钢笔杆上刻游龙或老虎，半分钟一支笔杆，刻好后用一块石块似的黄颜料打磨，再用布一擦，一条金灿灿的龙或一只老虎就跃然笔身。学生们纷纷掏钱给自己的钢笔文身，有的刻上姓名，“谁谁谁用”之类，简直成了一种时尚。

我不喜欢龙和老虎，请他刻一匹马。

他犹豫片刻，收了我的钱，花七八分钟才刻出一匹身体和四肢不成比例的瘦马，原来他只会刻龙和老虎。他见我不满意，就说，马就是那个样子的。我说不是，他料定油坊一带没有马，就问我马是什么样子的。

我掏出笔，只十多秒钟就勾勒出一匹奔腾的骏马。

那人见状，对围观的人说：“这家伙是当画家的料。”

这话通过那帮学生传到中学老师那里，又从老师嘴里传到我妈耳朵里，让她高兴了好几天。

用现在的眼光审视那时的自己，实事求是地说，同其他酷爱美术的孩子相比，我的造型能力算不上太突出，临摹能力一般。令现在的我都感到惊讶的，是当年用画笔还原场景的能力和对于色彩与意境的敏感。

我能画出看见的、听到的一切有意思的事情：在油菜地边跑步读书的中学生；榨油坊里的工作场景，打着赤膊的师傅和在一边啃枯饼的小孩；在卫生院长椅上等待结扎的妇女和无奈的家人；王老师和苏老师风格不同的骂学生的样子，王老师凶猛，苏老师滑稽；两个学生为了抢陀螺扭打在一起，陀螺仍在地上呼呼地转；一条龙被扬龙的队伍举着走在马路边上，一辆客车从一侧开过，司机扭头出神地看龙灯，不小心轧死一个横穿马路的小男孩。

最后一个场景是我妈口述的，她去县城看弟弟妹妹，回来时就坐在那辆客车上。司机轧死人后怕挨打躲起来了，她步行了十五里才到达油坊。

也常画臆想的场景：无边的梨瓜地、硕果累累的水蜜桃园、荒野里一条清澈的小溪、大山中一条寂寞的盘山道。

有钱人家祖传的雕花老床和旧家具上，一般都绘有装饰性的漆画——傲雪的寒梅、盛开的牡丹、站在枝头报喜的喜鹊、波浪状的山脉、白帆点点的湖面，有的特别写实，画着杭州西湖的三潭印月、苏州的园林，还画着一些牵着小孩的游人。

从幼儿时起，我就零零碎碎地受到这些画面的熏陶。漆画的色泽本来就很沉郁，那些家具又大多置放在光线昏暗的老宅卧室内，画面给人的感觉就更加静寂，即便描画的是明媚的春光，也常给我寂寞和惆怅之感。

县城汽车站候车室的墙壁，画着反映全县公路交通新面貌的巨幅壁画，一辆红色的客车沿着蜿蜒起伏的公路在崇山峻岭之间行驶，在万重山峰和云雾之间，客车渺小得如一只小瓢虫。

我很神往那种清寂之美，常在梦境里进入这些画面，进入有白帆点染的河边，进入一眼望不到边的山道。醒来我就用颜料在白纸上复制这些梦境。

反复画到的一个场景是：一个人在峰峦叠翠的盘山道上踽踽而行，背着包袱或打着遮阳伞，背包袱的一般是老人家，打伞的一般是妈妈、二姨或者是小姨，画面里她们一律穿着好看的红裙子（现实中她们一般穿黑色或蓝色的裙子）。有时我也会把自己画进去，一只手被她们牵着，一只手攥着根冰棒。漫漫山道上，哪里有地方能买到冰棒呢？我可不管这么多，把自己当成神笔马良，想吃什么就画出来塞到手里。

在县城读幼儿园时看过一本连环画，内容大概是讲两个小孩跟着阿姨穿过山林去别处做客，路上遇上几个特务，他们在阿姨的带领下和特务斗智斗勇，把他们引入捕熊的陷阱里，最后用绳子把他们吊了起来。

这个故事让我对二姨和小姨亲近信赖了许多，出远门总跟着她们。

在油坊读小学时，还学过一篇课文《挑山工》，写泰山上的挑山工，挑山工挑着重担，却总像神仙一样不断出现在行人的前面。这篇课文让我爱上了漫无尽头的山道。

我酷爱画山道上的孤独旅行，是否也和这些有关呢？

那时我除了油坊和县城，没有到过任何地方，也没有见识过真正的大山。

以现在的眼光看，更具有美学和心理学内涵的是这些臆想性的画作，能给我带来喝彩的则是那些现实性画面。

大人们总是摸着我的头夸我画得像，他们的夸奖也能激发起我的一点荣誉感，这毕竟是我童年和少年时期能得到的唯一夸奖。不过，每当他们当面表扬时，我的难堪总是比得意要多一点。

我觉得一个人羞涩地表演谦虚的样子很虚假很难看，你非要用当众表扬迫使我羞涩，还不如当众批评我。

他们一摸着我的头打算表扬时我就逃了，留下妈妈站在原地替我谦虚。

有时也逃不过去，大概是四年级第二学期吧，我在全公社“迎六一”小学生绘画比赛中得了第一名，班主任王老师站在讲台上宣读喜讯，他惊喜的眼神和亢奋的腔调让我成为几十双目光的焦点，我把脸埋到课桌桌面上，拘谨得透不过气来。

后来公社教办（当时或许不叫教办叫别的什么名）一位五十来岁的老干事带着我和另外两个孩子到县城参加全县“迎六一”少儿绘画决赛。

我们在教育局的招待所里住了一夜，我极想去外婆外公家里玩，老干事很严肃地阻止了我，他似乎比王老师还会打官腔，“你们是肩负着全公社的荣誉来比赛的，不是来走亲戚的。”

在招待所的床上我翻来覆去睡不着，外婆外公的笑脸轮番出现在眼前，等我终于见到他们时，干事一把将我推醒了，带我们到食堂吃了一碗稀饭两个馒头，就匆匆地赶往一个大会议室了。

来自县城三所小学和各公社的五十多名小学生参加了那次绘画比赛，会议室里摆了一排铅笔、蜡笔、水彩，任我们选用，题目是“春天”。

像条件反射一样，一见这题目我就想到油坊中学外的万亩油菜花，还有高中生们早晨排着队在花丛的簇拥下跑操的场景。

我选用水彩颜料表达了这一主题，水彩画起来比蜡笔和铅笔慢，不过整体画面很水灵很灿烂。

那天中午吃过午饭，干事就带着我们赶客车回油坊了。来去我都晕车吐了一地，加上到了县城没有见到外婆外公，心情很灰暗，和八哥死了差不多。

喜报是两周后传来的，它的传递路线本来是这样的——由县教育局把喜报和奖品寄给公社教办，教办再送到油坊小学，可是蔡瞎子改变了这一流程，他在教办看到喜报后，拿上它，直接跑到中学来，他认识我妈妈，并不把东西交给她，而是舍近求远交到了徐老师手里，经徐老师之手再交给我妈妈。

公社但凡和中学有点关系的事，蔡瞎子都要揽在身上，然后屁颠屁颠地跑来，通报完就坐到徐老师房间里说：“顺便过来坐坐。”

我那幅《春天》获得的名次是一等奖，全县好像共评了三个一等奖，奖品是一盒二十四色的马利牌水彩颜料和一本十六开的速写本。

蔡瞎子带来的喜报无异于一颗炸弹，在缺少新闻的生活中炸响。油坊中学和小学有史以来都没有谁在全县的绘画比赛中得过奖，数学和物理竞赛得到的最高名次也只有三等奖。我妈笑得合不拢嘴，老师们纷纷说要吃喜，她二话没说，掏出两块钱交给毕老师。

那时毕老师已和春英结婚了，平常住在中学，每天骑车接送春英到合作社上班。中学老师要买点什么，就把钱交给毕老师，下班时毕老师就带着东西和春英一起回来了。

这次毕老师没等下班，马上飞车向合作社奔去。

约　会

绘画比赛改变了一些人看我的眼光，走在路上，一些我不认识的高中生也会对我指指点点，好像在核实我就是谁的儿子，熟悉点的遇上我就喊："小画家。"

我就像一股春风在他们面前拐个弯溜走了。

只有文胜对我反而不如以前好了。每次找他代做题目总是敷衍，字迹很潦草，我抄写时很多都看不清。他喊我"小画家"时眼睛也是无神的。

"烂头"说，曼华已背着徐老师和文胜约会了，傍晚他们躲在油菜地一起看书，晚自习时，有时会跑枞树林里去。

"去树林里做什么，他们不怕丝伢子?"

"烂头"说："这个你都不晓得，钻嘴。"油坊人把亲嘴叫钻嘴，比亲嘴更具形象更野性。"烂头"说见过他们抱在一起钻嘴。

曼华胆子虽然大，但徐老师很讨厌高中生谈情说爱，曼华也跟他保证过，高中毕业前不会谈恋爱。不过"烂头"说的也可能是真的，文胜很久没让我传纸条了。他们经常约会，所以不用我当邮递员了。

有天晚上油坊大队部的空场上放电影，《丹凤朝阳》还是什么，一个节奏很慢情节很平淡的片子，大人看得很入神，小孩泥鳅翻浆般在人堆里钻来钻去地嬉闹，闹累了就去空场边上看炸油条。

每次放电影，都有人把锅支在边上炸油条，柴火在炉子里噼里啪啦炸响，把黑铁锅里的菜籽油烧得翻滚。炸油条的老头儿把面切成一些小长条，用竹尺在中间压出一道痕，拎起来，在空中打个转，再拎着另一头小心地下到锅里，那小小的白粉条就滚动着膨胀开来，老头儿用前段被油浸黑的长筷子左拨几下，右拨几下，一根又粗又长的油条就黄灿灿地浮出来，气味是那种脆里透着焦的热菜籽油的浓香。

"烂头"和我站在一边闻了半天，眼看着一根根油条被大人用禾秆系着买走。

"烂头"艰难地咽下口水，说："有什么好吃的，走走走，我带你去看约会。"

"烂头"只比我高一年级，其实和东升同年，比我大三岁，懂的事情也比我多，约会这种时髦的词他都会用。"烂头"对约会的理解不是"人约黄昏后"的诗情画意，而是直指它的本质：钻嘴和什么什么。

油坊的成人除了公社干部、中学的教师和学生，讲话都很粗俗直接，剔除了虚伪和审美，将一切都实用化。比方说，他们从不说谈恋爱，直接把谈恋爱拆分为钻嘴、睡觉等实质的行为（当然他们也不叫睡觉而叫某个更本质的词）。

特别是榨油坊的工人，开起玩笑来没任何禁忌，少儿在场也满嘴乱飙，有相熟的妇女从菜园里摘菜挎着篮子路过，他们就喊："某某某，带块香皂去，晚上洗干净点等我。"那妇女就捡起一块石子循声扔去。

有时直接利用熟悉的孩子意淫，“某某某，你回去跟你妈妈说，晚上给我留个门，我下半夜过来。”

在领略高中生的浪漫时，我也接受着乡野民俗的烟熏火燎。

我一方面觉得它很无耻，一方面又感受到一点懵懵懂懂的刺激。

中学后面的树林边挖了一些大坑，比种树的坑大很多，有的还往侧面挖进去一两米，里面能蹲好几个人，像打仗时躲避枪弹的猫耳洞。“烂头”说，那是大人为约会挖的，因为里面不时可以发现卫生纸。我知道卫生纸和女人有关，至于约会为什么要用卫生纸，一点也不明白。那些洞穴的真实用途，至今仍想不太明白，男女要做什么犯不着费劲去地底挖那么大的洞，最大的可能是做房子取土留下的坑，有时会被约会的人借用一下。

除了卫生纸，我们没在洞里发现什么。

“烂头”就带我去树林，侦察兵一样蹑手蹑脚弯着腰往树木最密光线最暗处走。

心脏扑通扑通地跳，既害怕黑暗，又深感刺激。

“烂头”很有经验，在一个土坡前趴下，屏住呼吸，果然，有声音从坡那边的树下传过来，嘤嘤嗡嗡，时高时低，辨得清是一男一女，具体说什么又听不清楚。

有一阵他们不说话了，我正想离开，“烂头”按住我的脖子，示意我继续听。

一阵窸窸窣窣的响动，女声忽然提高了几度责怪道：“你啮痛我啦。”

然后又安静下来了。

那个声音和曼华是有点像，但是不是曼华我不敢确定，高中女生中偷着约会的又不是曼华一个。

“烂头”认定那个人就是曼华，他曾亲眼见过曼华和文胜一前一后进过这片树林。

“烂头”一看见文胜，就模仿女声娇羞地说：“你啮痛我啦。”文胜弄明白原委后，追着“烂头”说要撕烂他的臭嘴，看不出他是生气还是高兴。

我很好奇，趁着没人时问文胜是否和曼华约会去了，文胜一副过河拆桥的薄情样，像个老师那样摸摸我的头，淡然地笑道：“大人的事不要乱打听，好好念你的书。”

“那你跟她写纸条说什么?”

“谈理想啊，谈今后的人生打算啊。”他认真地说。

“那你们钻嘴没有?”

他一愣，想不到我也会问这种没教养的问题，“你不要听‘烂头’乱嚼，等下看见他我就撕烂他的嘴。”

我在水塘边折柳条，一根一根地插到塘边的软泥里，希望它们分别长大成树。正好曼华在水塘边洗衣服，同伴走了她还在捶打搓衣板上的衣服。

我走过去，问她是否和文胜约会了。

她倒是比文胜大方得多，见周边无人，和我开玩笑，“你这么小就知道什么是约会啊?”

我就把“烂头”带我偷听约会的事坦言相告。

她哈哈哈笑弯了腰，拍拍我的手背，“晓，你少跟‘烂头’学坏，好好念书长大当个画家，到时候排场女子抢着跟你约会呢。”她一直叫我晓，像姐姐叫亲弟弟。

她以为我偷看约会是情窦初开的表现，弄得我都不好意思再说什么了。

曼华真把我当可以绝对信任的弟弟了，主动问我，“你认为文胜和蔡瞎子哪个好一点?”

我据实回答：“文胜学习好，蔡瞎子有礼貌，都还好吧。”

曼华笑笑，又嘭嘭嘭地捶打起衣服。

看得出来，那时曼华已倾向于选择文胜了，蔡瞎子每次来徐老师房间，曼华就借故去教室。蔡瞎子修养极好，也不生气，耐心地陪着徐老师唠嗑。

劳动课

我对油坊小学最后的记忆不是在教室而是在秧田里。

小学的劳动课不是帮生产队捡牛粪就是帮老师家干点杂活。

捡牛粪我从来完不成任务，等我拖着竹编的笨重撮箕去到村边田头，牛粪早被其他同学捡走了。

班上不乏训练有素的捡粪高手，他们不仅知道哪里可能找到牛粪，还能让本无便意的牛乖乖地把粪拉进他的撮箕。遇见水牛或黄牛站在树下反刍，他就把撮箕搁在牛的后腿间，一只手抓着牛尾巴，一只手轻轻在牛的屁股边上转着圈地搔痒，模仿指挥排便的神经向肛门括约肌发出指令，牛被搔得很舒服，尾巴渐渐翘起，括约肌慢慢将肛门翻出来，然后，一摊热气腾腾的牛粪就自动跌落到撮箕里，如果是黄牛，堆头稍小些，是水牛的话，一摊粪就可以装满一撮箕。

每次捡牛粪，王老师就让我和另一个女生负责记账，我们就像收购站的收购员，在教室后面的榆树荫里等着。她站着玩手腕上缠着黑线的橡皮筋，我蹲着用石子在地上瞎划拉。有同学挑来牛粪就过下秤，记下重量倒在一侧的粪堆上。

其实我不认识秤，只是负责提撮箕和倒粪，读秤全靠那个叫什么枝的女生。她父亲好像在公社上班，她圆圆脸，长得很白净，穿着也很干净，劳动课时也常受到王老师的关照。

可能是单独在一起的机会多了，也可能是毕老师、文胜他们对我熏陶起了作用，对这位至今叫不上名字的女同学也有了点奇怪的感受。

在一起称牛粪时我不敢和她说话，隔得远了，不时用目光去人群里找她，目光相撞时就心虚地低下头。

她对我印象似乎并不好，至少，意识不到我的存在。可能是觉得我笨吧，我成绩远不如她，比她高半头居然还不认识秤。性格也不是可爱的那种，那时的小女生，喜欢的男生要么学习好，每次回答问题和板演都出风头，要么幽默滑稽，时常把大家逗得笑弯腰。我表情呆板，语言贫乏，在女生和陌生人面前基本就是哑巴。

最初，我用目光找她时，她总是眉头一皱赶紧走远，有点嫌恶的样子。我以为女生看男生都是这个样子的，一点也不受打击，她每次穿了新衣服或换了新蝴蝶结之类的，都要多看几眼。

在一次捡豆子课上情况略有改善，好像是在王老师家的院子里。豆子在地上晾晒之后混进了许多小石子和土粒，入库前要清理出来。王老师就把我们分成七八个小组，蹲成若干个小圈子，挑出杂物扔掉。一帮小学生干这种活，自然会穿插石子大战，你投我一下，我掷你一下，比黑豆子还小的东西在空中飞来飞去，落在发丛或脸上，痒痒的。

一开始都是男生掷男生，后来就不分男女，我也乘乱将土坷垃掷到她的背上。她发现后，也回了我一颗。我迎着她的目光再投过去，她也迎着我的目光投了回来，这时，她的脸蛋居然是红扑扑含着微笑的。

帮王老师家的菜园斛水比捡牛粪好玩点，斛着斛着就会变成了泼水节。不过地点就在村边上，和在老师家里没有太大区别，不如下田有意思。

王老师家的水田离小学有三华里远，要走半个多小时才能到。我们就当是郊游，一路上说说笑笑，打打闹闹，开心得不行。

那次劳动好像是去帮王老师家插秧，应该是二季稻吧，因为天已很热了，我在水田里新鲜了一阵子腰就酸得不行，一只叫天雀从身边飞过要站起身看一眼，一朵云从天上飘过也要抬头望半天。

我们最渴望的就是灰色的大云团，它像无边的飞毯，擦着蓝天缓缓地移动，飘到哪里，地上就会出现一大片阴凉。

我们等着飞毯降临，每来一次，就欢呼一次。王老师居然也憨憨地大度地笑着，并不呵斥我们。

插秧我过去没干过，学了半天也找不到手感，秧苗不是插深了就是插浅了，脚感也差，前脚迈出去，还没在泥浆里踩稳，后脚就使劲一拔，脚掌挣脱泥浆的时机完全不在掌控中，整个身子就往前一冲，虽不至于摔倒，却溅了一脸泥水。

大家笑得前仰后翻，张海平也咧开嘴笑得收不住，忽然，他停下来，因为他发现班上那个叫什么枝的圆脸女生也在对着我笑，他弯腰从田里捞起一把泥，一把砸在女生的干净衬衣上，女生哇地大哭起来。

王老师正在田埂上给大家准备茶水，见状过来责问张海平为什么用泥砸女生。张海平答："她不要脸，对着张晓笑。"

王老师道："我都听到了，你的喉咙最大，凭什么不许别人笑。"

张海平这个魔头年龄虽比我大两岁，也不过才十三周岁，对于醋的酸味有着本能的敏感，却道不清某种微妙的情绪，他脸红脖子粗地努力靠近真相，"她的笑和我们不一样，她老望着他笑。"

王老师心想，笑一次和笑三次有什么差别呢，命令张海平保证不再欺负女同学后，他也忍不住呵呵地笑起来，端着茶壶给摆了一地的大沿碗斟茶。

劳动的内容大抵如此，我和那个叫什么枝的女生的交往也仅此而已。没有真正的交往，也没有过多的幻想，微风拂过水面所引起的皱缬也大抵是这程度吧。只是，我第一次意识到女生和男生的不同，她的某种笑容，有时像正午的油菜花，让我轻微地目眩。

一九八一年留影

少了文胜的帮助，我时常完不成作业。

王老师家在油坊村上，一放学就往家里赶。苏老师是外地人，可能还是单身汉吧，有的是时间，下午放学时爱把没完成作业的同学留下来补写。他坐在教室门口絮絮叨叨地骂着，"都像你们这样，再过一百年也实现不了四个现代化。""校长说了，期末考试数学不及格的统统留级。""张海平，你再留一级就是根老油条了，再炸就焦了。”“兰花，也不怪你，你不是念书的料，留级也没有用，我下次跟你爹爹说，回去学煮饭算了。”没人敢接他的话茬，他就在自言自语中打发着无聊的闲暇时光。

每天都有七八个人陪练，谁先补完谁先走。

有天我被留得久了点，回中学时天黑了，妈妈帮我打的饭也早凉了。

我做好了被审问和挨骂的准备，迎接我的居然是张璀璨的笑脸。

妈妈坐在藤椅上，就着灯光对着一张报纸左看右看。

是从《饶州报》报社寄来的报纸，上面的一个角落印着我得奖的那幅水彩画，和原作不同的是，报纸上的画是黑白的，并不好看，题目也换了一个：《奔向 2000 年》。

又是蔡瞎子送来的，县教育局把三幅一等奖作品都投给了报社，最后只发表了我那幅。

几个老师围在我妈身边谈论着我，就像谈论东升、成龙和文胜他们一样，不仅感叹现在，也展望我的未来。他们似乎都忘了，我其实是个两门主课平均五十分都考不到的差生。

我端着饭碗逃到房间去了。

晚上睡觉前，东升红着脸祝贺我，说：“你以后一定会成为画家的。”说完就埋头缩到被窝里睡觉了。

初中马上要毕业了，东升变得越来越沉闷，读书也没以前刻苦，有时晚上八九点就上床睡觉，见了我也很少说话，问他什么，就答什么，从不主动挑起话题。周末他常一个人出门，我问他干什么去，他说去教室看书，几十分钟后，我却在野外的一棵大樟树下看见他在吹笛子。有时我半夜做梦醒来翻身，就会听见他轻轻咳一声，过了一会儿爬起来出去拉尿，回到床上继续翻来覆去。

有一天我妈告诉我，东升的父亲决定让他考师范，她和其他老师劝了好几天都没用，东升后面还有一个弟弟两个妹妹，他父亲一人拿工资供他们读书压力很大，只好让东升考师范早点出来工作。

我很奇怪妈妈说这些话时的表情，咂着舌，遗憾不已，像是谁掉了很多钱。我当时想早点工作是多好的事啊，不用上课，不用写作业，也没人追在身后管你。

考师范对于东升意味着什么，几年后我才明白，考师范就意味着上不了高中，上不了高中就没机会考大学，考不上大学，就到不了大城市，到不了大城市，就不可能找到像招弟那么排场的老婆。

我不懂东升的感受，也就谈不上安慰。

他把痛苦埋在心里，却祝福我有个美好的未来，让我后来回想起来很是心疼。

东升是个较真儿爱面子的人，从不乱说奉承话，他说我会成为画家，我就觉得，等长大了我真的会成为一名画家。

有天下午放学还没走到中学操场，两个胖乎乎的女初中生截住我，说我妈让她们来找我。我跟着她们穿过此起彼伏的《年轻的朋友来相会》的歌声，以为是带我去拿房门钥匙。

那时油坊中学的高中和初中毕业生正在搞毕业会演。我妈一天到晚忙着给各个班的学生排练合唱和舞蹈。

年轻的朋友们今天来相会

荡起小船儿暖风轻轻吹

花儿香鸟儿鸣春光惹人醉

欢歌笑语绕着彩云飞
啊亲爱的朋友们
美妙的春光属于谁
属于我属于你
属于我们八十年代的新一辈

再过二十年我们重相会
伟大的祖国该有多么美
天也新地也新春光更明媚
城市乡村处处增光辉
啊亲爱的朋友们
创造的奇迹要靠谁
要靠我要靠你
要靠我们八十年代的新一辈
……

这首歌的旋律和歌词被那些或高亢、或婉约的嗓子肢解成一小段一小段的，在油坊中学的教室、操场、豆地、厕所等每个角落欢快地飘荡着，氢气球一样总也不落。

我妈一忙起来就顾不上管我，常让我自己拿饭菜票去食堂打饭。

见了妈妈才发现这次不是那么回事。一伙年轻人围在那里轮流照相。照相机用黄色的木质三脚架架在教室后的草地上，样子像个木盒子，取景框上还盖着遮光的红绸布。摄影师头钻在红布里指挥被照的人摆好姿势，“往左站点，头别歪，下巴低点，笑一个。”然后抽出头，右手神气地在甩动中轻轻一捏气囊，说声：“好了，下一个。”

我还没喘匀气，就被妈妈拉到镜头前。

那些等着照相的教师和学生对着我评头论足。我又有了那种被当众枪毙的窒息感，想撒腿逃掉，被我妈一把拽住。

毕老师和春英也在一旁做工作，说：“你的画都登报了，还不要照个相做个纪念！”

这样，我就有了在油坊留下的唯一一张照片：身子僵硬地扭曲着，双手呆垂像受伤后无处安放的翅膀，头被摁住了似的紧张地歪斜着，表情也与之配合，眉头遒曲在额头凝起一道抬头纹，嘴似笑非笑羞涩地咧着。

这也是我少年时唯一跟妈妈的合影。她笑盈盈地站我右边，左手捏着根柳条搂着我的肩头，只有我知道，她的动作是在防止我逃跑。

许多年后，我常望着这张照片发呆，一九八一年清亮的阳光斜着照在妈妈的半张脸及身后的草地和围墙上，受光部分有种直抵抒情性的动人质感。

一个星期后我才完整地理解我妈那时的笑容，不仅因为我的画登了报，我们家还有一件喜事，县城的中学已决定调妈妈过去，外公都开始替她办手续了。

爸爸的大学还没放假，暑假前外公来帮我们一起搬运家具和行李。

见到外公我多么开心啊，他一见面就背着妈妈给了我五角钱，留给我买连环画和冰棒，还答应暑假带我去钓鱼。客车从手工业社门口出发缓缓驶离油坊时，我忽然意识到，我可能将永远离开油坊，离开它的春天，离开油菜地、豆地，离开徐老师、曼华、毕老师、春英、文胜和东升，车子艰难地翻过水库边的那道坡望见凉亭时，我枕着胳膊呜呜呜地哭了起来。

2013 年 5 月

篝火不是火土

上个星期，我收到一张言辞恳切的邀请函，我刚毕业时教过的学生在他们的母校油坊中学搞聚会，请我务必“拨冗参加”。信末还附了几个组织者的姓名和一句更有意思的话：“你无法拒绝这个秋天的深情。”

这些已差不多遗忘的名字忽然从时间的尘埃里跳出来，让我陡然发现了岁月的阴险和自己的大意。这些年，我不断从昔日同学的结婚请柬和越长越高的孩子身上发现这点。让我会心一笑的是信末那句诗意泛滥的话。我觉得它是那么熟悉，以致浑身有种发痒的感觉。

我坐在省城一家广告公司的办公室，利用四次电话的间歇回想起来了，那是我十年前在一堂语文课上对学生说过的话。以我现在的审美趣味看，是一种以幼稚为代价赢得的诗意。但我当时说这句话时极煽情，像一位教父在领引混沌未开的教徒。我的目光斜睨着窗外金黄的原野，一种和那句话一样浅薄的得意在面颊上流动。

二十岁左右，我常自我陶醉在这种表情里。那时我是个以梦为马的未名诗人，在报刊发表过许多类似的句子，一言一行也都具备行为艺术的诸多特征。这样的教师虽然不大会让校长满意，却极易被学生悦纳。用一位女生的话来说，像我这样的人，只在电影里见过。在十多年前的油坊乡下，这就是对一个年轻人的最高评价。学生至今还能背诵我当年不经意说的一句话，也从侧面佐证了我的影响力。但我对他们的成长到底有多大帮助，我却一点也不自信。我离开油坊后听人说，我教过的高一（2）班最终只有四五个人考上高校，大多是反复补习才上线的。

这就是我现在从南昌往油坊疾驰而去的原因。开车的是公司的同事小白，她人漂亮，车开得也漂亮，对我也有别样的亲近感，所以我经常邀她一起出门，喝酒后好由她驾车。她不太理解我对这次活动的重视，一个大学毕业才两年的年轻人，一直在城市的水泥地上走上坡路，还不懂得一个准中年人对青春足迹的怀念。她一面嚼着口香糖，一面取笑我可能在油坊留下过师生恋。发现我对这种怀疑真的很介意，才认真听我讲“你无法拒绝这个秋天的深情”的典故。

我首先沿着这句话走回了十年前的那堂课。记不起来是哪篇课文，反正我在板书生词时碰到了“篝火”。为了让学生们从此记住“篝”字复杂的笔画，我特意叫两个开小差的男生在黑板上默写了这个词。他们居然全写对了，而且字写得不坏。我很高兴，在他俩下讲台时随口问他们：“你们烧过篝火吗?”他们居然红着脸相视摇了摇头。

“就是篝火晚会上用木柴或者竹枝烧的火堆，这都没烧过?”

“火土倒是烧过!”讲台下有人自我解嘲。

火土是农人秋后用草皮和作物根系烧制的农家肥。那年秋天，几乎每天傍晚我都能看到一堆堆火土在旷野里升起的白烟。无论功效还是美学意味都同篝火晚会的火堆相去甚远。我读师专那几年，正是浪漫主义泛滥的时候，无所事事的大学生几乎每学期都要去郊外烧堆火做狂欢状。当我突然意识到讲台下那些十六七岁的少年不可能烧堆篝火感受诗意时，校园诗人的劣根性在血管里蹿动起来。我灵感突发地提高嗓门问他们：“电影上总见过吧？”

“见过。”一片懒洋洋的声浪。

“羡慕不羡慕？”我的声音散发出明显的诱惑。

“羡慕！”所有的眼睛和嗓音顿时明亮起来。

我在心里虚弱地叹了一声，知道冲动已把自己逼上了半空。我在讲台后念咒似的闭目思索了片刻，突然二目放光：“如果让你参加篝火晚会，再写一篇相关的作文，同意不同意？”要想让高一年级的大孩子一次把作文交齐是不大可能的，尤其是在心甘情愿的情况下。但在接下来的一秒钟里，那些可爱的学生用整齐划一的肯定回答让我体验了一回声震屋瓦。

当天晚上，我的计划差点在班主任不以为然的讪笑中触礁了。实际上我并未打算正式向他征询意见，而只是在晚自习遇到时随口通知了他一声。我以为他会像平常夸我一样说还是年轻人有想法，然后伸出肥厚的手掌在我后背鼓励性地拍两下。他确实拍了我两下，还笑出了声，但他接着说：“篝火不就是农村里烧的火土吗，有什么好玩的？”

他这么一说我也笑了。我当然不会去和一个五十多岁的乡村教师阐释篝火和火土不同的诗学内涵，只是咕哝了一句：“那还是不一样的。”便涎着脸等他放行。

他却故作关切地把我拉到走廊边的暗处，低声劝我：“烧篝火是大城市人吃饱了没事干时玩的把戏，乡下不作兴。千万别让人家说闲话。”

这下我更坚定了不睬他的决心，那几年我最不在乎的就是被人说闲话；甚至，十分乐意扮演世俗规则反叛者的角色。我刚到油中时就因为留着满脸胡子被许多同事说过闲话，还因为在上语文课时发出歌声受过教务主任的批评。我佯作心领神会频频点头把他撂在了走廊里。

第二天的语文课上，个人英雄主义情绪使我彻底背叛了班主任。我对那些易燃品一样的青春期少年说：“有人说篝火就是火土，没什么好玩的。你们同意吗?”

就不必描绘学生们的激烈反应了吧，总之我看到了革命派对保守派的绝对胜利。当我对着窗口说“你无法拒绝这个秋天的深情”时，在近六十双目光的哄抬下，我体验到了明星在舞台上特有的晕眩感。出于对班主任平日对我关心的回报，我宣布篝火晚会定于本周末在校外的水库里举行时，也要求同学不管是否参加都必须保密，尤其要对校领导保密。然后我就如何筹集木柴、汽油、夜宵等做了安排。当表决能否凑钱购买大部分物资时，从不参加娱乐活动的学习委员金光亮都咧着嘴举起了手。如果让他们出钱买学习资料，都不会这么爽快的。家里开馆子店的小胖子王财来拍着肚皮称，他将无私地赞助十筒面条。保密的要求使教室里的忙碌弥散出神秘的兴奋感。

我讲到这里，小白开始用目光搜索高速公路两边的山野。当她的左边连续掠过几个干涸、开阔、铺满衰草的水库时，她的情绪也被调动起来，不断惊呼："好漂亮哦。"不过她提出的问题仍摆脱不掉女性视角："这么浪漫的青年男老师，你们班的女生一定特崇拜你吧?"

"可能吧。"但得意只在脸上绽放了几秒钟就枯萎了。因为我想到了计玉华，以及晚会在我心里烙下的一块阴影。此后的几十公里路程，我向暗暗喜欢了我一年多的小白谈了一下计玉华。

那次篝火晚会之前我并不太注意这个还算漂亮的女生。在大多数农村中学，男教师的婚姻都是比较难解决的问题，于是师生恋相当普遍，只要不捅出篓子，也基本能获得校方的默许。但我总觉得这做法有点靠山吃山的味道，我感觉更糟的是这种关系发轫之初的不平等性。这让我与女生交往时表现出矫枉过正的谨慎。我常在课余和班上的男生打成一片，却告诫自己尽量离那些有点姿色的女生远些。很长一段时间里，我并未认真看过一眼计玉华这类外表不错功课也不错的女生。当然客观原因也是有的，计玉华从不像有些女生在周记里对语文课和我写些溢美之词，虽然她的课堂表现和作文都不错。即便在篝火晚会之前那几个群情躁动的日夜，她仍表现得极平静，以至我一度怀疑她对我的拥护程度。如果不是晚会上的那个插曲，我可能不会记牢这个普通的名字。

还是先回到十年前那个深秋的周末之夜吧。大约七时许，在学校围墙和三里外的水库腹地之间，一条由手电和火把组成的长龙悄悄地游动起来。那天晚上，除极个别寄宿生因下周生活费紧缺回家求援外，高一（2）班所有学生都赴了那次狂欢之约。一路上，他们互相照应、搀扶，表现出少有的集体主义温情。我像红军首长那样站在一块棉花地里检阅着队伍，几乎被自己的壮举感动了。

篝火选在水库中心低洼平坦的草坪上点燃，那儿地势低，不容易被外人发现火光，一侧还有片小树林，捡柴也很方便。当所有人围着浇了汽油的木柴席地坐下时，晚会便在一片欢呼声中开始了。

至今回忆起来，我仍觉得那是我经历的最感人的一次晚会。说起来，晚会的环节也很俗套：先是逐个站出来自我介绍；然后是表演节目，无非也是独唱，男女生互相拉歌，众人起哄让老师来个吉他弹唱，个别男生系着红头巾跳那年头流行的霹雳舞；最后是在火堆上煮面条。由于在场的是一群从未烧过篝火的农村学生，俗套的形式也衍生了不俗的氛围。在那样一个美好的秋夜，大家体验得最多的是感动和心灵的升华。

举个例子。班上最自卑的女生叫汪腮香，她从小父母双亡，由哥嫂供着读书，加上身材矮胖，平时从不在公众场所出声，未说话先红脖子。轮到她出场时，她居然唱起了《小草》。当然没人会嘲笑这首歌本身，由于它曾被一位喜剧明星用小品的夸张手法演绎过，不管怎么唱都给人滑稽之感，何况汪腮香的嗓音确实不成调，她一张嘴就引发了一阵窃笑。她停下来，有些哽咽地说："我长这么大从没像今天这样激动过，篝火真是太美了。"接着她流着泪艰难地哨完了那首歌，中途还跑了几次调，不过再也没嘲笑声了，火光映着大伙突然变得沉静的脸，只有柴草在噼啪作响。

问题出现在最后的自由活动时间。歌罢舞罢吃过面条，已届深夜十一点，按原计划应当班师回校，但在分享面条时学生们已经三五成群地分散恳谈去了，每拨人里都点缀着一两个女生。我像吆喝羊群归圈一样招呼了四五次，都无济于事。我兀自一笑，和金光亮等几个班干部留在火堆边听收录机看守东西。王财来蹲在地上拨我的吉他，身材高大的双差生盛将发卖力地默默劈柴。空气里除了低声谈笑只有被夜风吹得有些缥缈的收录机声，安恬得有些不真实。在《敖包相会》的音乐声中，我忽然想到晚会开始不久曾有几个远处村里的小孩过来围观，后来被盛将发轰跑了。似乎有心电感应一样，有些少年老成的金光亮也在同一瞬间提醒我："刚才我看到有人在小树林里抽烟，可能是集镇上的罗汉。"

头皮陡然一麻，我赶紧站起来让班干部把大伙召拢。十多分钟后，五十多人意犹未尽地聚到篝火边。盛将发突然惊叫："计玉华不见了！"

不祥的直觉破坏了整个夜晚的抒情性，男男女女一大帮围在一起讨论计玉华的去向。计玉华性格低调，她这个夜晚给人印象最深的是她朗诵的席慕蓉的诗，她读得比较平和，普通话也谈不上标准，但声音极温柔，像低声自语，有种内敛的恬淡之美。她没吃面条，大家夸大幸福感地抢食面条时，她一个人到树林边散步去了。这是一个跟计玉华要好的女生说的，后来她被几个男生拉去聊天了，也就没注意计玉华此后的行踪。

大家分头去寻找计玉华。二十分钟后，盛将发和一个女生在小树林往里六七十米处发现了计玉华。她头发凌乱，坐在一株马尾松下飞速地抹眼泪，对盛将发和那个女生的询问一言不发，是那个女生硬拽着才把她拉回来。大家一致的感觉是：计玉华在树林里散步时遭到了罗汉的袭扰和侮辱。只是没人听见过她的呼叫和任何动静。不过在那样混乱的气氛中，在那么远的距离，她即便喊叫了也不一定能被听见。

这就是那个美好的夜晚并不完美的结局。没人知道计玉华在树林里到底发生了什么，不管哪种猜测是成立的，它都将颠覆那夜篝火的暖意，因为一个星期后，计玉华以不辞而别的方式退了学。

这件事情的另一个后果是，我受到了校长绵里藏针的口头警告。班主任没有太介意我的背叛，不过他的宽容比校长的警告更有效地瓦解了我的诗人气质。当然，真正发生作用的还是我对计玉华的歉疚。作为一所普通农中，油坊中学每年能考上大学的毕业生少得可怜，或者换句话说，这所学校的办学方针主要不是为大学输送生源，而是为乡村培养有知识的新型劳动力，但计玉华以那样一种令人同情的方式提前回到农村，我总觉得是自己毁了她，如果读到高三，她完全可能考上大学。这种愧疚直到我一年后调回城里才稍稍减弱。

讲完这个故事，车子已到九江城外的收费站，南拐几公里过湖口大桥，离油坊就只需三四十分钟了。小白可能是被我回忆这些往事时的表情感染了，变得比我还深沉。她一手把着方向盘，一只手取出摩尔烟甩出一支点上，深呼吸一样吐出一缕青烟，很认真地问我："那这次聚会计玉华会来吗？"

"她怎么会来？不恨我对我就算是最大的安慰了。"我心里很清楚，会参加这次聚会的高一（2）班学生不会太多，能来的必定是考上了大学的和少数没考上大学但混出来了的人。同学聚会一般都是这个局面。

不过到现在为止我仍不清楚他们怎么想到在这个普通的周末搞同学聚会，并且那么热忱地要邀我来。主要组织者金光亮甚至在昨天打给我的电话里强调，老师只请了我一个，连带他们到高三毕业的班主任都没叫。这总让我心里有种说不出来的疑虑。加上这次我并不想去油中校内惊动老同事，去年油坊中学搞校庆时曾向我发过函，由于种种原因我没有来，只是象征性地捐了八千元钱。在距油坊还剩十几分钟车程时，我打了一下金光亮的手机，告诉他我不进学校，直接在集镇上同他们会面。我担心这样会打乱他们的计划，不料金光亮正中下怀地说，他们已经离开学校在镇上的工兴饭店等我。

经过两个多小时的疾行，我指挥小白将新买的智跑越野车停在油坊工兴饭店门口，在八九个昔日学生的簇拥下，径直走进了饭店二楼的大包厢。

现在我可以交代一下高一（2）班一些学生的现状了。有四人考上了师专和中专，其中三人分回本县，一个落户外省，金光亮从地区师专毕业后分在油坊中学教书，同时开了一家校园商店；大部分人高考落榜后外出打工，少部分人回家务农或开店做小生意。汪腮香是回家务农最早的一个，因为读到高二时她哥哥做生意亏了本。王财来子承父业接管了工兴饭店，没出去的人当中属他过得最滋润。挺意外的是，参加这次聚会的人当中，我不仅看到了汪腮香，还有盛将发这个当年语文只能考五十分的捣蛋鬼，他现在为镇上的私营客车主开车，面孔明显比从前沧桑稳重了许多。他们的出现令我多少有些感动。

餐桌上唱主角的显然是金光亮、王财来和我并未教过的油坊派出所干警占思成，他原来是高一（3）班的学生。说是同学聚会，话题却大多是针对我的。除了刚见面时谈了些当年在油中的事，他们更关心的是我公司的规模和个人的财富状况。王财来猜我的个人资产肯定过了五千万，金光亮甚至在敬酒时和我谈起了比尔·盖茨及乔布斯，似乎这些人物可以做我们的下酒菜。其实这些话题我一点兴趣没有，我的公司才刚刚起步，做公司也只是想换种更自由些的活法，在南昌我都不愿和人谈这些。

心情十分复杂，酒喝得就有些没情绪，弄得小白频频起身为我挡驾。

小白身高接近一米七〇，穿一身白色猎装，酷而且娇艳，她看我时的暧昧表情使我的学生们浮想联翩。他们又开始关心我为什么至今还不结婚。王财来甚至在瞟了一眼小白后赤裸裸地问我："听说现在大老板谈生意都要带小蜜，否则就没面子，是不是真的?"这个问题让小白有些不自在，我也只好答非所问地说了一句"反正我不是大老板"，就掉头去问勾头坐在一边的汪腮香的近况。

酒一直喝到两点钟，话题从乡干部的腐败谈到中国和日本到底该不该开战。没人提及那次篝火晚会，更没有谁建议我去水库边凭吊往事，而我此刻想得最多的便是这些。也许，他们是不想揭我的伤疤吧。

下午在包厢里唱歌时，我终于知晓了这次聚会的主要目的。金光亮、王财来想和占思成合股在集镇上开一家大型自选商场，希望得到我的指点并参股支持。自从我离开媒体开了一家小公司后，常有以前的熟人冒出来对我提类似的希望。他们打出这样的底牌我虽感失望，倒也让心里一阵轻松。我十分直接地告诉他们，我不会在陌生的行业参股，他们的商场开业时，我会打来两千元贺礼。

没按原计划在油坊吃晚饭，下午四点多我就决定离开了。临上车时，我抓紧时间和汪腮香、盛将发几个人聊了一会儿，因为他们是特意从十几里外来看我这个"电影里才有的老师的"。盛将发还有些羞涩地对我说："玉华叫我一定请你到家里去喝杯茶。"他奇怪的神情和话语让我半晌说不出话来。汪腮香赶紧补充说："他和计玉华都结婚五年了，你没听说吗?"

盛将发像当年被我提问时一样挠着头说："崽都四岁了。玉华现在在村小做老师。"

"是吗?"我大脑几乎白屏了，无法想象盛将发能娶上计玉华做老婆。他们不论是文化素质还是性格都相距太远了。

王财来在一边对着我坏笑："盛将发应该请你上坐的，真说起来还是你为他创造了机会呢。"

我不想理会王财来的言外之意，他的话也许揭示了某种生活的真实，但腔调让我极不舒服。在这样的场合，也不适合探讨这个在我看来太敏感的话题。我装作没听到接着问盛将发："她怎么不来玩一下?"

"村小晚上要开篝火晚会，她白天要准备东西。"盛将发说罢又邀请我去他和计玉华的家做客，一点也没有客套的样子。

很想跟盛将发走，甚至想看看计玉华的村小篝火晚会是什么样子，又觉得这想法似乎比十年前还冲动。见我在原地打转，小白在车上鸣笛催促了，我就势跟盛将发道了声："下次一定再来看你们俩。"

从油坊开到湖口，我都没说几句话，短短一天，我的感触实在是太多了。我打开车窗，让 120 迈的晚风给自己洗脑，太阳穴仍被酒精烧得灼热难耐。小白看上去比来时懂事多了，作为一个只玩过篝火没见过火土的城里姑娘，她对篝火和我的认识可能都跟以前不一样了。她陪着我沉默了许久，然后搡了一下我的肩膀让我用一句话总结今天的收获。我凑过去对着她的耳郭说："喜欢你。"她吓了一跳，高声问我说了什么。我再次俯过头去。

在接下来的五秒钟内，我们的车子在高速公路上跑了一次危险的蛇行。

2001 年

像幸子有什么了不起

对面走来的好像是施丹，虽然是逆光，我还是一眼把她从人群里区分了出来。

别的女生，走路没有她那种风度，她个头高，发育充分，走路鞋底如有弹簧，带动整个身体有节奏有韵致地抖动。去趟厕所也如在T型台上走猫步。更主要的，脸蛋有点像《人生》里巧珍的扮演者吴玉芳。

这令我时常头晕。

那个年纪，长着鹅蛋脸文静贤淑的漂亮女性都让我头晕。

我勾头看着路面，侧着身子往前躲避。

感觉到她有意放慢脚步，等同伴走远后，忽然斜行拦在我面前。

“‘弹子球’要逼我做他女朋友你知道吗?”这没头没脑的一句把我钉在学校大门口。这是她第一次和我说话，眼睛里好像还旋动着泪光。

我头嗡嗡响不知如何作答。她一甩头发，咚咚咚地往前冲着追赶同伴去了。

“弹子球”在追她?“弹子球”追她，她为什么要告诉我?她知道了我老在政治课上画她的背影，还是发现了我在心里喜欢她？

我很兴奋，当然也有些紧张。“弹子球”虽然坏了一只眼睛，块头却大得像电视里的俄国大力士，身边还有一帮整天把拳头捏得嘎巴响的体育特长生。

琢磨了整三天，我决定不对施丹的话做具体回应。是怕“弹子球”吗？不必撒谎，确实有点，高中部的男生基本都知道，“弹子球”的那只眼睛是和校外一个有名的罗汉斗殴时被打坏的，那个罗汉名气太大了，整个县城敢向他挑战的人也不会超过三个。“弹子球”这只像玻璃球样浑浊的坏眼睛也就成了斗士的身份证，到哪里都管用。

和“弹子球”相比，我更怕的是自己的父母。

我父母都是正宗大学毕业生，又都在教育局工作。作为他们唯一的儿子，我有义务替他们把书香门第的美名延续下去。至少，高考不能落榜。

我妈不止一次警告我考不上大学的可怕后果：“你不跳河我替你跳。”她不仅这么说，还把指头戳到我鼻梁上方威武地抖动，似乎我业已堕落到了必须马上跳河的地步。

她之所以动辄用这句话来恐吓我，是因为从高二之后，我的成绩就像遭遇熊市的股票，只跌不涨了。高一时我还是全班前三名，现在几乎跌出了前十五名。按我妈的话说，照这样的态势跌下去，等到高三，不跌到太平洋也要跌到印度洋。根据往年的经验，在我们学校，排在全班二十名之后考大学就完全要碰运气了。

这一切都是施丹的背影造成的。

实际上，施丹的肩膀是有些歪的，右边的总是比左边的略高些，走路时不觉得，一坐下来就特别明显。她的背影到底有什么魔力我也说不清楚，反正上课时我就把它当黑板来看了。隔着许多人头，一面研究一面胡思乱想。

我不可能遇到比施丹更适合做老婆的人了。当时，我就是这么想的。

除了小学更朦胧的那次，可以这样说吧，施丹是我真正喜欢的第一个女性。

越是喜欢，就越要压制自己。这点理智我还是有的。所谓欲速则不达，一切都等高考结束那天再开始吧。

除了上课偶尔画画她的背影，我并未有任何过分的言行。

别人并不这么认为，有天下课骑车回家时，两个穿运动装的人骑着车把我夹在中间，不时地用车把碰我。明显不是我们学校的人，我抬头仔细打量他们时，个子小些的那个吊着眼角瞪着我轻蔑嘲讽地说：“好好念你的书吧，离施丹远一点。”然后，扬长而去。

路上人多，肯定不止我一个人听到了这句威胁。我感到满街的人都在观察我的反应，我的脸被他们的注视烧得通红。

我不是一个勇敢好斗的人，但如果尊严遭到羞辱，我会比平常勇敢十倍。这件事发生后，有几次，我有意在放学时和施丹同路回家，当然，还有她要好的一个女生，到了县广播站宿舍施丹回家后再分开。

我对她没有任何表白，甚至没单独说过一句话，不过施丹似乎很满意我的表现，每次分开时，都会回头用眼角的余光轻柔地抽打我一下。

这温柔的鞭子最终给我惹来了真正的鞭子和拳头。

我还是低估了“弹子球”的决心和心机。起初我并不认为他真的就那么在乎施丹。他在理科（3）班，怎么会一心一意地盯上我们班的施丹呢?！文科班的漂亮女生绝不止施丹一个，我们（1）班还有詹燕，长得好，学习更好，又红又专。（2）班还有龚丽丽，大家都说她像《血疑》里的幸子，她也如大家所愿，常年留着幸子的发型，很清纯很东洋的样子。

如果有人喜欢龚丽丽和詹燕“弹子球”也会管吗?！追施丹受挫后他不会移情龚丽丽和詹燕吗?

还有一个问题，“弹子球”从高一开始就不断地受处分，要不是家里打点了校长，加上他体育成绩尚可，有可能为学校争得一个录取体专的指标，那只玻璃眼的诞生让他在高二上学期就该被开除了。

离高考还差一年，他会为了和我争夺施丹自毁前程吗?！

中午上学的路上，那两个穿运动服的小子又堵住了我，这次他们不是用车龙头磕碰，一上来就用脚把我的自行车踹倒在地。街道骤然倾倒。然后，拳头就像幻影一样席卷过来。这个时候我的大脑一片空白，只是凭着本能仓促还击。个子小的那个狞笑：“你还敢还手?！”抽出皮带猛抽过来。

时间大概是中午一点半左右，阳光白亮一片，路上行人稀少，街边店铺里的人大多在打瞌睡，就是醒着的人也张着嘴巴不敢出声。

在我们县城，这样的场景几乎每天都在上演。那年头，年轻人发生矛盾时，拳脚比嘴巴更有发言权。我们当然不能只怪《少林寺》和《霍元甲》，我们县的人多是渔民的后裔，血液里本有剽悍好斗的基因，那些武打片不过是唤醒了身体对暴力的嗜好。打群架时，手脚被刀斧和鱼镖砍断是常有的事。

如果不是李河生及时出现，这次我怕是要吃大亏了。

李河生脖子上挂着书包骑车横撞过来，把我和对手隔开："做什么做什么，打死人不犯法是吧?!"

李河生是我们班的体育委员，学习不好，个子不高，但身体素质绝对一流。冬天不穿棉袄，春天一到，下身就穿绵绸灯笼裤，上身从四月起就只套着一件无袖黑T恤，以便露出黝黑结实的肌肉。

他到底有多少武功无人考证，不过他早晨和晚上都要打沙袋是有人亲眼见过的。

那两个人可能是知道李河生吧，怔了片刻，砸下一句话扭头走了。

还是那一句："好好考你的大学，离施丹远点。"

李河生把我拉到河边替我面颊消肿。末了，笑微微地问我："你真的喜欢施丹吗?"

我和他素无深交，但他的古道热肠是全班人都知道的，可能是受了武侠小说的影响吧，脑子里充斥了行侠仗义的念头。班上农村籍学生遭到城里地痞的敲诈，总是由他出面摆平。平常在街头看到老年人拉大板车上坡，也会主动上去帮着推一把。

我对他承认了自己的心思。

得到我的信任使他倍受鼓舞，作为回馈，他告诉了我他迷恋龚丽丽的秘密。这倒让我颇感意外，他和龚丽丽，无论外表、气质和家庭条件都相距甚远。暗恋龚丽丽的优秀男生也大有人在，比方说，他们班的学习委员王志杰，每次考试都是文科班前三名，而且皮肤白净，身材修长，和龚丽丽合称（2）班的才子佳人。李河生的武功再好，他怎么可能一掌劈开这对大家公推的金童玉女呢?

“你告诉她了？”

“没有。”李河生说，“告诉她做什么。”

他是不是心里也压根儿不抱希望才这样说？我没问他。我觉得这样问他都是罪过的。毕竟，人家救了我。

“‘弹子球’不敢真对你怎么样，他现在体育成绩上升得很快，不会随便做浑事的，只会叫外校的朋友出面吓唬吓唬你。”李河生安抚我说。

似乎是为了坚定我爱慕施丹的决心，他从胸前的旧书包里掏出一把弹簧刀，砰的一声打开，明晃晃伸到我面前：“我舅舅从部队偷回来的，先借给你用段时间。下次他们再敢截你，就拿出来摆几下。他们晓得这东西的厉害。”

雪亮的刀面折射着他的面容。他看着我，诡异地一笑：“千万别真刺人，这刀子认得血，一见血就不听你指挥了。”

李河生说，他小舅在云南前线当侦察兵时，用这把刀割过两个越南兵的颈动脉。

后来那段日子，这把刀就一直悄悄地别在我右后腰的皮带上。

有句话是怎么说的，男人身上一有武器，腰板就会特别直。反正是这意思。有那把小巧的弹簧刀撑在腰上，我确实自信了不止十倍。不仅不怕在路上被人拦截，还热切地期望再遇上那两个小子。

有一次下午放学早，路过煤渣跑道时看见“弹子球”等人正在沙坑边练习立定跳远，我非但没有绕行，还有意往那个方向走近了几步。当然，心脏在突突地跳，感觉到腰间那股坚硬有力的寒气时，心跳又稍稍平和了些。

“弹子球”叉着腰站在初夏的夕阳中，身影敦实庞大。他可能看到了我，扭头扫过来一眼，又继续背过脸去看着同伴起跳。我的身影并未引起他的注意，更没有给他带来半点警觉和不安。

他是从此不再视我为敌，还是在酝酿下一步对策呢？

管他呢，有弹簧刀撑腰，我就谁也不怕了。

我继续在课堂和梦境里独占着施丹，在想象中和她过着甜蜜的恋爱生活。

需要说明的是，在那时的意淫里是没有性的。那个时候我的爱与性是完全分开的，也有女性出现在性梦里，但一般是面目模糊的成年人，绝对不会是施丹。我对她的想象，顶多到拥抱为止，因为没有实际操作经验，接吻都很少发生，更多的是一起看电影、吃雪糕和骑车郊游，极其小儿科。

放学时仍会不时和施丹她们同路。施丹也没有进一步的表示。我都不表白她怎么好意思率先捅破这层纸呢？离毕业也就一年零两个月了，她的基础不算差，静下心来大专肯定是能考上的。

李河生并不像我这么克制自己。如他所言，他从不向龚丽丽袒露心迹，却不断干出一些匪夷所思的事情来。

有一次课间休息，我们一帮男生正在二楼的走廊上无聊地谈笑，龚丽丽抱着本书从教师办公楼往我们这边走来。她身材瘦长，穿着雪白的日式短裙，目光忧郁地静静走着。在我看来，多少有点矫情，至少，有点刻意迎合大家的赞美的意思。不过，还真有点幸子的味道。

走廊里瞬间安静下来，大家都假装无意地用眼角看着楼下的丽人行。

“你们谁敢从二楼跳下去？”李河生打破沉默问大家。

“神经！从二楼到地面起码有五米，有本事你跳啰！”有人激他。

“我跳下去你请我们每人一盘粉可以吧。”

那人探头认真目测了一下走廊和地面的落差，不等他把“行”的音发完，李河生翻过木护栏，噌一声跃下去了，就像一道黑色的闪电，划过龚丽丽的视线，嗵的一声落在她身侧半米处，差点砸在她头上。

确实是嗵的一声，我们在楼上都感受到了耳膜的强烈震动。虽然他落地时双臂还保持着大鹏展翅的滑稽造型，但那嗵的一声还是表明，这五米多的高度对于他的轻功而言还是太高了些，他双手握住左脚，姿势怪异地坐到地上，但并没有发出任何痛苦的声音。

我们像潮水一样涌下楼去，发现他的脚踝像被吹了气的猪脚一点一点鼓了起来。

龚丽丽显然被这个天上来客吓住了，抱在胸前的书都差点从手里脱落，不过她很快恢复了镇静，一定神，一扬脸，咚咚咚直接上楼梯了。似乎这事和她一点关系也没有。

在她看来事情确实和她无关，不少人也这么认为。因此李河生为了一盘炒粉跳楼扭伤脚踝的笑话流传一时。不过大家很快明白过来，李河生虽然学习不好，但还不至于傻到为一盘炒粉跳楼的地步。

在家里休养了半个月之后，伤还未好全，李河生就回到班上来了。一回来就拖着那条一瘸一拐的伤腿揍了（2）班一个名叫占军的男生一顿。

原因也很简单，放学在走廊的公共地带打扫卫生时，李河生说占军把（2）班的灰尘扫到了我们（1）班的空气里，就冲过去缴了人家的扫把，还顺手给了人家当胸两掌。

占军个头一米七五左右，比李河生高半个头，但被打惯了沙袋的两掌猛击之后，居然连手都没敢还，只是嘟嘟囔囔地说："可以，记得今朝的事。"不知是威胁李河生，还是用于激励自己勿忘今日之耻。

这事发生时我不在现场，不过有一点可以肯定，以占军那种外强中干的个性，绝不敢故意对着李河生把（2）班的灰尘扫到我们班的领空来，这不是以卵击石没事找抽吗?！那就是李河生贼喊捉贼倒打一耙了。不过，事情不会这么简单，在日常生活里，李河生并不是蛮不讲理的人，甚至，可以说彬彬有礼，不到万不得已，绝不会主动对他人动武。古代的侠客就是这样的。

很快就听说了，这个占军正在猛追龚丽丽，老是让同学帮他递纸条。

比较一致的舆论是，龚丽丽根本就看不上占军，所以才会将他的纸条交给老师把事情捅出来。她真正心仪的人是学习委员王志杰。龚丽丽的成绩很差，考大学是一点戏也没有的，如果王志杰考上了北大，就可以带她离开县城去北京生活了。

前面的说法是可以印证的，至于龚丽丽的心理活动，我们就无从洞察了。从来也没有人见她和王志杰说过话。他们已经开始谈恋爱，还是彼此默默有着好感没有挑明？我们连这个都搞不清楚，就更别说她对未来的盘算了，不过从事理上看，她这么想也是符合逻辑的。

天气越来越热了，别在腰间的弹簧刀也越来越显山露水了。有次上体育课时我做引体向上，衬衣被扬起，露出了别在皮带上的刀身，一个男同学眼疾手快一把摸过去，正想惊呼他的发现，被李河生一把抢过去。这个过程前后不到三秒钟，顺利躲过了体育老师的眼睛。

就这样，弹簧刀又顺理成章回到了李河生那里，像一条冬眠的蛇，静静地蜷卧在他的书包里。

我也不好意思刻意索回。腰间空了之后，心里也空了许多，走在路上，就没有过去那么自信了。

见鬼的是，弹簧刀一离开我，危险就像一只闻到腐肉气味的秃鹫，迅速地向我贴身而来。

下午放学的路上，又隐约能看见“弹子球”那两个哥们儿的身影了，他们戴着墨镜，身子半站在自行车上在放学的人群里张望我。可能是见李河生在我身边，最终摇晃着身子骑远了。

李河生无形中成了我的保护神，不过我和他的关系并未因此而更加深入。除了同在文科（1）班，我们基本没有相同点。他性情开朗，我个性孤僻。他酷爱武术，我只爱画画。如果硬要找相似点也还是有的，我们心里都装着一个虚幻的身影，而且，对于感情，他和我一样单纯，甚至，有过之而无不及。不过这也算不上什么，那个年纪的男生，大多有着类似的小秘密。

和“弹子球”一样，李河生和社会上的一些罗汉也是有着千丝万缕的联系，有些人是他的邻居、小学和初中同学，更多的是用拳头打出来的朋友。这些都是公开的秘密。在许多人看来，李河生也就是半个罗汉，社会关系混乱，精神低俗堕落。只有我知道，他在感情上的纯洁和在社交上的复杂反差极大。

他不仅从不敢向龚丽丽靠近，也不允许自己在想象中接近她，如果做梦时用身体亵渎了龚丽丽，醒来就会用弹簧刀扎自己的腿，觉得自己很不洁。他认为谁都不配龚丽丽，占军、王志杰，还有他自己。

“如果她喜欢王志杰，一定是被骗中了他的圈套。”李河生肯定地说。在他看来，龚丽丽简直是从天庭下凡的圣女，谁接近她都是对她的亵渎。

李河生是把我当作同道才告诉我这些的。他本想告诉我更多东西，但他把我视作同道的理由使得他没有机会告诉我更多。

他单相思龚丽丽这种女人同我与施丹彼此心仪怎么能混为一谈呢？如果不是因为他对我特别友善，我会认为他这种心理对我几乎是种侮辱。

受不了他那种引我为旷世知己的热切眼神。期末考试之后，我就逐渐地减少了和他的交往。我们本来就不是一条道上的人嘛。

如果不是暑假要补课，会不会发生后来的事呢？有时我会这样想，但这个假设其实没有任何意义。事实是，高二那年暑假，学校为了和一中拼升学率，冒着酷暑补了一个月的课。原计划是补一个半月的，是李河生给我们压缩了半个月。

暑期补课，上午正式上课，下午是自修。下午老师不上班，学生可以来校，也可以在家自习。

我们学校是比一中历史还悠久的重点中学，学风也一直胜一中一筹。学校不要求下午来班上自修，我们这些走读生大多还是会到班上来。农村来的寄宿生都有着“吃得苦中苦，方为人上人”的信念，下午尽管没有老师监督，大家还是会认真地在教室里做习题背英语。来学校和他们一起复习，效果都比在家孤军奋战好很多。

李河生是公认不可能考得上的人，也每天挂着书包来教室混时间。也不捣乱，坐在邻近走廊的教室后门口看《三侠五义》，或者帮农村籍的同学处理租房子等麻烦事。

七月的最后一天中午，我出校门时又被“弹子球”的哥们儿跟踪了，这次他们不是两个而是四个人，而我是单身一人。他们的自行车突然加速朝我冲来，我感觉不妙，赶紧往一条一次只能过一辆自行车的小胡同里骑，他们的叫骂声从空中猛追上来，追上来的还有几块沉甸甸的砖头，两块砸在自行车上，一块砍在背上。当时并没有任何知觉，回到家，才发现后背肿起一大块，稍一弯腰就疼得龇牙。

屈辱和仇恨控制了我。那个下午，我没有去学校，趁父母不在家，挨房间翻箱倒柜找东西。我想，我绝不能长期处于被动挨打的地位。我记得父亲在恢复高考前学习过木匠，我们家的一些旧家具就是他亲手打制的。

花了半下午的时间，终于在杂物间找到父亲十几年前用过的那把锈迹斑斑的小木工斧，又花了半个小时把它磨亮，把斧柄锯短至适合放进书包的长度。

等这把木工斧再次把我的腰杆撑硬时，下午就悄悄溜走了，暮色充斥了我的房间。我没开灯，摸着黑，在脑子里反复演练明天把“弹子球”和他的几个狐朋狗友砍得人仰马翻的情景。

不知是因为激动，还是因为磨斧子时太用力，衬衣被满溢的汗水牢牢地粘贴到了背上，伤口一阵火辣辣地痛。

这天，父母下班比任何一天都晚，等他们回来我才知道，学校在我缺席的这个下午出了大事。

不等他们把事情说清楚，我骑上自行车就往学校猛踩，忘了仇恨和背上的痛。

还没进校门，就感觉到气氛的异样。从校门口到高二教学楼之间的空地上到处是三三两两低语议论的人群。肉联厂的一辆货柜车正在楼下卸冰块。公安局的一辆吉普车分开人群向校外冲去。

一个中年女人的号哭从白皮吉普车的窗口传出来，像迎风飞舞的黑色绸带一样，掠过人们的头顶向夜色深处飘去。

许多年后的今天我仍记得这特殊的哭声中喷薄而出的绝望和凄凉。

凄凉的中心在我们班的教室。整个教学楼都没有学生上晚自习了。学校保卫科五六个教工和两个穿制服的民警面色凝重地守着教室前后两个门，不让无关人员靠近。我借口到教室的抽屉里拿本重要的书，尾随着搬运冰块的人进入教室，日光灯大开，课桌堆在四周，教室中间被腾出一块空地，最中间的位置铺着几张草席，一具年轻颀长的身体僵硬地躺在上面。

没有看见血和眼睛，但那张白皙英俊的脸还是依稀看见了。只是，似乎比平常要白许多倍，像一张被过度漂洗的纸。

那异样的白把我的目光猛地弹了回来，浑身的血液瞬间冰冻了一样，许久才恢复流动。

关于事情发生缘由的议论各不相同，对过程的描绘却大抵一致。

下午自修课课间休息时，李河生在走廊用脚把急着去厕所的（2）班学习委员王志杰绊倒，王认为李是故意挑衅，口角后当场打起来。文弱的王不是李的对手，回班上十几分钟后，和占军等三个男生卷土重来，冲进我们（1）班教室袭击李。王还是徒手，占军等人则举着红砖一顿狂拍。李猝不及防，身体和头部均被击中，情急之下，从书包里掏出一把刀，也不管占和其他人，直奔王志杰腹部而去，一刀刺进对方的脾脏。王来不及挣扎和叫喊，像麻袋一样软软地瘫倒在地上，等老师闻讯赶来时，已经没有了呼吸。

李河生跑回家后才得知王志杰的死讯，当即在父亲的逼迫下到公安局自首了。

这件事在我们县轰动一时。不久，地区和省里的报社也派人来采访了。事情的性质很快也确定下来，是早恋引起的仇杀。

据说，李河生在看守所也承认了，他就是不能忍受王志杰得到龚丽丽的结局。

不过龚丽丽在接受调查时说，她确实听说过王志杰喜欢自己，但他们没有恋爱关系，连单独交往都不曾有过。至于李河生，她根本不认识，甚至不知道学校里还有这么个人。

暑期的补课因为此事提前结束，高三第一学期开学时，一切又都恢复正常，我们仍旧坐在那间停放过王志杰尸体的教室里上课。龚丽丽也照样梳着幸子头在隔壁班出入。只是，整个高中部的气氛较往常沉寂了许多。

大家都被刚刚过去的悲剧和一种不祥的预感压住了头。

十一月底，预感变成现实。老师突然通知高中部的全体男生去县城五一广场参加一场重要的宣判会。

有人说，李河生原本可以不判死刑的，他的实际年龄距十八周岁还差两天。王志杰父母闹得凶，硬说他临时改动了户口。李河生家里很穷，也没有任何社会关系，加上理亏，也就认命没有去活动。另一种说法是，法院也知道李河生未满十八周岁，但上面有领导说，要以严打的精神，利用李河生这个案子狠狠震慑一下全省那些处于危险年龄的高中生。

不管哪个说法属实，在那天的五一广场的主席台上，我们看见了五花大绑胸前挂着一个大红×的李河生。

他年龄小，个头小，夹在一伙成年强奸犯、抢劫犯和纵火犯中间，显得极不协调。因为剃了光头，又被关了几个月，皮肤白了许多，样子看上去有些陌生。不过他的神态一点没有变，嘴角始终挂着对一切满不在乎的微笑，还不时想低头到人群里来寻找熟人，身后两个身材高大的民警当即摁住了他青黢黢的光头。

法院院长用土味很重的普通话宣判李河生死刑，押赴刑场、立即执行时，李河生嘴角的浅笑忽然奋力绽放开来，像一朵无比娇艳执拗的花。

这时，我感觉到人群下意识地往后退了半步，我身体的感觉也十分明显——躯干冰凉，双膝发软，头埋下去用力地正对着地面，没有勇气迎接李河生努力搜寻什么的目光。

我心里乱乱地设想，如果李河生没出这件大事，我会不会真在第二天使用那把锋利的斧子？如果使用了，哪怕是自卫，我是不是也会站到这个台上来被宣判呢？我是否也会在十八岁不到时，被一个大红×和一颗子弹从这个世界轻轻抹去？

这是我中学生涯最惊心动魄的一刻。

那之后，我把藏在书包里的木工斧放回了杂物间。“弹子球”那几个三中的朋友，也再没有找过我的麻烦。

或许，这就是上面所期待的震慑效果吧。反正在接下来的半年中，我们学校再也没有打架事件发生，也没有所谓的早恋事故发生。

高考时，我以全班第十三名的成绩录取到省城的一所本科学校。

施丹超常发挥，录取到北方一个省会的外语学院。龚丽丽没有悬念地落榜了，“弹子球”则出人意料地考上了地区师专体育系。

那年夏天，在去大学报到之前，我做了两件事。

一是和几个同李河生关系较好的男同学一起，去看望了一下他的父母。他父母是菜农，住在城乡结合部的北关。房子是低矮的旧瓦房，有个用鹅卵石砌的小院落，院子里有棵枝繁叶茂的柚子树。我们到达时，他父亲正在菜地里浇粪，母亲在枝叶墨绿的柚子树下纳鞋底。

茶水是他读初中的弟弟端上来的，上茶后，他就毫无声息地回到屋里的饭桌上写作业，身上全然没有他哥哥的尚武气息。

那时我们都年轻，不知道怎么安慰一个被丧子之痛洗劫过的家庭。倒是李河生的母亲，反过来安慰我们，她挥动着手里那枚针说：“人都会有那样的年纪，心眼跟针眼一样细。其实，过了那一关，什么都默（方言，“想”的意思）得通。怪河生没这个命，像你们这样多好哦。”

当时，我们只是觉得，这位只读过两年小学的母亲不仅坚强，而且很大度。在后来的岁月里，我渐渐发现，没有文化的人，对命运的解读往往比所谓的知识分子更通透。他们没有一套一套的理论和复杂的论证过程，却常常一语中的。

我做的第二件事是，首次离开父母，一个人去三峡旅游了一次。在去往巫山游轮的三等舱里，认识了我真正的初恋女友韩嫣。自然，我当时肯定认定她是漂亮的，她也有张端庄的鹅蛋形脸，举止比施丹更洋气。不过她让我一见钟情的，是一口纯正好听的普通话。她从小生活在北方城市，普通话好是十分正常的。对于我这个只见过说方言的姑娘的县城青年来说，这个很正常的优点却散发着迷人的魅力。

我们在巫山一分开后就开始恋爱了，先是写信，后来是坐火车约会，共持续了四五年。

这期间，施丹也在大学谈了男朋友，毕业后随男朋友分到北方一个小城。前几年她回老家路过我所在的城市时，还请她吃过饭，那时她儿子已读初中。整整一个中午，我们天南地北扯了许多人和事，只是谁都没有提及当年那种未被明确定义的感情，不知她是真的淡忘了，还是时过境迁没兴趣提及，反正一切看上去就像从未真实存在过。“弹子球”高考后狂追施丹未果，在师专时谈了个人高马大的体育系老乡，毕业分回县城后也结了婚。

前年的春节，我回县城的父母家过年，在街上逛店时邂逅了一家三口。女儿看上去像是刚从外地的大学放假回来；父亲发际线后退，虚胖，走路摸着肚皮，眼神空虚却志得意满，如同县城里机关里大多数普通的公职男人；母亲瘦高羸弱，已届中年了仍把自己打扮得像是女儿的表姐，发型和衣饰的每个环节都显露出与时间对抗到底的不懈努力。

那张被时间揉皱的脸，那种不贴切的少女般的发型，瞬间让我想起一个遗忘了许多年的名字。

她看了我一眼，似乎认得我，恍惚的凝视终是退了回去。

我其实认出了她，却也做出如是表示。

说实话，我当初不觉得，现在更不会觉得，一个女人长得像幸子会有什么了不起。不信你去问问身边那些二十多岁的男生，有几个人知道幸子是什么东西？

2009 年 5 月 20 日

你离天鹅有多远

“天鹅是世界上最忠贞的动物，他们严格遵守一夫一妻制……”导游说到这句，喉头松开，油光光的脸上露出自信的笑，抬手挪开播音器喝了一口保温瓶里的水。满船人的目光都在欣赏他小口啜饮的动作，只有两个小孩不顾家长的劝阻伸手到窗外去够船舷时高时低的浪花。

刚才讲述湖的面积和湿地建设时，大多数人都在用手机拍窗外的水面、蓝天和雀跃的白色浪花。

快艇一颠一颠地破浪前行，船上的人有如骑在马背上，注意力快被颠散时，导游终于说出了天鹅是怎么遵守一夫一妻制的。

“如果男天鹅被猎杀了，女天鹅就会从天上合拢翅膀跌下来自杀。”导游正想展开来描述，一个年轻姑娘打断他，“为什么总是女的殉情，如果被猎杀的是女天鹅呢?”她表达不满时还撞了撞身边人的胳膊，似乎在问导游的同时，也在质问那个高胖小伙子。

“那男天鹅就会从空中撞下来自杀。”导游的回答紧追着那姑娘问号的尾音，快得像是电脑程序的自动回复。

悲怆的情绪以沉默的方式在船舱内膨大炸裂开来，引擎声、风声和窗玻璃清脆的震动声特别突兀，比之前任何时刻都折损耳膜。

上次来这里时，另一个导游也是这么说的，到了这个环节，船舱里该安静下来了。李东松了一口气，低头把相机调成了高速连拍模式。

“那……那如果天鹅从天空中跌下来没死怎么办？”是前排一个尖锐的童声。李东循声找去的目光被座椅靠背挡住了。一个长发女子侧脸朝左边的椅子白了一眼。

“那就再飞起来从空中跌下来。”导游扬着眉用下巴画了半个圈。

“如果还没有摔死呢？”小孩声调里透着逼问的得意。那个貌似妈妈的女子轻声埋怨了他一句什么话。

导游走上前一步奖励似的伸手摸了摸男孩的头，大声说：“殉情的天鹅如果三次都没摔死，就会沦为鹅奴，成为其他天鹅的护卫和保姆。”

“那也太悲惨了吧。”一个小伙子瓮声瓮气地说。

“按道理天鹅群应该把它养起来。”几个年轻姑娘都这么说。

李东干咽了几口空气，眯着眼远眺亮晃晃的湖面，几只白色的湖鸥迅疾地彼此追逐上下翻飞。

“天鹅！天鹅！”几个小孩盲目激动着。

导游正了正嘴边比冬枣还小的黑色送话器，清了清嗓子大声说：“不要以为白色的就是天鹅，天鹅在岛那边的大湖里，大家别着急，跟着我慢慢看。那边的天鹅可不是四只五只，你们猜有多少只？”

“四十只。”又是那个男孩。

“五十只，不对，六十只。”不只是小孩，一些大人也参与竞猜。

导游脸上又浮现出家有宝藏忍不住要说出来的表情，但他清了清嗓子，像用笼子关老鼠一样克制住了喉咙里的肤浅。

“到外湖你们自己数吧。只要你数得清。”导游咂巴着嘴唇说。

所谓的岛，只有四五个足球场那么大，中央地势略高，四季不落叶的樟、栲、楮等高大乔木足有几百株，树冠彼此衔接，像波浪一样汇聚成一片墨绿的海洋，遮挡了东西和南北向视线的贯通。一条五六米高的堤坝把岛和三四华里外的村庄连接起来，坝顶可并行两三辆小车，岛就成半岛了。

湿地科学馆在内湖这边，大家跟着导游进去，半个小时才能参观完。李东留在门口拍荷塘里的枯叶。这种馆进过一次的人一般都不会看第二次，展板很多，标本却少，仅有的那些候鸟标本，也像是毛手毛脚的学徒做的，用绳子垂挂在展厅的半空，有的羽翅上还停了灰，人在下面走过，有种进了儿童乐园的感觉。

陆续有人出来，站在荷塘边晒太阳，也有人手牵着手绕着荷塘散步，逆光拍过去，还是不错的剪影。李东坐在长椅上无聊地拍剪影，然后放大查看效果。里面有高胖小伙子和他矮小瘦弱如鹭鸶的女友，身材差破坏画面。另一对女的个子很高，身材很好，但身边男的身材却有些臃肿，头顶的植被也有些欠缺。他本想删除，两只水鸟炮弹一样从头顶掠过，他举起相机，只拍到一串背影。

去外湖的草洲也要坐船——一种油漆成绿色的塑料竹筏，每个竹筏后翘着一只轴很长的螺旋桨，行进时螺旋桨沉在水里，驾驶员往下一压把手螺旋桨浮出水面筏就停了。快艇上的人被分到两个竹筏上。候鸟在草洲的最外缘，竹筏顺着一个河湾似的水道你追我赶往草洲深处前行。

虽然不时有大群的鸟在天际起落，但竹筏之间的速度比赛吸引了大多数人的注意力。两边的小孩还拿起竹筏上的竹筒喷水器玩，经过短暂的试探后，开始互相对射打水仗。

“宁宁快住手，水很凉的。”那个问题很多的男孩不断被他母亲呵斥，但就是住不了手，他时而对着天空喷，水柱被风吹成水雾洒落下来，四五个人脸上都凉丝丝的；等两个竹筏靠近时，就突然向对方横射过去，他的本意是射那边一个年龄差不多的男孩，但那男孩很善于躲闪，水柱就直直地击打到大人身上。被击中的人嘻嘻哈哈笑起来，宁宁更来劲了，不停地射过去。

突然，嘎嘎的笑声止住了，气氛显得有点尴尬。他射中了一个中年男人的脑门，把他岌岌可危地横搭在秃脑门上的一绺头发射乱滑稽地垂挂下来。这头发是头顶最后的掩护，连接着敏感的神经和自尊。在一片担忧的讪笑中，他自嘲地嘟囔了一句什么，抬手把湿漉漉的发丝抹了回去，动作快且自然。

尴尬像被石子击中的水面迅速合拢，只是宁宁手里的喷水器被他母亲粗暴地收缴了。“这样的天气玩水会感冒的。”她埋怨地望着笑嘻嘻的驾驶员。

两岸的草洲越来越开阔丰厚，绿油油的，由实及虚向大湖深处延伸。

“这就是著名的江南大草原。”导游在那条竹筏上迎着风大声说。所有人的眼睛、手机、相机的注意力都投向江南大草原。

那张神色自嘲地整理发丝的白皙面孔一直在李东眼前晃动。这张面孔肯定是见过的，是小学同学？旧时邻舍？还是有过一面之缘的某个陌生人？

他使劲调动每一个脑细胞也没得出结论。这种情况近几年不时发生，他自嘲为中年痴呆，也因此更加确信了摄影的价值，它不仅仅是审美，也是一种确认，对阳光的确认，对大江东去的时间的挽留，否则，他那双习惯了拿画笔的手是不屑于拿相机的。

大家弃舟登岸，跟着导游沿木栈道往前快步走，李东走在最前边。上次来这边是夏天，只拍到些鹭鸶和其他夏候鸟，没拍到天鹅和大雁。几天前一个朋友说在这边拍到不少天鹅，他周末一到就开车来了。

本来妻子也要一起来的，他平常周末出门拍片子，她一般都会跟着。她学声乐的，不喜欢摄影，却喜欢当人像摄影的主角。从二十五岁到三十五岁，她都是他照片里的主角。这次没来是因为有个亲戚的小孩结婚要去喝喜酒。还有个原因是路太远，五百公里的路程，坐车实在太辛苦，而且这次他主要是拍鸟，她也不想和天鹅争主角。

一开始他只是快步走，后来一路小跑，把导游叽里呱啦的声音远远地甩在了后面，因为他听到了大雁和天鹅的喧闹声。听那声响，不是几只几十只，而是几百只上千只，声浪高一阵低一阵破空而来，就像湖水中有个喧闹的城市。

他跑了很长的路，却未离喧闹的中心更近。栈道外面是淤泥很深的湖滩，候鸟们在湖滩那边的浅水和沙洲之上，有的把喙伸到水下呷食，有的把头弯成 S 形优雅地浮游，有的把头埋入翅膀睡觉。这些他是在四百毫米长焦镜头里看见的，眼睛离开相机，只能望见白茫茫和黑压压一片，白色如贝壳的是天鹅，灰黑如石块的是大雁。

四百米长焦也只能拍到大场景，无法拍特写。相机快门像马达一样咔咔咔地连续运转，一口气拍了上百张。偶尔有些鸟会从头顶的高空掠过，可以拍到它慌乱的身影。

“前些年湖区发生过非法猎鸟的恶性事件，你们知道是用什么工具吗?”导游自鸣得意的声音逐渐跟了上来。

“猎枪——”那个叫宁宁的小孩像是在教室里回答老师的提问，声音拖得特别长。

“不对，猎枪早就被公安局收缴了。我看大家已经迫不及待要观鸟了，也就不卖关子了，现在不法分子猎鸟的方法是投毒，头天傍晚把抹了毒药的小鱼撒在湖滩上，第二天早晨再来，就可以捡到一地候鸟。这样的事前年还发生过，有四个渔民被判了刑，所以，不要怪候鸟为什么离岸这么远，是因为它们害怕人类的伤害，如果你觉得远看不清，责任在我们自己。不过那边有望远镜可以用。”

人群一阵唏嘘，除了几个孩子还在跟着导游追问细节，大人都分散到栈道各个段落拍照去了，有单反的拍远处的鸟群，没单反的用手机自拍或互拍，很多人并不是来拍鸟的，只是来到一个据说有很多候鸟的地方旅行罢了。

栈道上架设的几台长筒观鸟专用望远镜生意跑火，硬币一枚一枚地投，但很多人表示画面抖动得厉害，看久了想吐。

李东被闹哄哄的人群挤到了边上，干脆跳下栈道往左边的草洲走去，期望能守株待兔等鸟飞近。

本想走得更远，前面有一对男女在草地上拍照，他就没有太走近。

等了七八分钟也没有鸟飞过来，有一队人字形的大雁朝这边飞过来，可能是受了纷扰的人群的惊吓，中途却往右边拐去，他只拍到一队侧影。

镜头从天空回撤时，掠过一只挎着女式挎包的男人的胳膊。

定睛细看，那个左手挎着白色坤包的男人正是竹筏上被小孩用水枪射中脑门的中年人。

单看面孔想不起是谁，单看挎坤包的胳膊也有点恍惚，二者合在一起，李东忽然脑洞大开，一个在记忆深处沉睡了许多年的人物跳了出来，只知道他姓王，具体王什么不记得也不关心，李东只清楚他的一个身份——张晴晴的丈夫，或者说，配偶。

严格地说，李东和王不算认识，王听说过李东的存在却从未见过本尊，李东倒是远远地瞄过王几眼，王正挎着女包陪着张晴晴走出大楼。那时他们刚结婚不久，李东有一次去张晴晴居住的城市出差，下午下班时鬼使神差逛到她工作的市图书馆门口，然后望见这一幕，就远远地跟了几分钟，看那个最终获取张晴晴和她父母的信任的男人到底长什么样。

那时王身材还挺匀称，头发也很茂密，温顺得像夏天的水草一样趴在头顶上，打理得纤尘不染，加上皮肤白而细腻，可以算得上英俊。张晴晴在李东面前对王的评价是：“人比你更老实可靠，长得也比你清秀。”

这话是他们分手一年后说的，那时大家都比较平静，李东对于张晴晴对王的评价非但没有醋意，反而有点安慰。

张晴晴的父母之所以反对女儿和李东在一起，主要就是觉得学美术的人风流，过日子也不踏实，希望女儿嫁个既本分又能料理柴米油盐的人。当然，在李东看来，那时他在县里文化馆工作，王则在市政府一个重要处室上班，这可能也是原因之一吧。

李东之前有过两任女友，一个爱跳民族舞，爱舞蹈的高中同学没和李东考到同一座城市，感情延续到大一那姑娘就见异思迁了。第二任女友是美术系的同学，抽烟、喝酒、飙脏话，美术系女生的坏毛病一样不少，三天两头和李东吵架，吵到大二差不多就没力气吵了。大三时李东认识刚入校的中文系新生张晴晴后便逃离了第二任女友的魔爪。

张晴晴爱看书爱写作形象也端庄，身上有种既阳光向上又能居家过日子的气息，她虽然比李东小三岁，却有管教改造他的热情和冲动。对此李东既喜欢又抗拒。他那时总自嘲神经不正常，喜欢神经比自己正常的姑娘，却又没有马上结婚的打算。那时他还有个凡·高式的画家梦，想去西藏流浪，或去当北漂，并做好了穷困潦倒的准备。

对于张晴晴父母的歧视，他感到失望却不觉得委屈。所以当张晴晴逼他去家里向她父母表忠心时，他只是写了封信，信只有三四百字，说来说去只有一个意思：虽然我现在一无所有，多年以后，很多人会以认识我为荣。

张晴晴当中学语文教师的父亲读完信对女儿说："我们不关心以后有没有人以认识他为荣，我们只担心他有没有能力让你过上正常的日子。爱艺术的学生我教过不少，有几个是务实的本分人？"

李东不肯去张晴晴家，有人自动跑去了。王是张晴晴父亲的得意门生，从北京一所名牌大学的建筑系分到市政府工作。虽然是农村出来的，但父母是养鸡大户，存款比城里的机关干部还多，家里也只有一个儿子，另外两个是姐姐。

据张莉提供的情报，王趁张晴晴出差学习，穿西装打领带拎着两瓶茅台两只老母鸡去看老师和师母，自己做好饭菜然后请二老上桌。王说他本可以留在北京的大建筑公司发展的，回到市里拿硬工资完全是因为晴晴，他读高中时就暗恋张晴晴。王只喝酒不吃一口菜，说着说着，居然像个害羞又紧张的学生一样哭出声来，把老师和师母感动得一愣一愣的。

这时张晴晴和李东正处于分分合合的阵痛期，王的真诚质朴坚定了张晴晴的父母否决李东的决心。

“他连家里都不肯来一次，他能有多在乎你?!”张晴晴的母亲在女儿和丈夫之间摇摆了很久后坚定地站到了丈夫的立场上。

张晴晴原本对王完全无感，谈不上不喜欢，也谈不上喜欢，只是佩服他会读书懂人情世故会办事。

张晴晴客观陈述父母对王的好感时，李东就感觉到了伤害。

当张晴晴开始在李东和父母之间摇摆后，李东不再去张晴晴的城市偷着约会了。他去天津美院进修了半年，慢慢从她的生活里淡出，最终帮她的父母实现了让女儿过上安稳日子的愿望。

现在，这个靠踏实本分反衬过他的人竟然背着晴晴挎起了别的女人的包，李东像挤公交时被人不小心用肘撞击了腹部，本能的反应是愤怒。

他往前迈了几步，又犹豫着停了下来，远远地用相机拍了几张证据，又掏出手机，连拍了数张，脖子上凸起的血管才平复一些。

这时导游招呼大家往回去一个高坡上参观鹤园。

鹤园里有丹顶鹤、白枕鹤、蓑衣鹤等十多只，都是野生的，有的是受伤被救治后留在这里，有的是因为长期有人投食，经不起奢靡生活的引诱，从候鸟变成留鸟定居下来。

鹤园的栅栏，主要是为了阻挡野生动物和游客，游客进去要单独买票。鹤园上空是完全开放的，有的鹤飞出去放个风，饿了又会飞回来。游客进鹤园，可以和鹤合影，还可以买玉米亲手喂食，胆小的把玉米撒在地上，胆大的让鹤尖尖的喙伸到掌心里来啄食，那种又痒又紧张的快感极其美妙而吸引人。

喂鹤的环节也是导游一路讲述的重点，此刻，所有游客都成为他口才的俘虏，激动地跟着他往鹤园走去。

李东在鹤园外的长条凳坐下来，快速翻看手机通讯录。

鹤园他上次逗留了半个多小时，拍了不少好片子，第二次进去意思就不大了。再说他此刻有点心不在焉。

谢天谢地，上次掉手机后，一些不常用的号码也从纸质电话号码本上复制过来了。张莉的手机号也在！

他拨通后又有点担心，这个号码至少四年没联系过了，它的主人还是张莉吗？曾经有几年，这个号码他可以背下来。

“你怎么突然冒出来了，是你吗，李东？”张莉的声音从嘈杂的背景音里奋力浮游出来。

她女儿在上课外培训班，她在培训班外的街上溜达等人。听说是李东，找了个临街咖啡馆坐下来说话。

“张晴晴和那个王，现在过得还好吗？”当年，他一直和张莉这样称呼张晴晴的丈夫。

“怎么突然想起晴晴了……你呢？你和你们家的音乐老师过得好

吗？听说你现在每天除了画画就是待在家里陪老婆孩子，和从前判若两人哪。”

张晴晴结婚后，李东和张莉的联系还持续了两三年，有时是李东找张莉，有时是张莉找李东抱怨张晴晴和那个王结婚之后，她和晴晴的同盟遭到破坏。后来张莉结了婚，李东也结了婚，他和张莉的联系就慢慢淡了下来。

他们不在一个城市，唯一的交集消失后，联系自然就疏淡了。最近的一次交往也在五六年前了，张莉去李东的城市出差，二人约着一起吃过一次饭。李东聊了两个小时就开车去接孩子了。那时张莉就感叹，没想到李东也能从天上回到地面过日子。

“人总不能一直年少轻狂吧。那时以为画画得好就可以征服全世界，后来发现，我连自己的小孩都征服不了。她不开心天就塌下来了。”

“对了，我记得你生的也是个女儿。女儿最能改变爸爸。”张莉哈哈大笑。

忽然就是沉默，然后，张莉叹口气：“早知这样，张晴晴坚持和你在一起多好啊。”

“她和那个王还在一起吧？”

“当然啊，你就那么巴不得他们出变故？你又不是过得不好。还真看不出来，那个王人不怎么样，生的儿子可会读书了，今年中考居然全市第一名，这可能也是晴晴唯一的安慰了。”

“你是说他们两个感情不是很好吧？”张莉向来直来直去，没几句话就被李东逮住了弦外之意。

“这世界上哪有几对夫妻感情谈得上好的？不都是为了孩子将就

吗？当然，你可能不一样，你和你们家音乐老师算是志趣相投，你们可能算是特例吧。我只是替晴晴遗憾，当初看你没看准。不过也怪你，那时你也不坚定，太爱面子了。”

按张莉的说法，张晴晴的婚姻最初那些年还是很不错的，那个王谦卑如奴仆，家里做饭买菜都是他，张晴晴上街买衣服他不仅拎包挎包，走到哪跟到哪，张莉在场也一样。前两年到一家国企当总经理后，情况就慢慢变了。一是出差越来越多，做家务的次数越来越少，取而代之的是请专职保姆；二是陪张晴晴逛街的时间少了，取而代之的是他出差和出国时总会自作主张买一些和张晴晴的气质不搭的服装箱包和化妆品；三是他因工作需要多弄了一个手机，然后以不吵着张晴晴为由去阳台、卫生间甚至车库打电话的次数越来越多。

有一次张晴晴去他的车上取自己的拖鞋，发现后备厢里有一只和她同款同色的LV包，他狡辩说是准备送给领导老婆的。一个月之后，有一天深夜他醉酒被司机送回家，一个短信追过来：宝贝你没事吧？

从此张晴晴如坠冰窟，不管王怎么解释也不相信他了，不再和他睡一床。因为儿子快要中考，也没把矛盾闹出动静。

“她还跟我说呢，如果这事发生在你身上，她也许可以原谅，反正你是个艺术家。她当初选择王，主要就是图他诚实本分。她没法接受他身上居然也会发生这种事。我也很愤怒啊，晴晴有才有貌，下嫁给他不就是图个安全感吗?!你今天突然问起晴晴，是不是听说这事了?”

“没有没有，昨天在省城路过师大，忽然想到了你们。”李东的声音有些游离和飘忽，心里凉凉的。

“我还奇怪呢，这事晴晴只和我说过，她那么爱面子的人，除了我不会和任何人说。喂，你在听我说话吗?”

“你等我几分钟，有人喊我，我待会儿打给你。”

导游在喊没有进鹤园的人十分钟后到鹤园门口集合往回走，李东干涩地应答了一声，垂头闭眼休息了五分钟。冬天的阳光晒在脖子上，有点淡淡的暖意，但是风很快就将它从皮肤表层抢走了。

他本想向张莉问张晴晴的号码，接通电话的最后一秒改变了主意。

“晴晴和那个王的事，你没有火上浇油吧?”

“什么叫火上浇油？第一次发生同款包的事我还替他解释呢。虽然我自己都觉得这个解释很苍白，他领导的老婆都五十的人了，用什么路易威登啊。短信的事发生后，我还真赞同晴晴和他离婚。我老公在外面和女的有时也会开开玩笑，可再怎么样也不会有妖精敢喊他宝贝啊，如果发生这事，我立马让他净身出户。”张莉的声音有点波涛起伏。

“她自己最后怎么决定?”

“当然想离，但是又怕影响儿子的学业和成长，去年她爸心脏装过支架，也受不得刺激，所以一直下不了决心，冷战小半年了。你的意见呢?”

李东叹口气：“她现在和王离了婚，以后怎么办呢?”

“吔，几年不见，你李东怎么也这样说话了。晴晴条件那么好，再找个比王好的人会有问题吗?!”张莉的语气听上去不仅失望，几乎有点鄙夷的意思。

“晴晴当年相信那个王会一辈子本分挺幼稚的，现在因为一个短信想离婚也挺幼稚的。谁会一直本分老实呢？只是没有遇上合适的环境暴露天性罢了。何况目前的问题只是短信而已，有没有实际问题还不确定。她因为这个离开王再找一个，难道就能确保人家一辈子不花心？”

“你的意思男人都是花心的?!”

“我的意思是，女人选择结婚对象，不能把男人绝对可靠作为最重要的前提，可靠不可靠都是相对的，有的人这个阶段可靠，有的人那个阶段可靠，看他处于什么环境、自身条件如何。不是有句话吗？人性是经不起考验的。以我现在的观察，人性在很多方面还不如动物性，你不能指望人像天鹅一样一生只忠于一个对象。”李东以天鹅作比，是因为刚好有几对白天鹅从前方的天空呃呃呃叫着飞过。

“士别三日当刮目相看说的原来是你呀，我还以为你听到这消息很高兴呢，没想到你还让我劝晴晴放过那个姓王的。问题是她咽不下这口气啊，据说那女的是王的下属，除了年轻没有任何地方可以和晴晴比。她觉得丢人。”

“这样想更没必要了，那我告诉你，男人喜新厌旧，并不一定因为新的比旧的好，有时刚好相反，那个王在晴晴的面前活得像个仆人，你以为他愿意一直这样吗？他也渴望被别人敬重，他找那个女的并不需要她漂亮有学养，他可能只是享受在她面前的自信和放松。”

“李东，以前只是觉得你是个艺术人才，没想到现在对感情问题也看得这么透，你这样说倒是提醒了我，我回去得和我老公好好谈谈，看看他是不是在外面藏了个比我温柔细腻的丑妖精。”张莉又咯咯咯笑起来。

随着大家往回走的路上，李东有意找机会看了那个疑似王的中年男人身边的女人，她穿着跟很高的高帮靴，所以个子显得比实际更高，风衣领子外围着蓬松的貂皮，皮肤的白很真实，但睫毛刷得颗粒感很明显很滞重，鼻梁高挺得有点可疑，也许是整过的，看上去顶多二十五六岁吧，脸上洋溢着这个年龄的姑娘很流行的傻傻甜甜的劲头。

疑似王和她总是有意无意与人群保持一点点距离，似乎总有说不完的悄悄话。同那个高胖小伙及他的瘦小女友的状态完全不同。那对人一直跟在导游身边，生怕错过了什么精彩环节的架势，导游说什么都要伸长耳朵过去听。

跟导游跟得紧的还有那个叫宁宁的小男孩。其他几个小朋友都在玩拔来的苔草或捡来的石子。他可能对自然科学很感兴趣，不仅听导游介绍湖上的鸟类，还向导游显摆他从书上看到的关于候鸟的知识。

“我敢保证，它们如果伤全都好了，一定会飞回到西伯利亚去的，因为它们的朋友都在那里。”他不相信导游的讲解，认定凡是留在鹤园里的鸟都是飞不起来的伤病员。

“可是这里食物更丰富啊，不用自己每天辛辛苦苦去捕食小鱼多好啊。”导游模仿着宁宁的口吻怪里怪气地说。

“那为什么这里只有鹤没有天鹅呢?”

“因为这里是鹤园啊，就算有留下来的天鹅也不会住在这里的。”导游从鹤园出来之后，引导游客上岛并完成各项消费的使命已经完成，嘴巴就像是电力不足的喇叭，由主动出击变成被动应战了，走起路来也是摇摇摆摆有气无力。

“那天鹅住在哪里？是不是还有个天鹅园你没带我们看？刚才看的天鹅太远了，连它们是高兴还是生气都看不清。”另外几个小孩也围拢过来。

“有天鹅园我肯定会带你们去看的。听说以前是有几只天鹅留下来的，可是天鹅的大部队一来，它们又跟着飞走了。好了，大家走快点吧。”导游急着把话题掐死，他要用手机联系竹筏和快艇。

“反正我不相信这些鹤是因为懒惰才留下来的。自己飞到水里去捕食才有意思呢，又自由又好玩。”如果不是被妈妈拉开，宁宁可能会一直和导游辩下去。

“你说得没错，鸟都是喜欢自由的。”李东很喜欢这孩子，跟在母子身后声援他说。

“你是摄影专家吧？你刚才拍到了天鹅吗？”宁宁挣脱母亲的手转身凑过来要看他挎在胸前的相机。

“我不是摄影家，我和你一样，只是喜欢看天鹅。”他停下，给宁宁翻看了几张刚才在湖边拍到的鸟。

“哇塞，真是太壮观了。妈妈，叔叔真是太厉害了，拍到的天鹅至少有一百只，还有好多别的鸟，大雁、鹤，这个有点像东方白鹳，对吧，鹤的嘴巴没有这么大。”

宁宁妈回头瞄了李东一眼，歉意又无奈地笑笑，放弃了拉开孩子的打算，缓步跟着人群往前走。

翻看了一些照片，他们又交流了各自看过的鸟类纪录片，谈到他们都很喜欢的《迁徙的鸟》时，他们差不多成好朋友了。

“我要是能像候鸟一样在地球上飞来飞去不用上学就好了。”这些话题让宁宁既神往又失落。

接下来的路程，宁宁走在李东身边的时间比在妈妈身边多了，似乎他是跟着李东一起出来旅行的。

中途大家在立柜状蓝色简易公厕门口排队时，他坐在草坡上掏出记事本写下一句话："请认真想想，你今天的行为离忠贞的天鹅有多远的距离。"撕下，塞到一个信封里，交给宁宁："前面那个和阿姨一起的叔叔刚掉了一个东西，你交给他好吗?"他指着正在人群外给那年轻姑娘拍照的疑似王。

"你捡到的？好，我就去给他。"宁宁正要转身又被他拦住了。

"他正在拍照，等下上了船坐稳了你再给他吧。就说是一个爱天鹅的人捡到的。"李东从背包里取出一本他新出的花鸟画册送给了宁宁。

离下午最后一班返程竹筏还有一个小时，他还想留在草洲上碰碰运气。天鹅大雁在浅滩里吃饱了之后，有可能飞越草洲去往夜晚的宿营地。

守候的时间，他删去了手机和相机里那对男女的全部影像。

他的判断是对的，运气也是好的，当他重新走到草洲深处时，有三队大鸟从远处的湖滩飞来，六只白色的天鹅直接飞过头顶，他用高速快门连拍，不仅羽毛的层次，那淡定又坚毅的眼神都一清二楚。它们在头顶三十米的距离缓慢而有力地扇动翅膀，他感受到的空气的震动犹如一场微型的风暴。

2019 年 11 月 23 日

漂　流

在赣北的群山中，这样的河实在算不上壮阔，同它的众多兄妹相比，更名为溪涧更名副其实吧，最深处也才两米多，浅处仅能没膝。不过一到周末，水面上就漂满红男绿女，以及他们极尽夸张的尖叫。

还是离城区近的好，名气不大生意也还是火得让别处眼红。那些不准备在外过夜的游客多半会选择来这里。

他们在橡皮艇里嬉闹了两个多小时，除了意料之中的湿身，和意料之外的一只拖鞋的失踪，并无多少损失。那些布满河床礁石并没有传说的那么可怕，它们早被耐心的水流打磨成了光溜溜的恐龙蛋。

她脸上的妆基本还是完好的，遮阳帽和防晒霜也显得多余，他们一下水天气就半阴了。就算是晴天问题也不大，两岸的乔木和灌木的身影足以覆盖一半水面，只要不漂在河中间就晒不到多少太阳。

终点停靠着五颜六色的空橡皮艇，也蜂拥着一群轰轰作响的摩托，都是附近村落的农民，他们围堵着上岸的石阶，捡鱼一般哄抢着刚从上游漂下来的客人。

景区没有配备大巴或中巴，游客必须搭乘摩托才能回到十余华里外的始发码头。

“我坐摩的去取车再回来接你，你在卖西瓜的老太婆那边等我。”更衣后男的说。

女的点了点头，又迅速否定了自己：“不行，那要好久的，我害怕。”她环视一下那帮虎视眈眈盯过来的摩的司机。

那些人皮肤黝黑，衣冠不整，脖子上套着圆滚滚的粗大金项链。有的直接裸露着上身，露出腰身上的痦子和伤疤。

男人想想：“要不这样，我们共搭一辆摩托，你在后面抱紧我。”

女的在他腰上掐了一下，轻声说：“这还差不多。”

摩的司机不同意，说带两个人太重车子吃不消，要他们分乘两辆摩托。另一个司机闻声扭转龙头准备冲过来。

男的懒得争执，从皮夹子里抽出五十块钱，这是近三倍的价钱。司机二话没说载上他们就走了。

男的抻长脖子昂着头让身子尽量贴紧司机汗湿的脊背，女的搂紧男的，演杂技一般虚坐在不锈钢后车架上。

下车后屁股还是被颠疼了，于是又拧了男的一把。

始发地有一些游戏性质的水上娱乐设施：单索桥、浮墩、脚踏水车、碰碰船和水滑梯等，摆出一副要把人带回幼儿园的架势。

更远的香樟林中有几家红屋顶的宾馆和酒幡飘展的农家乐餐馆。

女的说折腾了半天有点饿了。

男的点点头，牵着她上了车，一踩油门躲开了围在窗外聒噪着拉客的餐馆女招待。

车子挣脱那块集市般的山间盆地，翻过一条沙子路回到黑亮的柏油路上。

“你没听见我说饿吗？”

“知道知道，公主饿了，小的我这就去打只兔子给公主吃。”

她又捶过来一拳：“谁要吃兔子啊，刚才那么多餐馆你不进，干吗往回开呀？不是说带我来吃土菜吗？”

“知道知道，这就去吃土菜，景区能吃到什么土菜呀，都是从城里买来的。”

大约十五分钟后，柏油路右侧出现一个小分岔，车子顺着岔路开进去，穿过一片毛竹林，前面出现一个大院子，如果不是院门吊着一排猩红的大灯笼，和普通的农户家没有两样。

车子开进院门，里面是一幢三层的小洋楼，一侧用毛竹和绿毡布搭有一座没有四壁的大厨房，三四个人在里面热火朝天地忙碌。院子里还停着三辆小车。

男的进去和老板交涉几句，然后领着女的到院中的葡萄架下落座。“里面热，我们就在这边吃。”

葡萄架下有三张小木桌和若干竹椅。

太阳被云翳纠缠得奄奄一息了，缠满藤蔓的葡萄架下不时掠过一阵凉风，比空调的风舒适不少，带着湿漉漉的水汽。

顺着风的来路望去，是一段弯曲的小河，像个好身材的女人一样扭着屁股从屋后招摇而过。

“这河上也有很多红蜻蜓，和我们漂流的是不是同一条啊？”女的说。

“快下雨时河面上都会有蜻蜓的。”

“可我怎么觉得它们就是一条河呢？”

男的正吩咐厨师少放点油盐，喷一口烟随意地说：“可能吧。”

“什么叫可能，我说话你有没有认真听啊！”女的抓起桌上的报纸对着脸呼啦呼啦扇起来，似乎有蠓虫正在袭扰那里。

“对对对，它们就是同一条河，这边是上游，我们漂流的地方是中下游。”男的赔着笑顺着话头往下滑行。

他看上去比女的要大十来岁，所以，他的示弱看上去有种演戏般的豁达。

菜很快就送过来了：一罐土鸡炖汤，一盘爆炒野猪肉，一盘地皮菇。

老板六十出头，头发花白但手脚敏捷，他在围裙上擦擦手接过男的递过去的软中华。男的说：“给我们拿一瓶第一枪吧。”

老板去取酒时，女的捶了男的一拳：“你找打呀，待会儿交警把你抓走了我怎么办啊?”

男的摇摇头：“这荒郊野外的，只有鬼，没有交警。”

老板取了一瓶黄澄澄的鲜啤，给两人分别满上。

男的示意老板去忙，老板点着从耳朵上取下的烟，转身时说：“这次的野猪绝对不是养的，是我们村的后生家在红薯地里打到的，你吃了就知道了。”

男的先夹给女的吃，然后歪着头嘬着嘴细细品尝。

女的说：“味道真不错，和酒店的就是不一样。”

他们分别喝了一杯啤酒，男的想给女的续上，女的拦住他的手：“老实坦白，还带谁来过这里?”

“没有带过——除了你。”男的继续添酒，女的继续阻拦：“你撒谎我不会喝的。”

“真没带过，除了你我又没别的女人。”男的满脸忠诚。

“老板刚才都说漏了，你上次还吃过家养的野猪肉。还有啊，这个店这么偏僻，你没来过怎么这么熟啊？”

男的笑笑：“我只是说没带过别的女人来，没说从没来过。”

“那你和谁一起来的，报上名来。”

“我的两个同事，说出来你也不认识。”

“以后迟早要认识的对吧？”

“以后，当然，以后肯定会有机会认识的。”男的无声地咽了一口酒。

女的脸越凑越近，差不多鼻尖顶鼻尖了：“我想先熟悉熟悉你身边的人，从他们开始吧，报上名来。”

男的含混地说出两个名字。

女的仍不放过：“电话号码一起报上来。”

“有这个必要吗？你不会是要打电话核实吧？”

“我起码得知道这两个人是否真的存在，不可以吗？”

“你现在就想暴露自己吗？……现在还不是时候……现在就这样管我人家也会笑话的……”男的嗓音像只东蹿西蹿的老鼠。

“我最讨厌的就是你任何时候都想把我当小孩哄，跟你这么久你什么时候在撒谎我还看不出来吗?!”女的抛下这句话就把脸别过去了。

几秒钟后男的斜眼偷窥，有光泽在女的眼眶里急速旋转。

空气骤然从夏进入冬了，一点过渡都没有。

屋子里的另两桌客人正在兴头上，划拳的声波在空气中打着卷一浪一浪地荡来，撞击着葡萄架下的冷寂。

男的伸手拍拍她的肩："好了好了，小的错了。小的不是怕公主生气嘛。"

"那你承认还有别的女朋友是吧？"

"怎么可能，我连你都伺候不下来，就算给我一百个胆心里敢想身体也扛不住啊。"

女的口气松了些："那是她吧。"

男的像只被挖空半边的面粉袋那样向竹椅靠背塌了下去："是。"

"说说吧，怎么回事，你不是说你们早分开住了吗，怎么还有兴致一起来漂流呢？"

"这都是去年夏天的事了。"

"去年夏天？"

"当然是夏天啦，总不可能冬天来漂流吧！"

女的又开始吃地皮菇了："那你们玩得开心吗？"

"不欢而散。"男的也恢复喝汤了。

女的有了些微的笑意："说来听听吧。"

男的扭捏推脱了半天，女的又是用眼睛剜又是用指甲抠，男的只好字斟句酌地回忆了。

叙述的重点自然是事情的起因。

他平常几乎不和家人一起外出游玩。儿子去外地读大学后就更不会了。那天晚饭时家人在报纸上看见远郊新开发了一个漂流景点，刚好那个周末又是她的生日，所以，当她提出周末去那边看看时他就没法拒绝了。他充当的角色其实也只是司机而已，因为家人不会开车。

他花了二十多分钟才把自己的无辜和无奈诉说得真实可感无懈

可击。显然，效果是良好的，因为女的都主动给他添啤酒了，并夸奖：“木柴烧的饭菜确实不是一般的香啊。”

然后，她满脸期待地下令：“现在说说不欢而散吧。”

男的脸上有种考试过关的舒展，“不欢而散”怎么讲都不会有多大问题。他盔甲入库，马放南山，讲着讲着就跳到了故事之外，似乎在复述别人的事。

“漂流到终点不是要回去取车吗?”

“对，她也抱着你一起搭摩托车吗?”

他得意地一笑：“No，怎么可能，她在卖西瓜的老太婆那里等我。”

“为什么？她不怕吗?”

“那有什么可怕的。很多人都在那边等呢。”

“你就是说我胆小她胆子比我大啰?!”

“岂敢岂敢，她胆子比你小，看见死老鼠都怕。”

“可我连蟑螂都怕呢……难道蟑螂比死老鼠更可怕?”

“当然，死老鼠毕竟是死的，蟑螂是活的。”

见女的不再追问，男的脸上浮现走过细钢丝后的自得。

“她既然那么胆小为什么不跟你一起走呢?”

“她不愿坐摩托车，嫌颠，也怕摩托车不安全。”

“你也不愿意她贴你那么紧对吧?”女的鼓励地看着男的。

“是是是，多热的天啊!”

“那我刚才搂着你不热吗?”

“怎么会，你冬暖夏凉。”

女的赏过来一小拳：“接着说。”

“然后我就一个人搭摩托回停车场了。路上骑摩托的小伙子问我，那是你家里人吧？我说是。小伙子说，一眼就能看出来，和家里人漂流有什么好玩的，下次带个情人来吧。我问为什么，他说带情人才好玩哪，漂流的基本都是带情人的。”

“然后呢？”

“我取车回来接她，路上不是没话说嘛，就随口把小伙子的话告诉她了。”

“你这不是找死吗？为什么跟她说这个？”女的变成了他的一个细胞，替他担忧起来。

“我没那么傻，我重点说的那个小伙子。”

“一个摩的司机有什么好说的？”

“我坐摩的前特意观察了一下，他看上去是那伙人中最年轻最朴实的。事实上也是，他家就在附近的村里，本来也可以外出打工的，可他是独子，两个姐姐早出嫁了，为了照顾年迈的父母才留在家里。”

“你说这些干什么？”女的有些心不在焉。

“我跟她说，一个如此淳朴善良的小伙子，连婚都没有结，居然也会觉得出来玩就得带情人，可见这个社会堕落到了什么程度，连山沟里的小村落都民风不古了。”

“这样说她应该高兴啊。”

“我也这么以为，她听后就不说话了。吃饭时也不怎么说话，回到家就对我说：‘你以后和情人去玩吧，我不跟你出门了。’”

“然后呢？”

“然后我们就开始冷战了，说话也是争吵，后来就分房间睡了，一直到现在。”

女的没再问什么，认真整理还没干透的发丝。

他们结完账上车时，天空由水彩画变成了水墨画。

轮胎在柏油路面上疾驰的沙沙声舒畅且有催眠效果，女的微合着眼睑，一言不发。

男的试图从沉默中抽出话头：“不对呀，才刚六点啊，天怎么就黑下来了呢，哦，你看，是云层下降了，积雨云。”

女的不接茬。

“你们读中学时学过《看云识天气》吗？我小时候记得最牢的就是这篇课文，天天对照着天空瞎琢磨。”男的回过头来看她的脸。

女的原本是坐副驾驶的，这次居然坐到后排中间的那个位置上了。

“今天玩累了吧?”

“还好。”

“那我放首阿黛尔给你听?”

“不用，我在想问题。”

男的有些不安，不时回头打望。

女的还是出手了：“请你认真地回答，我是你的什么人?”

“最爱的人。”

女的摇头。

“最亲的人。”

“不要加形容词，说名词。”

男人想了想，试探着说：“老婆?”

女的苦笑一声：“我怎么是你老婆呢，我又不能天天和你住一起，连手挽手逛一次街都不行。”

男的闷着头开车。

女的冷笑：“干吗不说是情人？”

“可是你一向很喜欢情人这个称呼的，你说过，情人就是有情之人。”

“是的，我过去是很喜欢‘情人’这个词，觉得其他词都很土，也不浪漫。现在我不喜欢这个烂词了。”

“我们说的情人和他们说的不是一回事。”男的声音弱弱的。

“可我这个情人和其他情人的命运就是一回事。我现在总算知道了，你为什么忽然想到带我来漂流。”

“小的冤枉啊，我今天原本是想带你去爬山的，漂流是你自己出的主意，你说爬山太热……”

不等男的说完，女的已经用绝望的声调总结了：“总之，你从没想过真要和我在一起，我不过是一个只适合带到野外来漂流的情人……”

男的一拍腿：“老天，一个人怎么可能在同一条河里翻两次船？！”

车子翻过一道高岗时，女的喝令停车，牵着裙角穿过苔草丛磕磕绊绊走到危崖边上，男的来不及关车门赶紧跟过来。

他们共同居住的城市就在七八公里外卧着，灰白、凌乱，望不到边际，有的地方还耸立着难看的旧烟囱，远远望去不见活物，死寂得像科幻灾难片里的镜头。相比之下，还是近处的景致更真实更生动一些，杂草的枯秆在大风中纷乱地俯仰着细长的身子，韧劲不够的就此折断；高崖之下，两条水道交汇到一个角度接近九十度的山坳，卷起许多漩涡和雪白的水沫。

女的望望远处，又看看脚下的涡流，自言自语：“这里才是漂流的好地方，从这里跳下去，会漂到哪里呢?”

男的额上暴起一层细密的汗珠，握紧女的手往回拽：“快下雨了，公主快请回吧。”

女的甩臂挣出手，男的又拽住，加上另一只手。女的声腔剧变近乎呐喊：“你这么着急赶回家去想讨好谁呀，人家心里难受单独站一下还不行吗?!”

男的松开手，额上的汗渐渐收了，疲惫扭曲的身躯像株被撸光枝叶的树。

几分钟之后，闪电把远处的天空劈开，雨珠从裂缝中迸溅下来，噼里啪啦地打在近处的叶片上。

男的顺势把哭累的女的拉进车里。三分钟后，车子像乌贼一样喷出一股黑烟轰地冲进了雨帘。

很快，从空中看不见了汽车，甚至也看不见了雨帘，因为夜幕哗地全降下来了。

2012 年 9 月 29 日

午夜正适于分离

他们站在广场边上。

男人穿着牛仔裤和系带的休闲皮鞋，黑色衬衣外是浅灰色的马甲，长带的摄影包很时尚又并不肤浅地在他腰侧显示着他的外来者身份。他线条硬朗，不是那种可以用英俊与否来衡量的男人，他低头望着女人微躬的高大身材蕴藏着弓一样的张力。

女人看起来比男人年龄稍大，头发是栗色的，长裙是亚麻色的，她的脸比较瘦，裸露在空气中的双臂却白嫩丰满，像用纱布控制形状的豆制品。女人的鞋后跟像一枚倒立的长钉，这使她即使站立时都有一种弱风扶柳般惊险之美。

男人一点也不掩饰自己对于女性的经验，目光始终盯着女人的眼睛。

女人摇着头，“想不到，真的想不到。”她这样感叹倒不是为了掩饰慌张，她确实想不到男人会突然出现在自己所在的城市。

男人也学着她的样子开心地摇着头，“想不到你比你说的漂亮多了，我以为只有丑陋的女孩才会说自己孤独。”

女人若有若无地笑着，“你看起来比照片上的更高。”女人的赞美是真诚的，这句话像一扇门，引导着男人继续探险。

男人伸出手来，说："握握手吧，第一次见面。"女人没有回应。女人环顾一下暮色下的广场说："天都黑了，我们去吃饭吧。"

他们离开女人单位所在的那条街，不是很有目的地往前走。男人对什么都很新奇，一会儿仰头看看两边被灯光装点的建筑，一会儿有些夸张地躲闪着身边的车流和人群。他是第一次来这座海滨城市，自然很有新鲜感。作为一名记者，他差不多跑遍了全国的各个大城市，但这次不一样，他没有采访和组稿任务，唯一的目的就是来看一看这个声音极动听的女人。

严格地说，女人是他的读者，她在一家银行工作，收入高，但对生活不满。她看了他在自己的杂志上写的一篇关于孤独的文章，就给他打了个电话。她那天晚上做了许多噩梦，早晨醒来时，随手抓了一本新买的杂志看，恰巧看到他的文章。他说：美丽是孤独的原因，也是孤独的结果。她突然感受到了眼内的潮湿。她像少女一样冲动起来，在床头的电话上按下了杂志社的电话号码。

后来女人觉得，她和男人的交往确实是一种缘分，因为男人平常上班一般要迟到一个小时，那天他却因为等另一个朋友，八点钟准时到了编辑部。而女人拿起话筒时的想法是这样的：如果当时他不在，她将会嘲笑自己的行动并永远放弃重拨的打算。

在男人看来，这算不上什么缘分，因为给他打电话和写信的女读者并不少。他供职的婚恋指南杂志，读者的主体就是年轻女性。心情不好的时候，他也曾出差到某个女孩所在的城市把交往由文字或声音的交流上升至手掌、舌头甚至一些更隐秘部位的交流。

男人的经验是，喜欢在陌生环境里寻求安慰的女孩外部条件一般都不怎么好，大部分都不漂亮，所以在生活当中，孤独的原因往往不是美丽，而是不美丽。这当然可以理解，女孩的本质一般是随俗的，当她没有条件在流俗的生活当中获得满足时，她才会让自己同精神的浪漫攀上亲戚。所以尽管男人经常接听这种电话，但真正有故事的并不多。女人之所以能让男人在没有机会出差的情况下仍来到这座千里之外的城市，跟她的声音有关。女人已过了三十岁，声音里有种沧桑过后的慵懒气息，可以让人想见她物质生活质量与情感空虚之间的巨大反差，甚至还泄露了她不俗而且极富性感的外表。

他们经常在手机里聊个没完。他抱怨太太对自己管得太死，在那座一百多万人口的城市，他找不到一个可以说知心话的人。她也对先生整天忙于生意上的应酬和情调的匮乏感到幸福的无望。当然，这些敏感话题一般只在深谈之后偶尔涉及一下，这方面他们都很默契，都表现出一种臣服于命运安排的姿态。他们的放肆存在于对婚外情的设想中。

他们通过三次电话之后，男人说："我们要是在一个城市就好了，这样我可以省很多电话费。"女人显然很愿意接受这种虚拟的刺激，"是呀，你登在杂志上的照片蛮帅气的，我第一个男朋友也挺帅的。不过你比他强，你是记者，感情丰富。"

男人便说："这样不好，我们彼此欣赏，结果会婚外恋的。"

女人也做出醒悟的样子，"是呀，我们都没有理由为了自己的浪漫伤害另两个无辜的人。"

男人又说："可一辈子那么短，人还是应当为自己活着。"

女人也低声应和着："有时真想找一个肩头靠一靠。"

男人觉出了女人的伤感，便说：“那好吧，今晚我请你吃饭。下班后我去你单位门口等你。”

女人便开心地笑起来，他们的通话常常在这种欢快的感伤中结束。

今天下午男人在楼下打电话说请女人吃饭时，女人以为不过是语言游戏的延续。但当她打开五楼窗户看到广场边那个风尘仆仆的男人时，心里像刮过一阵台风。但她很快接受了游戏陡然的升级。毕竟，她不是那种惧怕心跳的女人，况且，这个男人确实不赖，比照片上看起来更年轻，顶多二十八岁的样子。但他似乎又有着一种超越年龄的沉着和含蓄。

现在他们走到了海滨大道。男人问：“你先生是否在家等你？”

女人迎风甩了一下长发，像要甩掉什么记忆，“他实际上管不了我什么，他自己也很少回家吃饭。”

女人指着椰林中的一片灯火说：“去那儿吧，那家海鲜馆挺有名的，你不远千里来看我，我应当好好请你一顿。”

男人觉得，女人一点也不像电话里那么放肆，但他相信这种矜持只是一个脆弱的外表，在时间的溶剂里一浸就会消失。所以他跟着女人坐到海鲜馆的大厅里时，还是越过辽阔的桌面捏住了女人的右手。女人果然没做出任何抗议，那样会显得很小家子气。女人躲开他的目光兀自一笑，她只是轻声说了一句：“你把我的手捏痛了。”

男人很满足地收回了手。他开始吃东西，很有兴致地观察别的客人和黑暗中闪烁的海。看来女人很喜欢这种轻松的节奏，她吃得很少，大多数时间在倾听和注视着不断向她举杯的男人。男人在喝过第三瓶啤酒时，开始感觉到他们已回到用声音交流时的感觉了。

他从洗手间摇摇晃晃回到餐桌时，俯身在女人耳边说：“我觉得我们已认识二十八年了。”回到对面的座椅上他又说，“我其实不喜欢喝酒，但我喜欢酒后想说什么就说什么的状态。”

“你说吧，但别喝得太多。”女人从包里掏出面巾纸替他擦拭额头。

“如果我说我真的喜欢你，你是否以为我是在夸大自己的感觉？”

女人轻声说了句不会。

男人再次握住女人的手。男人忽然激动起来，“我们从现在起都不许提任何其他人，不谈过去，也不谈将来。只有现在可以把握，现在，你和我，就是世界的全部。”男人握女人手时劲比上次还大，但女人没有说痛。男人看到她像流泪了。因为她低头时眼睛里有光在一闪一闪。

现在他们倚在蜃楼宾馆的阳台栏杆上。海在他们脚下的黑暗中喧响，一艘像泰坦尼克号一般豪华的大客轮灯火通明地浮游在远处的海平线上，像一座巨大的空中楼阁。男人的心被它牵引着，海潮一样汹涌起来。

宾馆是女人介绍的。吃过晚餐在椰林边散步时，男人说今晚他要枕着涛声入梦。女人就把他带到了靠海的这家名叫蜃楼的私营宾馆。女人说：“你是个浪漫的人，蜃楼也许是专为你准备的。”

男人仔细观察了这个宾馆，标准间的房价是每晚一百元，彩电、电话、热水器、卫生间一应俱全，还带一个临海的阳台，环境不错，价格却低得有些离谱。

女人告诉男人，海边有许多私营宾馆，竞争激烈，所以服务质量普遍很好，唯一不足的是治安不大好，经常有三陪女出没。

男人不经意地一笑：“我们杂志社的楼下就有一个整天听不到几句歌声的歌厅，我们管它叫特色农业。”

女人望着他似懂非懂，但显然嗅出了话里的暧昧。

男人拍拍她的肩头：“就是养鸡场。”

女人看来不习惯男人把话说得这么露骨，但她灿然的浅笑中丝毫没有嫌恶之意。并且，当男人有意无意地将手搭在她腰际时，她只是本能地往前倾了一下身子，并没有太多的不适感。

男人去宾馆登记时，女人执意要留在门口。女人说：“我先在外边吹吹风，走热了。你订好了房间打我的手机，我再去你那儿做客。”

女人站在椰子树巨大的阴影中说这句话时，脸上流动着难以言表的妩媚和生动。

男人显然受了某种情绪的鼓励，他的面孔有些红，像椰林边暗红色的路灯。男人临走时轻轻拥抱了一下女人。女人并没有挣扎，还有一点踮脚迎合的意思。男人放下女人时，女人问：“你有一米八几吧？”这显然不是疑问，而是一种欣赏风景的赞美。

所以当女人按照男人手机的指引来到201室阳台时，她就像一片铁屑碰到磁石一样紧紧吸附在男人身上。而在男人的感觉里，女人柔软的身体有一种水蛭般的内吸力，女人的头发波斯菊一样盛开在男人的胸前，衣裾上浓郁的香水味像酒精一样让男人有种飘浮感。男人记得他只在初恋时对女人的体味有过如此浓烈的感受，他现在觉得，以前经历过的大多数女人只能叫女孩。女人的味道不仅存在于声音和姣好的容貌中，她应当还有独特的体香和肌肤的力量感。好女人会让男人产生吃力感。这是男人瞬间的顿悟，但他又隐隐地感到这种美好感觉的危险性。

女人足有十分钟没说话，他们就这样沉默地拥抱着，直到男人感到腰被铁栏杆硌得有些发酸。男人继续凝望着海面上透明的客轮。“我现在忽然明白了什么叫浮生若梦，也许人的一生就像那只在黑暗中泅渡的船，繁华而虚假。”

女人始终把头埋在男人怀里，声音像来自很深的水底，比耳语更具备梦呓的特征：“我是个喜欢做梦的人，所以总是离现实很远，离痛苦很近。”

男人把女人拥得更紧：“但我们现在是幸福的人，用一生的平庸换回一个夜晚的心跳，这就是我们的命运。”

女人不说话了。男人低下头去寻找女人的唇，但女人却迎了上来。现在男人可以肯定了，刚才女人不肯抬头是在控制自己的眼泪，因为女人一扬脸，泪水就急速地从合拢的睫毛下滑落。

后来他们回到屋内，沉默地看了许久的电视。女人抬腕看表时，男人说：“你不回去行吗？我们一起聊个通宵。”

女人一开始并没有反对的意思，她似乎只是对这种交往速度略感担心。她不停地问男人：“你不觉得到此为止已经很完美了吗？”

男人并不掩饰观点：“这是一种脆弱的完美。上帝造了男人又造了女人，是为了让他们发生点什么。”

女人斜靠在沙发上无声地笑了，眼睛盯着电视屏幕上一对拥吻的情人。

女人忽然说：“实际上我是个喜欢冒险的人。我无法长期以一种节奏生活。我可能比你还渴望浪漫。”

男人一点也不吃惊，“看得出来，所以我奇怪你怎么那么容易结了婚。如果是我，我绝对不敢娶你做老婆。”

他们就这样你一言我一语用语言把自己和对方剥得精光。这种极其坦率的气氛比凭栏看海的诗意更具诱惑力。但女人还是有些难以适应这种突然到来的激情。女人一想到和这个比自己小两岁的男人才第一次见面时，心就怦怦地跳，这似乎超出了她的情感经验。她和男人说的不是假话，对浪漫的渴望几乎是生活的唯一支撑。但她更喜欢那种水到渠成的进展方式。所以男人开始阐述他对“肌肤之亲”这个庸俗词汇的好感时，她决定暂时逃离这个外表随意却隐藏着巨大魅力的男人。

十一点刚过，女人忽然说：“我还是回家去，要不我先生会打我手机的，我总不能突然失踪吧。”

“你先生一直没打你手机，说明他对你很宽容，要不你打电话回家去说今晚在某个同学家里住。”

女人忍不住笑了，“你是不是经常这样教女孩子，这个谎言不适合一个三十岁的女人。这样吧，你坐了一天一夜的车，好好休息一下吧，明天我再来陪你。”

男人尽管有些懊丧，但女人的目光如此炽烈，他一点也不怀疑她的承诺。男人大度地摇摇头，给了女人一个十分钟的长吻。

第二天一早，男人就被女人的电话吵醒了，女人用很惺忪的声音问男人昨晚睡得好不好。男人却问：“你在家里打电话吗?”女人告诉他她刚醒来。男人有种受挫感，因为他联想到女人身边可能正躺着另一个男人。尽管这种感觉只是一闪而过，但男人忽然间对自己此行的目的感到略略有些迷惘。

所以当女人告诉他，她上午有一笔账必须做，可能会晚点来看他时，他很爽快地告诉女人，她不必来陪他，他想一个人去海边的小岛转转。

女人很敏感，“我昨晚不回去真的不好。今晚我的每一分钟都属于你。”

男人笑了，他想自己有什么理由责怪如此风情万种的女人呢？男人开始警告自己，不要在意女人同别的男人的关系，这是爱情的信号，而这对于他和女人的关系来讲，是不必要也是可笑的。

男人确实很疲劳，并且潜意识里也有为晚上养精蓄锐的想法，所以直到中午十二点，才第二次睁开眼睛。

男人下楼去海鲜馆吃饭时，宾馆总台的小姐交给他一个手提袋。这个黑瘦而精明的南方女人脸色阴冷地告诉他，早晨九点多钟，一个小姐来找过他，见他没起床，就将东西留下人先走了。男人有些紧张，打开手提袋，果然是女人留下的。女人在便笺上说：“买了一套最新款式的沙滩休闲服和休闲鞋给你，你可不能穿着皮鞋去朝见大海哟。”

他现在一点也不怀疑和已婚女人交往的独特性了。男人曾收到来自女性的各种各样的礼物，有打火机、电动剃须刀、精美的贺卡，甚至女性化的大布娃娃。但没有人给他买过衣服。男人觉得，女人比他大两岁不仅给了他猎奇感，还有一种奇怪的温馨意味。他立刻走到一棵大树的阴影中，掏出手机拨通了女人办公室的电话。

女人显然估计到了男人的这个举动，所以他还来不及说话女人就笑盈盈地问：“衣服不会小吧，我故意挑了最大号的。”男人却答非所问：“我觉得我们已做了一百年的情人。”

女人不笑了，轻声对着话筒说：“我说过我们是有些缘分的。”

男人本想邀女人一起吃中饭，下午再一起出去走。但女人告诉他中午要加班，可能会延续到晚上。男人话锋一转，“你会成为我真正的情人吗?”

电话静默了几秒钟。然后女人幽幽地说：“至少今天晚上会是。”

男人就在对夜晚的憧憬中到海边一座有名的小岛上转了一下午，他在海上骑了一圈摩托艇，又躺在沙滩椅上晒了一小时太阳，不断有情侣请他帮着拍合影，他有求必应地一一帮忙，又是选景，又是教他们调整表情，耐性好得像以此为生的摄影师。男人很清楚地意识到，今晚将成为他情感历程中一座里程碑，当爽身的沙滩服在风中摩挲着皮肤时，他立刻会想到女人接吻时的沉醉表情。

这是一顿因心不在焉而进行得很潦草的晚餐。晚上八点多，女人特意把男人请到市中心一家豪华而有情调的西餐厅，算是对迟到的补偿。刀叉和杯盘悦耳的碰撞声在轻音乐的伴奏下，显得典雅而撩人食欲。可男人的目光大多数时间在试图翻越女人开得很低的领口。女人换了一套白色的缎面休闲衣裤，披垂的长发散发出夜晚的松散气息。

女人跟男人谈及工作的枯燥时，男人只用一句“工作就是干你不愿干又必须干的事情”就对付过去了。女人又开始感叹，如果那个早晨她没看到那本杂志，看过杂志又没打电话，打通电话男人却不在，一切将如何如何。男人一律嗯嗯地点着头。

一桌的西餐，男人只象征性地吃了几口。女人却因为兴奋喝了不少白兰地，面色潮红目光迷离。他们打的去蜃楼宾馆时，尽管那个中年司机不时从反光镜中眺望后座的动静，女人还是像只抽掉了骨头的猫一样瘫倒在男人的怀里。男人一开始只是用身体挤压女人高耸的胸部，车子开到荒凉的海滨大道中段时，男人的手像蛇一样游过女人柔滑的衣领，深入到那两座酥软温热的峰峦之间。女人用手环住男人的脖子，湿热的嘴唇堵住了男人有些混乱的呼吸。

一切都在无声中紧张地进行。

在宾馆门口，女人甚至连犹豫都没有就跟男人一起往里走。

男人却有些踌躇，男人想对女人说点什么。他望着女人，可女人脸上除了迷惑什么也没有。男人瞬间感觉到了自己的猥琐。他像一个真正的绅士一样挽着女人的手越过总台上了二楼。

男人没看到那个黑瘦的总台小姐，开门的是个有些木讷的外地口音的小姑娘。男人进门时看了一下表，晚上十一点整。男人心里踏实多了。男人想这里也许不像内地那样对什么都大惊小怪的。

可能是酒精开始燃烧了，女人一进房就躺在了床上。她微合着眼睛，胸脯像起风的海面一样上下起伏。男人反锁了门，坐到女人身边。他脱下女人上衣时，还是一种欣赏艺术品的平静表情，可当女人的双乳像挣脱了束缚的兔子从胸罩中欢愉地跃出时，男人的体内也布满了风暴。他俯身亲吻女人的身体时，把整个头颅都埋在了雪白的乳沟里。

女人像一只被按住头的鲤鱼抽搐般地扭动着身子。

二十多分钟后，当男人以熟练而饱蘸激情的双手，像剥开玉米苞衣一样褪去女人的长裤时，房门却砰砰地响了起来。

男人从席梦思上弹了起来，并用眼睛提醒女人：快点整装。女人起身穿衣时，眼睛里充满了绝望和无奈，恐慌的成分却很少。

门口站着的是两个穿公安制服的宾馆保安。越过他们的肩头，男人看到总台小姐那张阴鸷的黑脸。她站在楼梯口，满脸的若无其事。

“我们是负责这家宾馆保安的治安员，你们到了十二点还在一间房里，我们怀疑你们的关系是否正当。如果拿不出结婚证，请交纳五千元罚款。”其中一个矮胖的家伙用不怀好意的目光打量着床布上的压痕。

男人很清楚碰到了什么样的局面。如果在本省，他只要打个电话给公安局的朋友就摆平了。如果女人是个未婚的女孩，凭着包里的记者证他同样可以坦然处之。

男人心里有些慌，但还是不失镇定地反问了他们一句：“能先看看你们的证件吗?”

胖子给另一个保安递了个眼色，那个脸色苍白的小青年抖抖索索地从袋里翻出一张皱巴巴的保安证。胖子掂着它在男人面前晃了一下就收了回去。

男人顺嘴说了句：“你们没有罚款的权力，你们也没有证据说明我们的关系不正当。”

胖子显然是火了，他故意提高嗓门让走廊里的人听到，“如果我把警察叫来，就不是五千元的事了。我们上星期就抓了一对嫖客和妓女送到局子里。”

男人还想与之周旋，在一边冷眼旁观的女人走上前来，“你说话卫生点，告诉你，我是市人行信贷科科长。你记住我的名字叫××，未婚。我男朋友从外地来看我，我们就算是在一间屋里聊个通宵你也管不着。”

女人的话不仅让保安吃了一惊，男人的表情也显得很感意外。

那两个保安并不死心地又盯住男人：“你敢报出你的单位电话号

码让我们证实你是不是有妇之夫吗?”

男人受了女人的鼓励，极潇洒地从摄影包里掏出一张名片：“晚上单位没人，要不要写上我们主编家里的号码?”

两个保安有些尴尬了。

女人换了和解的口气给了他们一个台阶，“市公安局三科的副科长是我同学，要不要请他来证实一下?”

纯粹是想敲诈一下的保安见事情到了这份儿上，便一拐弯说了些保全脸面的话悻悻地走了。

保安走后的十多分钟里，屋内沉寂得像一堆烧了一半就被雨水浇灭的炭火。女人陷在沙发里若有所思，男人则仰在床上像只被抛上岸的鱼。

又过了一会儿，女人从包里摸出一盒烟，打开，并点燃了一支。这是男人第一次看到女人抽烟，娴熟，并且不失优雅。

男人像自言自语：“我真的相信了你并没有什么先生。”

女人点点头，“我早看出来了，你其实也没有什么把你管得很死的太太。”

他们相视一笑。苦涩的烟雾在空气中游荡。

“所以你一来就说别提起任何其他人。真的，我们是十分相似的两个人。喜欢奇迹，却害怕真情。”女人将抽了一半的烟掐灭了。

男人有些好奇地问女人：“我是你第几个情人？你现在有没有男朋友?”

女人已经无法掩饰伤心了，她无力地反问：“你呢?”

他们就这样在一盏台灯的注视下对峙了许久，阳台外喧哗的海潮似乎一点也不想配合午夜的静谧。

女人站起身来说：“我该回家去了，要不那两个保安又要来找麻烦了。”女人似乎想化解空气里的沉重。

男人却轻松不起来，他站起身，却不知该挽留还是送别。

女人拉过男人的手，“要不你跟我一起去，我说过的，今天一定陪你聊个通宵。你是专程来看我的，我不应该让你空手而归。”

他们叫了辆车到了女人的单身公寓。女人指着七楼一个挤满了盆景的阳台说：“除了我男朋友，我没带谁来过。”女人说这句话时毫无疑问是真诚的，因为男人又看见她的眼睛在黑暗中发出水波的闪光。

男人像一棵树一样一动不动。

女人恢复了平常的温柔，主动上来挽男人的手臂。男人一把抱过女人，女人立即听到背上的骨骼发出咯咯的响声。女人昂头想去吻男人的脸，但她很快停住了，因为她发现男人湿湿的面颊，有一种很苦的咸味。

他们又沉默了几分钟，男人后退一步说：“午夜正适合分别，我不想在早上有种梦醒的感觉。”

这时轮到女人看见男人的眼睛里闪烁着水波的光芒了。他高大的身躯在路灯昏黄的光晕中一闪，很快就消失在无边的黑暗中。

2000 年

图书在版编目(CIP)数据

午夜正适于分离／范晓波著. — 北京 ：中国文史出版社，2021.1

（中国专业作家作品典藏文库・范晓波卷）

ISBN 978 - 7 - 5205 - 2188 - 8

Ⅰ. ①午… Ⅱ. ①范… Ⅲ. ①中篇小说 - 小说集 - 中国 - 当代②短篇小说 - 小说集 - 中国 - 当代 Ⅳ. ①I247.7

中国版本图书馆 CIP 数据核字(2020)第 154985 号

责任编辑：薛未未

出版发行：**中国文史出版社**

社　　址：北京市海淀区西八里庄路 69 号院　邮编：100142

电　　话：010 - 81136606　81136602　81136603（发行部）

传　　真：010 - 81136655

印　　装：北京新华印刷有限公司

经　　销：全国新华书店

开　　本：720 × 1020　1/16

印　　张：15.5　　　字数：180 千字

版　　次：2021 年 1 月第 1 版

印　　次：2021 年 1 月第 1 次印刷

定　　价：58.00 元